湖南省少数民族古籍整理研究中心规划

我的大理寻根之旅

的

● 李康学 著

云南民族出版社

图书在版编目（CIP）数据

我的大理寻根之旅 / 李康学著 . –– 昆明：云南民
族出版社，2022.6
ISBN 978-7-5367-8923-4

Ⅰ . ①我… Ⅱ . ①李… Ⅲ . ①散文集—中国—当代
Ⅳ . ① I267

中国版本图书馆 CIP 数据核字 (2022) 第 097241 号

责任编辑	奚寿鼎
责任校对	刀碧芬
封面设计	全邦图文设计室
出版发行	云南民族出版社
	（昆明市环城西路 170 号云南民族大厦　邮编：650032）
邮　　箱	ynbook@ vip.163.com
印　　制	云南鸿云包装有限公司
开　　本	787mm×1092mm　1/16
印　　张	16.5
字　　数	280 千
版　　次	2022 年 7 月第 1 版
印　　次	2022 年 7 月第 1 次
印　　数	0001~5 000 册

ISBN 978-7-5367-8923-4　　定价：80.00 元

内容简介

　　这是一本描写作者到云南大理寻根白族历史文化的游记散文之书。作者通过实地考察游历，以纪实的风格和散文的笔调，从白族起源历史、白族祖先迁徙、白族聚居地区风景名胜古迹、白族民俗风情、白族姓氏解惑释疑、白族名人趣闻逸事、白族人物访谈写真、大理桑植白族同胞往来等多角度入手，反映了新时代白族人民的幸福生活，讴歌了在中国共产党领导下白族人民在实现中华民族伟大复兴征程中所展现出的精神风貌。

读懂大理

——为《我的大理寻根之旅》序

谷中山　谷利民

　　移民是人类普遍存在的一种社会现象。有战争移民，如成吉思汗横扫欧亚大陆时出现的日耳曼民族大迁徙；有政府移民，如我国清代的"湖广填四川"；有灾难移民，如历史上黄河泛滥造成的逃荒；有民间自发移民，如出国留学、就业，在所在国家定居的等等。与此伴生而来的就是"寻根"，这是人类各民族普遍存在的一种心理追求。20世纪70年代开始，我国文坛就出现了一种"寻根文学"的新样式。莫言的《红高粱系列》、李锐的《厚土系列》就是其代表作。

　　2021年炎炎夏日，湖南白族作家李康学不顾酷暑难熬，不怕山高路远，毅然背起行装，只身前往被湖南白族称为"老家"的大理寻根。在大理州白族学会领导和乡亲的帮助下，费时数月，走遍了大理州12个县市，查阅了档案文献，考察了风土民情，记录了逸闻趣事，收获满满。继而焚膏继晷，撰就了这本散文集《我的大理寻根之旅》。纵览全书，11个篇章，洋洋洒洒28万余言，每章每节都饱含着对大理故土的敬仰、爱慕之情，字里行间都体现了湖南白族共同的心声——根在大理。康学同志，肯下功夫，如此全面了解大理、认识大理，如此深情宣传大理、歌颂大理，精神可嘉，成就可圈可点。

　　我们作为张家界市桑植县白族学会的老会员，数十年来，先后多次因公因私到大理"走家家"（gaga民家腔，去外婆家的意思），对大理老家或多或少，也算有了一定的了解。我们每次一踏上苍山之麓的土地，一望见洱海粼粼的碧波，心头一热，就像孩儿投入了母亲的怀抱，那么幸福、那么甜蜜！这是人世间最美、最浓、最亲的乡情！只有我们这些别离故土700多年的湖南白裔才能感受得到。当我们捧读这本《我的大理寻根之旅》时，让我们再次认识了苍山的品格、洱海的胸怀、蝴蝶泉的魅力、鸡足山的玄机、三道茶的清甜、大本曲的缠绵、大理古城的厚重、茶马古道的幽远、南诏铁柱的庄严、蜀中对联的含义等等。这本《我的大理寻根之旅》岂止是文笔优美的散文，亦是白族文化的百科全书。书中的字字句句都向世人展示着：

美哉，大理！甜哉，乡情！

是为序。

2021 年 11 月 20 日于澧水河畔

（谷中山为湖南省张家界市原人大党组副书记、常务副主任，正厅级巡视员，白族学会首届、第二届会长。谷利民为张家界市桑植县原政府副调研员，白族学会原常务副会长，高级教师。）

为了一个心愿

——代自序

2021 年 7 月 5 日至 8 月 12 日，笔者独自一人从湖南长沙出发，到云南大理地区进行了 38 天的白族寻根之旅。此行跑遍大理、剑川、鹤庆、洱源、宾川、祥云、弥渡、魏山、南涧、漾濞、永平、云龙等 12 县（市）。期间，不断有人问，你一个人去那么远，跑那么久，到底为啥？我的回复是：只为了却一个心愿。这个心愿到底是什么？说来就有些话长。

那是 37 年前的 1984 年，我在桑植五中当高中教员。其时桑植县发生了一件大事，桑植的"民家佬"被认定成为白族，7 个乡约 10 万人突然都变更为这一族别了。我的故乡刘家坪也在此列。俗云："树有根，水有源。""民家人"能找到本族的根源，这当然是值得庆贺的好事。不过，那时我在外工作，没有改户口族别。后来调至长沙，户口随迁，身份证族别仍是汉族。几十年来，按照民族自愿认定政策，我也可以改族别，但因办手续比较麻烦，就一直没去办理。户口虽没改，但我心中早已认定自己是白族了。两个孩子在家乡读书，也享受了考学时民族加分的政策。我亦准备有空闲了，一定要去办手续，把个人族别改过来。

我姓李，母亲姓钟。李氏、钟氏是桑植白族谷、王、钟、熊、李五大姓中的两大姓。我知道，按老族谱记载，我那支李姓之祖，是从江西迁徙过来的，而李氏的最早祖籍在陇西。为此，我也有过疑惑，我们这支李氏出在江西是肯定的，但之前是否从大理迁到江西？现在还没找到证据。如果大理那边有白族李氏，时间又比较早的话，那就很有迁徙的可能。为了证实这一猜疑，我在多年前就有了一个想法，那就是要到大理去，把白族的历史根源好好考证一下，看看大理那边的姓氏与桑植白族的姓氏到底有无关联。这样的想法虽然有，但苦于没有空余时间，就一直没去行动。

　　2018 年 11 月 16 日，大理召开白族学会第七次代表大会，我有机会随张家界白族学会会长谷中山等 3 人一起出席这次会议。那时谷会长问我，可以为白族写本书不？我说可以，等我有空，要到大理住一段时间，至少一个月，那就可以写了。这话说过后，一晃又是 3 年，我的年岁也渐入老境，再不去，恐就难行了。所以，当 2021 年夏季到来之时，我毅然鼓足了这一勇气，终于实施了这一拖延已久的计划。

　　通过这次寻根之旅，我感觉意外收获很多、很大，特别是比较系统地了解到了白族的历史起源过程，解决了我多年存在的一些疑惑问题。而我一直关注的姓氏问题，现在已经有了较好的答案。我在大理市博物馆内的碑林中，考察到了一些李氏、王氏、杨氏、段氏、钟氏、陈氏、郑氏、张氏、赵氏等居住大理的古碑文。在历史记载中，更有唐天宝战争时，唐朝将军李宓率 10 万大军征伐南诏，被大败而死葬在苍山之麓，后已被融合于白族的后裔尊为"本主"之神的史实。也就是说，自唐代起，就可能有李氏和其他姓氏的许多战俘留在了大理地区，后来就融合于白族。

　　过了数百年，到元朝时，段福率领的"寸白军"随元军出征，到达武汉后被遣散回归云南，途中部分人流落到江西，再溯源长江而上，到洞庭湖入湖南至慈利、桑植一带居住下来，这也是完全可能的路线。故此，芙蓉桥覆锅岩古庙中那副对联中"起西南，寄江西，溯长江，渡洞庭，漫津澧，落慈邑，业创千秋，永久勿替"写的就是真实史实。同时，"寸白军"的将士中，谷、王、钟、熊、李、刘、陈、段、董、赵、张、严等姓氏肯定都存在，因为在大理的白族中基本都是百家姓。普通居民姓氏很多，只不过在六诏和大理国时期，最显赫的贵族主要是蒙、张、段、董、杨、郑、赵等皇室大族。就李氏而言，也很可能在明朝李元阳授翰林院庶吉士之后，才成为当地的大族。而谷、王、钟、熊、刘等姓氏，在六诏及大理国时期，估计还不是大户，所以古碑文中不多见。

　　从这次考察中，我才真正认识到，不仅李姓，其他多姓氏与大理白族有关联是必然的。因为一个民族的形成，有多姓氏的融合并不奇怪。正如大理白族名人马曜所言，白族是"同源异流，异源同流"，实际上，这观点也早已成了共识。不论疑惑或不疑惑，史实就摆在那里。在民族问题上，也要有高境界的哲学思维认识，西方黑格尔所谓"存在的即合理的，合理的即存在的"，萨特所谓"你之所以看见的，正是你想看见的"。这样的名言，若用在不断传承优秀文化的表述上应是不错的。在古代中国，老子有"反者道之动，弱者道之用"、孔子有"继绝世，举逸民"等主张，也是强调了要重视民族优秀文化传承的类似哲理观点。而重视历史、尊重历史，搞清楚我们从哪里来，准备要往哪里去，这都是十分重要的理性思维认识方式，同时也是引导我们始终去恪守正道的指路明灯。

完成这次寻根之旅后，笔者又接连写作近3个月，包括写成38篇游记，已开始在大理州白族学会微信公众号连续刊发。另外还写了白族的起源来历及演变、白族姓氏及设睑之地解惑释疑、历代白族名人趣闻逸事、白族建筑及工艺品记、大理特产与美食记、白族人物访谈、桑植大理白族同胞往来大事记、大理行日记选等方面的文章30余篇，这样才组成了这本游记式散文集。

总之，此书的写作意图，完全就是为了却自己多年的一个心愿：即做一次公益行动，独自寻根旅游和写作出版此书，为研究传播白族优秀传统文化做点实事。故此，本书在写作中，也只写自己所见、所闻、所思的一些事实，而不做任何的夸张和虚构。这样的游记写作，亦不知能否适合大众口味？笔者还期待读者多予以点评指正。

特此自序。

作者

2021年11月17日

目　录

上篇　大理之旅

一、畅游大理苍洱间

六、从漾濞到云龙

七、苍洱游补遗

下篇　滇湘白族人文杂记

八、白族人文历史

九、白族名人趣闻逸事

十、白族风物

十一、中华民族一家亲

附 录

大理之旅

上篇

喜回大理白族之家
——云南大理纪行之一

作为一个出生湖南桑植的白族人，笔者数年前就曾计划，想去大理来一次时间较长的寻根之旅，以便好好考察、体验一下，我们白族先祖世代居住的地方，其自然风景有何魅力，白族的历史文化究竟有何深厚渊源，湖南的白族与大理的白族又到底有何相同和区别之处，然后再写一本散文游记。

经过一段时间的酝酿，当 2021 年的盛夏来临之际，笔者终于选择在 7 月 5 日从长沙出发，先到家乡桑植，得到朋友庹照林的热忱支持帮助。又到白族学会，拜访了 70 多岁的老会长谷利民先生，请他给予一些指点。谷会长十分热情，当即给我推荐了几个大理白族知名人士的电话，又送我多本他编辑出版的有关桑植白族的书籍，其中一本《桑植白族史料》有 700 多页，重量估计在千克左右。得到这些资料，我既高兴又很犹豫。如果带着很累赘，不带又怕难找到这样好的资料，最后还是决定带着。谷会长又电话联系，让人送来十几小盒桑植白茶，托我带给大理的白族同胞好友。我自己带了一些衣服和书籍，一只提箱早塞满了，最后也只选了几小包茶叶带着。谷会长又以县白族学会名义写了一封介绍信，但他没有公章，找人送来又浪费时间。我打电话给市白族学会的老会长谷中山和秘书长谷小龙，说了去大理游历的想法，两人也大力支持，谷秘书长当即和我约定了时间、地点，等我第二天一到张家界，就把介绍信送到了我手中。

一切准备就绪，到 7 月 8 日上午 9 点，我即从张家界出发，坐上去昆明的一趟火车，正式开始了一个人的大理之旅。次日 6 点多，车到昆明。下车后，出站找到售票处，买了 7 点半的高铁票，预计 9 点 40 分到达大理。

上了高铁不久，我即发了一个信息给大理州白族学会的李超会长，告诉他我到大理的目的与时间，并期望与他面晤做一个访谈。李会长很快回信息道："李老师，很不巧，我今天外出旅游，我已经交代学会办公室接待你，你到学会即可。有事可电话联系，祝你在大理之行愉快！"我即回道："好的，谢谢了。祝你旅途快乐顺利！"稍后，李会长又再打电话来，表示了关切之意，并期望我住些日子，等其旅游结束回来，到时再会晤。

过一会，大理州白族学会办公室的毕建燕女士忽然打来电话，告诉了其学会的地址，并说李会长已通知她，由她负责与我接洽。我表示了感谢，并与她约定，下车后打的过去，到其学会办公室相见。

9点38分，高铁列车抵达大理火车站。走下车后，我即租了一辆出租车，直向下关五中附近开去。10点多钟，我拖着行李箱来到了大理州白族学会的院子内。找到学会办公室，就与正在等候的小毕见了面。她笑容满面地与我打招呼，请我坐下，又为我倒了一杯茶。彼此聊了一会，我便将桑植谷利民先生托带的茶叶交给了小毕，由她再做转交。稍后，学会办公室主任张建平走进来，又热情与我聊了一阵。张主任原是大理日报的编辑部主任，退休后到了白族学会当副秘书长兼办公室主任，还负责编辑"白族之家"微信公众号。我在4月份为该公众号写的一篇文章也早已登出，但我没有关注这个公众号，故此一直没看到。张主任这时让小毕拿来稿费发放册，让我签字，当即领取了220元稿费。我打趣道："你们这儿风水好，我一来就发了个小财呀！这'白族之家'的公众号我得赶紧关注！"说得大家都笑了，随即就与小毕和张主任都加了微信，并关注了其公众号。

在办公室聊天之时，我发现墙壁上悬挂着一幅《白族之家》的书法匾，其落款者为晓標书。小毕告诉我，这是诗人、书法家刘晓標写的，他任职我们学会副会长兼秘书长，今天出差了，不然你也可以见到。

"这'白族之家'题写得好。我们这些外地的白族人回到大理，真就像回到了老家一样！这白族学会就是我们的家，我确实感受到了回家的温暖。"我忍不住谈着自己初来的感受。

"这样就好！"小毕道，"李会长也给我们说了，你有什么需求，或要我们协助的尽管说，来到大理，白族学会就是白族人的家嘛！"

"好的，多谢关照了！"我说，"这次来，主要是个人出行，想写一本有关游历大理的书，你们学会有资料的话，能否借阅看看，其他没什么要求。"

挂在大理州白族学会办公室墙上的《白族之家》匾牌

"这好办。"张主任当即道："我们学会有不少杂志，还有些论文书籍，你现在就可选定拿去研究。"

于是我到其资料室观看，选了10余本杂志和书籍。张主任又拿来两个提袋，将资料装上，就和小毕一起，把我的行李带上，一同步行数百米，到了附近一家小餐店内去吃午餐。点完菜后，大理白族学会副会长、白族历史文化研究院院长赵润琴和张云霞等几个同事也来到了小店，众人热情打招呼相识，真使我有些受宠若惊。

席间，赵院长说，前数日，桑植县还来了几个白族老乡，学会也接待过。散布在全国各地的白族人到了大理，一般都要和我们学会联系。大理白族学会也就是我们白族同胞的家，期望我到了这里能游玩得开心。当我把自己此行的计划说了之后，赵院长又表示道："你要什么资料，我们研究院都可提供。"我说："资料已到学会拿了不少，其他也没啥要求，自己是退休的闲人，喜欢一个人独来独往的游历，也不需人陪同。你们熟悉情况，提供我一个在大理行走的路线就可以了。"

赵院长道："这好办，就让张教授给你拟一份行走路线图，供你参考如何？"我说："很好。"张云霞教授就说："我晚上就发给你。"于是，我和张云霞教授又加了微信，当日晚上，她就发了一份详细的大理游玩路线图，使我的出行计划有了一个参考。

中午吃过午餐，大家来到大理白族研究院内，又一起合影留念。

尔后，赵院长开车，将我送到了福文路口一个站口。接着，小毕又带我到农贸市场边一个她熟悉的金然客栈，和一女老板讲好，得到最优惠的价格，让我住进了一个标准的普客房间。帮我安顿完毕，小毕才离开回返。

作者与大理州白族文化研究院的专家、学者合影留念

　　当日下午，在客栈住所休息一阵，再到住所外走了一会，发现这地方出门就有 2 路公交车，周围的餐饮店很多，各种货物及水果之类产品特别多，生活十分方便。小毕为我联系的这住所，真是价廉质好。我决定在此店要多住些日子，把大理市的风景名胜地先看完再说。来到大理的第一站，就这样顺利地在一家客栈住了下来。大理的气温不高，当天的最高温度才 25℃，房间里不用空调，夜里睡觉还要盖被子。在 7 月的火热天，能住在这下关就是一种享受。古人诗曰："兄弟敦和睦，朋友笃信诚。"这夜我睡得十分香甜，回到大理白族之家，因为有了白族学会同胞们的悉心关怀，我感觉住到这客栈里，真比住在我湖南的老家还要舒服哦！

苍山的品格

——云南大理纪行之二

一

苍山是白族人心目中的神山，这座神山是随着 5000 万年前的喜马拉雅山的造山运动，才屹立到横断山脉的滇西大地上，成为世界屋脊中的屋脊。

苍山有多高大？相关数据显示，此山连绵 50 多千米，有 19 座山峰，一般海拔在 4 000 米左右，最高的马龙峰海拔 4 122 米。在山的族群中，苍山算不了最高大的大山冠军，但和无数内地的山脉相比，它已经是个头很高大的"兄长"了。

自从苍山诞生之后，在滇西这块土地上，大自然就赋予了这块土地上的植物和动物一些特殊的生命之特征。而 5000 多年前，苍山的脚下也开始有了数量不少的人类居住。其中最主要的土著人种，即为白族人的先祖。大约在汉朝之初至唐朝之前，苍山脚下曾是白子国统辖的地方；唐朝之后至元朝之始的数百年间，也曾是白族人建立过南诏国和大理国的地域。

白族人信佛、信祖神，也天生崇拜大自然，如苍山、洱海都是白族人最崇拜的大自然之神的代表。因为苍山、洱海就在自己的身边，白族人的生产生活时刻都与其息息相关。比如，这一年四季的气候就全靠着苍山、洱海在不断地做着调节。

二

苍山是白族人信仰和崇拜的神山。白族人天天仰望这座山，也时常以登苍山去朝拜心中的神山而为荣耀。作为生活在外地的白族游子，我是几次路过大理，远远见到过苍山的雄姿，但就是没抽出时间去登过此山。直到 2021 年 7 月 11 日上午 9 点半，我终于有机会到了苍山脚下，并乘坐大索道缆车，一路往上而行，就像看电影一般，一个一个如诗如画的镜头画面，被送入到眼中，并被永远定格到了脑海。

苍山上的植被

这些镜头画面，开始以苍松翠柏为主，继而是各种高山灌木，尤其杜鹃之类植物最多见，还有一些千年古树、冷杉也成片出现。苍山的植物数量多达6 000多种，从山脚到山顶都有浓郁的植被覆盖，整体就是一所天然植物园，坐在缆车上观望，真的让人大开眼界。此外，从七龙女池索道往上，全是陡峭的岩山，这些耸立的石壁看着也很险要，而在石壁山峰建造索道高架，也不知费了多少人力、物力，其索道建造的艰辛真不敢想象。大索道线路全长5 555米，也算是苍山一道独立的另类风景，给人留下的印象十分深刻。

缆车上行约3 000米高峰时，一阵如虎吼叫的大风刮起，缆车被吹得摇晃不已，乘坐的几个游客吓得尖叫了，大家都有些害怕出事，但缆车没有停顿。须臾，白云飞快飘来，将四周笼罩成一片朦胧白雾。近在咫尺的大山也看不清了，好在缆车不断穿雾前行，不一会终到山顶。大家走出缆车，才各松了口气。

三

到达洗马潭索道山顶，第一个感觉是好冷。大风不停地吹，云雾将山峰笼罩得严严实实，在山顶也看不到什么。这时，游客们都在小卖部花60元租了红皮毛衣穿着。我只穿一套西服上山，没有租衣穿，感觉还能御寒，但也冷得有些难受。在标有海拔3 900米的一处标示牌前留了影，接着就顺游道往下行。

作者留影苍山索道之顶

听人说，顺这游道行800米，可到达洗马潭。大家都在往那方向走，我亦从众而行。下行百余米后，往左拐再上行，10多分钟后，人们渐渐都走不动了。因为缺氧的缘故，此时上行十分吃力。我走着走着，也开始力不从心，口中不断地喘气，一呼一吸，都觉得有些困难了。幸好带了一瓶热开水，喝了几口，在游道上斜倚着栏杆站立一会才稍好受一点。再往上走一会，到达5号平台，此处建了一座"大理苍山世界地质公园遗迹保护站"，里面有一个餐厅，可买食物并休息。我遂进去，稍坐了几分钟。准备走时，外面飘起雾雨，即花40元买一把伞，才解决了既挡风雨又御寒的问题。再往上行十来分钟，到达又一个观景平台，才知洗马潭已到。栏杆外数十米处，依稀可见到一处泛白的水池，面积有4500平方米，位置处在苍山玉局峰与中和峰山顶交汇间。传说南诏国王劝利晟一次巡游苍山，遇一个白发老翁在湖边洗马。劝利晟与其聊天，老翁说苍山本是天河苍龙君所变，因其行雨有误，造成洪水泛滥，给人间带来灾难。天帝贬其到人间以赎罪过，故它化为苍山，十九峰是龙脊骨所化，十八溪为苍龙脊骨间凹槽积冰雪化水而成，如果开引灌渠，可利人间种粮丰收。老翁说毕，就与两匹马一起不见了踪影。劝利晟觉得遇到了神人指点，后派军将董晟把寒河扩建为龙潭，又命名高河为冯河，以纪念老翁洗二马之意。劝利晟每年还要到这潭水洗马，这即是洗马潭命名的来历。段氏建立大理国之后，国王段思平每年都要治理冯河，并敕封了董晟为"治水龙君"。

洗马潭的这个民间故事传闻有趣有味，值得欣赏。我联想着当年治水的龙君形象，在此欲多看看洗马潭之真容。可惜天公却不作美，大雾一直不肯消散。洗马潭看去一片朦胧，景观很不清晰，其他景点也是难睹芳姿。无奈之下，我只好请人帮忙，以洗马潭为背景拍了几张照片，随后才又往回返去。

四

顺原路再行至索道山顶，在海拔3900米标识牌前，我又驻留观看了一会。据悉那积雪不化的苍山最高峰其实还没见到，想那山顶又是什么样子，肯定比这山峰还冷得多吧！苍山的雪、洱海的月是大理最闻名的景点。我这次上了苍山，仍没到达雪峰之顶，心中难免还留有一点遗憾。

再坐缆车回到山脚，时间才到中午12点钟。两个半小时的时间，我感觉已历经了冰火两重天的境界，比起看一场电影，似乎更刺激多了。而对苍山的真实面貌，也总算有了一次真切的体验和认识。回返的路上，我一直还在想，看了苍山，究竟得到了什么感受呢？想来想去，我觉得苍山的品格有几点是应值得好好领悟的。

其一是苍山顶天立地的大丈夫阳刚气魄值得赞颂。男子如山，山亦如有血性的男子汉。我们看苍山，是不是像一个顶天立地、阳刚气十足以及能独立支撑于世的男神？凡是男人就要有这样的阳刚之气，既能顶天立地，也能勇于担当职责，遇事绝不畏缩、推诿，关键时刻还能挽狂澜于不倒。这样的性情和毅力，即是苍山的宝贵之品格。

其二是苍山的默默无语甘做奉献精神值得敬佩。苍山自诞生以来，以其硕大的身躯滋润营养着无数植物、动物，包括 5000 年来居住在其境内的白族等土著人类。苍山的肚腹蕴藏着锰、铁、锡、锑、铅、铜、银、金、铝、煤及大理石、花岗石、萤石等数十种矿产资源，有的矿产已经开采。苍山自古以来做着奉献，却一直静守家门，默默无语，也从不牢骚满腹，自大表功，其宝贵的奉献精神是何其高尚！

其三是苍山的巍然屹立和风吹不倒之定力品格值得崇敬。苍山傲然挺立于世，数千万年来历经多少风雨考验，无论怎样的自然狂风刮来，或是人间的"八风"吹来，都从不能撼动其身。所谓"八风"，即佛经《佛地经论卷五·行宗记》云："衰、利、毁、誉、称、讥、苦、乐，四顺四违，能动物情，谓之八风。"苍山巍然屹立与风吹不倒之定力品格，可谓高尚之至，珍贵难得。亦值得人间君子都好好体味，并不断学其操守，方为正道。

总而言之，苍山之品格乃君子学习之典范。作为白族的后裔，祖辈居住在苍山之脚下，世世代代受苍山之熏陶，对于苍山之高贵的品格都应当有所认识和领悟。我们只有遵循苍山之神灵的品格启示，在未来世界难以预测捉摸的人类命运大变局中，不断遵道而贵德，始终坚守良知本性，把握好正确的政治方向，才能永远立于不败之地。

洱海的魅力
——云南大理纪行之三

多年之前，笔者有一次从湖南经云南去香格里拉，在途经大理时，曾在车上目睹过洱海的美景。那时候，笔者就想乘风破浪到洱海一游，但因当时记者有任务在身，事务太多，这个愿望一直没有成行。

2021年7月上旬，笔者退休数年后，有了充足的时间。此次做了充分准备，9日就到了大理，打算要多游玩一段时间。11日看过苍山之后，又休息了一天。13日晨，笔者起了个大早，即乘车到了大理洱海公园附近的海港售票处。因为去得早，等了半个多小时才到8点，这时售票处才开门。走到窗口前，笔者即询问："上午几点有游轮？票价多少？""9点半有一趟，票价142元。"女服务员回答道。

"买一张。"笔者没有丝毫犹豫，就递过身份证，尔后扫码自费142元，买了一张到双廊的游船票。手续办妥，到售票厅旁边的一个通道验了票，接着就走进了港口通道。其时，见到一艘3层高的游轮，上书"海星号"几个大字，笔者即持票上了该游轮。

到船上后，在一、二、三层楼上溜达看了一下，见二、三层都是豪华茶座，里面要消费才能就座。只有一层有部分免费的座位，笔者遂在船尾的一张沙发上坐下了。此时，离开航的时间还早，船上游人还不多。笔者从随身带的挎包中拿出一张地图，仔细看了看今天要到的几个景点。尔后，望着远处的苍山，不禁就遐想着，如果把苍山比喻为一个顶天立地的丈夫，那么洱海就好比一个陪伴他的美丽妻子。这位妻子和苍山一样，也是充满着种种神奇无比的魅力。

洱海风景美如画

　　笔者觉得，洱海的魅力，首要还是来自它的天然容貌之美。因为天生的缘故，洱海在数千万年前，就成了苍山下一个独特的溶断湖泊。据相关资料介绍，洱海的发源地为洱源县的茈碧湖，源头出自罢谷山，其东南注入波罗江水，西纳苍山18条溪水，北有弥苴河流入，总径流面积达2 565平方千米。洱海的南北长度为42千米，东西宽度为3 000~9 000米，最大水深21.3米，平均水深10.8米。岸线长148.174千米，总水面面积达252平方千米。

　　洱海在古籍中，有洱河、西洱河、叶榆河、叶榆泽、弥河、昆弥川、昆明池等多种称呼。因为地处高原，洱海风光十分绮丽，气候比较温和。其著名景点主要有三岛四洲九曲水。三岛为金梭、赤文、玉几。四洲为马濂、鸳鸯、青莎、大鹳溺。九曲水为莲花、大鹳、蟠矶、凤翼、萝莳、牛角、波土乍、高嵩、鹤翥。洱海的著名景区主要有洱海公园、喜洲海心亭、海舍、双廊风光等；著名的文物古迹有天镜阁、水月阁、珠海阁、洱海神祠、浩然阁、观音阁、小普陀等。洱海的风光以山海大观、金梭烟云、海镜开天、岚霭普陀、沧波渔舟、海阁风涛、海水秋色等八大景为最有名。"山则苍笼垒翠，海则半月拖篮"是明代状元杨升庵对洱海风光概括的最佳名句。

　　历代文人对洱海的描述极多，所有的文字总结概括也许都不无道理。但洱海的美丽其实还不在表面的风光，更具魅力的应是其灵魂之美。洱海的魂灵是指什么？笔者认为，宽广深邃，处下不争，能大度包容一切并甘为苍山下的人间生灵做奉献的气度，才是洱海的根本魅力之所在。老子曰："上善若水，水利万物而不争。"又曰："江海所以能为百谷王者，以其善下之，故能为百谷王。"洱海其实就是名副其实的百谷王。因其善下的特点，洱海成就了苍山下的众生，并且也才算得上是一个真正的百谷王吧！

在船上发呆痴想一阵，游客们就陆续都上船了。到上午9时40分，"海星号"游轮才慢慢发动，开始启航。

轮船开动之后，笔者走出舱外，在船舷边伫立观看了许久。那游轮不断地向前开去，海水在船后溅出一道道浪花。远处的苍山像一幅幅精彩的水墨画面，不断地翻新着页面涌入眼帘。天空的云彩和蔚蓝色的洱海，也不断地变幻着不同的景观颜色和面貌，看上去是那么美丽而又可爱。

上午10点多，游轮上的免费文艺表演节目开始了。笔者好奇地走上二楼，在宽敞的大厅中坐下。须臾，有服务员接连送来白族的"三道茶"，其一曰苦茶，一曰甜茶，一曰回味茶。喝三道茶时，一面可看台上的男女演员演出。这些演员穿着白族服装，随着音乐响起，不断地唱唱跳跳，个个技艺表演精湛，引得观众不时发出阵阵喝彩和掌声。

看完节目，再到楼下船舷观景，只见远处的苍山依然苍翠如画，白云在天边徘徊，头顶上的太阳有点晒人，但阴处气温并不高。碧绿的海面上，这时出现了几只水鸥，时而飞出水面，那姿态很优雅。洱海的水产资源极丰富，据说水鸥、水鸭、灰鹤、秧鸡等各种水禽就有50多种，著名的鱼类有弓鱼、油鱼、大理鲤鱼等30多种，各种水生植物有60多种。洱海给沿岸的百姓提供了无尽的水生宝藏，也给来自世界各地的客人带来了快乐游玩的享受。

游轮开行到上午11点20分时，在南诏风情岛停留了40分钟。这时，大家走下船，在岛上又看了一会风景。12点15分，游人再上船，再开行几分钟，就到了此行的终点——双廊码头。笔者走下游轮，在双廊镇吃了午餐，又到飞燕寺等处游玩一会，才乘坐一辆中巴车返回下关住地。

游完洱海，笔者感受的各种观看信息还在脑海里回旋。洱海美丽漂亮，其风光不愧中国最优级的旅游景区之一。洱海得天独厚的自然资源，也是上苍赐予人类的瑰丽宝藏。洱海的水源滋养了无数的生灵，保护洱海的环境也是人类义不容辞的责任。

"洱海清，大理兴"，有关大理高人总结的这句环保理念，算是道出了大理居住地人们的心声。洱海之所以能得到游人的青睐，也全在于其容貌和魂灵之美。在洱海的景观中，人们都相传以洱海月的名气为最甚。因为每年八月十五夜，这里的白族渔民们都会驾船到洱海上，一面吃月饼，一面欣赏洱海的金月亮，并已成为一大民俗风情。而传说中，天宫中一位公主因羡慕人间生活，下凡到洱海边，嫁给了一位渔民为妻。这位公主把宝镜沉入海底，把鱼群照得很清晰，好让渔民打鱼。此后，那宝镜在海底就变成了金月亮。白族人中秋节团聚，到海边赏月，就是以此来纪念那月宫中的公主。在双廊镇，一位老人告诉笔者，过去有段时间洱海月也变得看不清，因为环境污染严重。后来，经过政府大力整治，洱海的水质才有了好转。

现在洱海的水已很清亮，看上去保持了清洁干净的容颜，这在当代经济开发的大潮中，能做到这样的水质已很不容易。因为洱海是清亮的，人们才又欣赏到洱海月的美景。如若洱海被污染，那洱海月的美景也就必然会消失。所以，洱海的环境保护显得十分重要。在洱海公园内，有一块标示牌显示，云南各级政府对洱海水域的保护现在也已提到很高的位置来对待，省、市、县、乡的主要领导都担任了各级的河长，连其电话号码都有了公布。

乘"海星号"游轮到达双廊港口

从洱海的历史发展来看，要管住周围环境对洱海的污染，一方面得下功夫对破坏洱海环境的行为多加整治，另一方面还得提高人们对保护洱海环境重要性的认识。只有当绝大多数民众对保护洱海的环境有了共识，并在全社会形成共同自觉维护好自然环境的氛围，真正像保护好自己的眼睛一样来保护洱海，那么洱海的水质才会变得更加清亮，洱海的魅力也才会更加凸显出来！

游大理古城

——云南大理纪行之四

一

大理古城，过去是白族历代王室居住过的地方，如今这里成了大理最著名的风景旅游地之一。凡去大理旅游的人，都会到大理古城来逛一逛。2018年12月，笔者在本市白族学会谷中山会长的带领下，与几个同胞一起到大理参加一次会议，期间曾去古城游览过一次，但因时间太仓促，那次只走马观花看了一下，所留印象不深。2021年7月上旬，笔者单独出行来到大理，时间比较充裕，在看完苍山和洱海之后，第三个行程点，就选择到了大理古城去独自游览。

去的那日是7月14日，天气晴朗，太阳高照，有点晒人。笔者戴了一顶白色遮阳帽，肩上挎一个包，又打了一把在苍山顶购买的大布伞，一早吃过稀饭、馒头，就从住所外乘坐2路公交车，再转4路公交车，共花了半个多钟头时间，就到达了一个叫"红龙井"的站口下了车。往前走数十米，从标有"红龙井"的高楼拱洞中穿过，即见一条斜坡大街，街中间有一条从苍山流下来的溪水，清澈透亮，潺潺作响。街两旁是清一色白族民居铺面。步行道上绿树成荫，往来行走的游人络绎不绝。顺着街道往下走不远，见一座圆形亭子立在街道的中间，亭子内有4根柱子雕塑红龙，中间一口八角水井口镶着一棵玉白菜，此即"红龙井"景址。

亭子外有一块标志木牌，其中文字这样介绍道：

关于红龙井，流传着一个动人的故事。相传有一个孝子非常孝敬母亲，母亲得了重病卧床不起，孝子四处求医问药，病情始终未见好转。一晚，孝子梦见一个老者告诉他，在古城的某个地方埋葬着一棵玉白菜，可治百病；梦醒后，半信半疑的孝子按照老人的指示果然找到了玉白菜，并将母亲的病情告诉了红龙。孝子得到了红龙的同情，摘得玉白菜。治好了母亲的疾病。

消息传开后，财主想霸占这棵神奇的玉白菜，便冒充孝子来到红龙井。贪心的财主想把整棵白菜挖走，一时间地动山摇，红龙踩死了贪心的财主。红龙井因此而得名，并将街道名称取为红龙井。

红龙井全景

这个红龙井的传说故事肯定了孝子的孝心可嘉，同时也讽刺抨击了财主的贪心不足，其惩恶扬善的故事很动人。游人们到此都停下脚步，到那亭子里仔细观看红龙井的造型。笔者在此也拍了几张照片，仔细看了一会，才又往前走去。

从红龙井往下不远，很快来到了一条南北向的街道上。此时我打开随身带的大理旅游地图，看到这条街道往北有五华楼和北城门楼，往南有南门城楼。而在玉洱路靠西有苍山门楼，在人民路朝东有洱海门楼。古城计有竖向大小 8 条街，横向街有的长、有的短，数量也有八九条，彼此间都贯通，整个来说是典型的棋盘式格局。此城修建于明代，早期原为唐南诏国、宋大理国古都城，古城墙高 6 米、宽 12 米，四面周长原各有 1 500 米，现南城墙和西城墙总计仅存 800 米。原来的国都城门楼据说更气派，而明代修的古城门楼规格标准有所降低，不是按国都门楼所建。故此无法与北京故宫门楼相比，但是即使明代建的大理古城门楼，如今看起来还是比较有气势的。笔者在五华楼看了一会，此楼有 4 层高，其建筑基础厚实、层次分明，顶上 3 层飞檐翘角，看上去巍峨高耸、古色古香。五华楼原为南诏王劝丰祐所建，时间为公元856年。此楼在大理国时期是闻名的迎宾馆，元代时遭兵燹焚毁，明洪武十五年（公元1382年）重建。

二

从五华楼往南行，百余米间，两旁的店铺很多，地段最为繁华，来往人流很多，其铺面主要经营的是旅游产品，其中以周城白族扎染、刺绣、鹤庆银器、剑川木雕等比较闻名，还有许多客栈、宾馆、酒店、特色餐饮小吃随处可见。

笔者一路观看，过一会，不觉到了杜文秀帅府所在地。杜文秀是云南保山人，清咸丰、同治年间回民起义领袖，其领导的少数民族起义坚持了18年之久。咸丰六年（1856年），杜文秀率部攻占大理城，部属共推其为总统兵马大元帅，原云南提督衙门即成了杜文秀的元帅府大本营。杜文秀起义失败后，其地又恢复为云南提督府。如今，此处设置了大理市历史博物馆，可以免费参观。通过验证身份进去后，笔者在里面游览观看了许久。其博物馆内有大理白族的起源历史简介，尤其展示了唐朝时的南诏和宋朝时大理国时期的一些主要历史文物，解说文字也很详细。南诏和大理国时期的历代王室传承人图表标注记载得十分清晰，还有《南诏图传·观音幻化图》《南诏图传·洱海图》《大鹏鸟金翅立像》及《沧洱陶韵》展示的一些出土文物，给笔者都留下了深刻印象。

在博物馆的一侧，另有两处面积很大的碑林，展示的是大理各地搜集到的宋代大理国至清代的120多方古墓碑刻，包括大理国碑4方、元碑34方、明碑50方，都极具研究价值。其中每座碑刻，对墓主平生都有真实记载。譬如，一位李姓墓主的碑文解说词这样写道：

明故处士李公墓志铭

来源海东镇，时代明（1368～1644年）。

大理石质，高120厘米，宽63厘米，明弘治十三年（1500年）立。碑文记述李公名嵩，字维岳，大理海东陇西郡望族，精通内典密教。其祖李药师公，其妻杨观音修，姓名中均夹有"药师""观音"等佛号，对研究明代的白族葬俗及佛教都有一定的价值。

另一位陈姓墓主的碑文解说词是：

故颍川郡处士陈公墓志铭并序

来源海东镇，时代明（1368~1644年）。

大理石质，高140厘米，宽55厘米，半圆形额，碑额篆"颍川陈公墓志"，边刻五方佛梵文种子字母，明宣德五年（1430年）立。碑铭记述墓主陈公，名奴，字国用，世居大理太和河东。河东，即今海东。铭中所言颍川郡，大理国时所设，在今海东、挖色镇一带。此碑为典型的明代火葬墓碑，是研究明代白族葬俗的重要资料。

像这样的墓碑及解说词使人一看就能知晓其内容。其中的墓碑文，以赵、董、王、李、段、杨、陈、张、尹、高、梁等姓氏的人较多，而在湖南桑植白族人较多的谷、钟、熊、刘等姓氏却鲜见到，这其中当然另有缘故，本人将在释疑解惑篇中另作专文论及。因此处墓碑文原始资料难得，笔者用手机拍了许多照片，又足足游览观看了两个多小时，才慢慢走出这座杜文秀住过的老兵马大元帅府。

三

在大理历史博物馆看过之后，笔者顺复兴路再往前行不远，就到了南门城楼下。这南门城楼连接着带垛口的一段城墙，可算是大理古城最显著和繁华的一段标志性建筑物。此城楼的基脚墙上刻写着这样一段文字简介："大理，汉代称叶榆。公元764年，唐代南诏在此建羊苴咩城，又称紫城。公元779年，南诏迁都至此。宋代大理国仍以此为都城。历唐、宋500多年直至元代，这里一直是云南及滇西地区的政治、经济、文化中心。明代洪武十五年（公元1382年），将原城改建为方形城。城四面建城门楼，四角建角楼，城内建五华楼。现大理古城基本保留了明代格局。"同时，在另一块石墙上刻写着"8~12世纪东南亚第一大古都"字样，并称"大理、吴哥、顺华、曼谷等城市是东南亚地区不同时期的大古都，尤其是大理作为8~12世纪南诏、大理国等中国地方政权王朝的都城，其规模宏大，文化发达，经济繁荣，是当时亚洲经济、文化、宗教交流的中心之一"。在此城楼下，此时的游客往来最多。一般人初到此地，都会兴致勃勃，并以城楼为背景留下自己的倩影。笔者在此也请人帮忙拍了照做留念。

大理古城南门城楼

　　正午时分到来，笔者在文献路找到一家餐馆，吃了一顿盖浇饭。尔后，继续往前行走。这条街道较长，两旁的铺面也很冷清，往来人很少。走了约半小时，才到达文献楼前。据笔者了解，大理的历史文化特别丰富，可惜明军占领大理后，曾大规模毁灭过南诏之前的许多地方文化史料，但当地的历史悠久，史藏文献资料仍然很多。清康熙年间，云南提督偏图修建了这座题名为"文献名邦"的标志建筑，后人称为"文献楼"。其原楼已毁，现又复建，但也有特色。笔者很想登上这座楼上去看看风景，可惜不巧，此楼当日未开放。没能走近去参观，只能拍了几张照片用作纪念。

　　在文献楼上方不远，即有一条重要的交通干线——滇藏公路穿过，此处有公交车通往下关。走了半日已很疲惫，笔者在此处结束了古城游玩，就乘坐公交车返回了在下关的住店。

崇圣寺三塔游记

——云南大理纪行之五

一

连日的晴天，乃旅游之福气。2021 年 7 月 15 日，当又一早晨的阳光喷薄而出不久，笔者已乘车来到了大理崇圣寺三塔的停车场。

下车后来到售票处，我用 37 元买了一张老年半价优惠票，随后即兴致勃勃地持票跨进了三塔公园的大门内。沿路往前行，老远就见到崇圣寺的主塔高耸，仿佛那座塔就在咫尺间，但走到其塔下，实际却有数百米的距离。主塔之下，有一个宽敞的坪塔。从坪塔一侧往上行，过三层台基，再登上去，才走到主塔背后的台基之上。这时，笔者仔细观察，只见这台基之上标示有一个箭头，并写有一行字：请顺时针绕塔。这是提示人们可顺时针绕塔基转圈。一般绕三圈，即为绕三灵，据说可带来好运。这中层塔基是四方形，每边长 30 余米，四面有栏杆。正面第一层塔体石照壁上，有明代黔国公沐世阶所书"永镇山川" 4 字。台基下侧的一方照壁上，写有云南省人民政府所立的这样一段文字介绍："崇圣寺三塔，我国西南著名佛塔。主塔又名千寻塔，通高 69.13 米，方 9.9 米，为 16 级密檐式方形空心砖塔。始建于唐代（约 9 世纪）。南、北小塔各高 42.19 米，10 级密檐式八角形砖塔。为宋代所增建（约 12 世纪）。三塔鼎立，雄伟壮丽，显示了古代劳动人民在建筑方面的卓越成就。"

欣赏完千寻塔主塔，笔者又到南北两侧的小塔去观览了一会。这两座小塔与大塔成等腰三角形，两侧与中间距离各为 70 米。南北两座小塔各有两层正方形基座，下层基座长、宽各 20 米，高 0.9 米。10 级八角形的砖塔，看起来也很壮观。在两座小塔四周，植有古银杏、大青树、松柏树等名贵树木。有浓荫将炙热的阳光遮住，行走在此处，只觉得身心十分清爽。

近观崇圣寺三塔

从三塔中间再往前行百余米，见有"崇圣寺三塔文物陈列馆"敞开着门，笔者走进去观览，瞧见里面橱窗中，摆放着许多小巧玲珑的不同佛像，比如观音、文殊、普贤、地藏、天王像和《金刚经》残卷、铜镜、瓷器、钱币、印章等等，都是维修大塔时发现的南诏、大理国时期的重要文物。南诏第 11 代王劝丰祐笃信佛教，与唐朝关系也密切。其三塔相传由劝丰祐命武将嵯巅和聘请的印度圣僧李成眉共同主持修建。建筑风格与唐代内地西安著名佛塔相似，也表明吸收了内地的诸多技艺与文化。

在当地人的称呼中，崇圣寺三塔又名"文笔塔"。因为这塔远看真就像一支文笔。此文笔可谓卓尔不凡，其笔书写的大理国悠久历史是那般浓墨重彩，谁看了又能不为其雄浑之笔力所造就的山河壮丽景象而惊叹呢?

二

走出崇圣寺三塔文物陈列馆，再往上行不远，很快又见一栋三层高的南诏建极大钟楼呈现眼前。此钟楼原建于南诏时期，因原钟楼已毁，现已恢复重建。其重铸钟高 3.86 米，口径 2.138 米，重 16.295 吨，是中国所铸第四大钟。历史上，该大钟在徐霞客《滇游日记》中记载曰："钟极大，径可丈余，而厚及尺，其声闻八十里……"而且，此大钟还是镇寺的"五宝"之一。其余四宝分别是三塔、雨铜观音、证道歌碑和佛都匾。

　　穿过大钟楼，再往上行百余米，即到"雨铜观音"殿。此殿内供奉有一尊新铸造的铜铸贴金雨铜观音，其高度达8.6米，重量达11吨。据《南诏野史》载，崇圣寺的雨铜观音原为"立像，铜铸而成，高三丈"。据传唐朝一位高僧当年铸观音像时，铜少了正发愁，不料天上突然降下铜雨，落得满地都是铜屑，一下解决了用铜所需。高僧好高兴，认为有神助，故此为其取名叫雨铜观音。

　　从雨铜观音殿往上再行不远，便是崇圣寺"佛都"大标志牌坊了。其牌坊之下有一个面积很大的广场，从山下开上来的观览车都要在此处停泊回返。从广场登几十级台阶而上，即到写有崇圣寺"佛都"的匾牌之前。此寺的崇圣之意，即崇拜观音，因南诏时期的国王都很信佛，尤其崇拜观音，前后22个国王中，竟然有段思英、素隆、素贞、思廉、寿辉、正明、正淳、正严、正兴、智祥10个国王出家到崇圣寺为僧。为此，该寺还专建了一座"高僧殿"。崇圣寺始建于南诏早期，其历史悠久，后历经变故，到清咸丰时此寺被烧毁。至2004年，此寺被恢复重建，其建筑群主要有大雄宝殿、天王殿、弥勒殿、祖师殿、高僧殿、财神殿、十一面观音殿、阿嵯耶观音阁、金翅鸟广场、罗汉堂、千佛廊等，殿堂佛像均以《张胜温画卷》和三塔中发现的佛像文物为蓝本进行铸造，此寺总占地面积达600亩。笔者进山门后，又走马观花看了一个多小时，也没有全部看完，只是对独具白族特色的"天王殿""阿嵯耶观音阁""祖师殿"等做了重点观看。其时的感受是：崇圣寺的整个建筑群真是既豪华又气派。由此可以想象，南诏时期的大理国确实不简单，其"佛都"的名称并不虚传。

佛都之后的天王殿

尤其南诏时期开始信奉的佛教白密，与西藏的佛教密教似可相提并论，比如黑神天王、阿嵯耶观音、祖师殿的神主及金翅鸟等，就是一种独特白族阿吒力密宗佛教传播形成时期的中心神佛象征。其最早的传教人名叫赞陀崛多，是一位印度僧人。南诏王劝丰祐不仅自己信佛，还将自己的妹妹越英嫁给了赞陀崛多，其后皇室的子孙，自然就多信佛，甚至世代为僧。金庸创作的《天龙八部》小说，许多素材也是取自此寺的背景材料，才创作出逼真的效果。而崇圣寺的影响，在历史上其实早就很闻名了。

三

在崇圣寺里面的各处景观转了一圈，笔者最后回到山门边，这时在无意中往左侧走了数十米，结果见到了一座财神殿。这财神殿供奉的是财神爷赵公明，在殿外一块关于财神殿的标示牌匾中，解说词这样写道："财神殿供奉的金甲财神像，名赵公明。《封神演义》中，他曾在峨眉山罗浮洞修道，后身跨白虎，助纣为虐，死后被姜子牙封为财神爷。"这段解说词将赵公明的来历说得很简单，似乎这位财神爷是一个助纣为虐的神。其实，史料和民间传闻赵公明的故事是很多的。赵公明的形象在民间是一个主管财物分配的大神，老百姓很信奉此神，故给他烧香的人历来很多。即使到当今社会，因为贫富分化现象严重，精神和物质都空虚的人不在少数，社会拜金的现象更是很普遍，崇拜这位财神爷的人，仍然比比皆是。

在此财神殿外，笔者还发现，殿外的一个"财源广通"的木栏上，挂满了手爪形黄白色的木牌，上面写满的都是某某游客祈求财神保佑，期望多多赚钱发财之类的心愿。来此财神殿前磕头烧香的游人也络绎不绝，殿外的那尊香炉比别处佛门烧的香似乎都明显要多。一个拿着香烛的老者还曾提醒笔者："你买香不？到了这里，还不去给财神烧炷香？"笔者笑着反问："你烧香了，灵不灵？""肯定灵，你还怀疑？"老者又道。

笔者摇摇头，借口有急事要回住店去，就离开崇圣寺而回返了。其实，有一个民间故事说，东岳大帝黄飞虎有一次对赵财神爷说："本帝多年巡视世间，发现百姓确实很苦。你是掌管散财纳福的，何不多分配些财富给百姓？"赵财神回答道："帝君有所不知，人生福分乃命注定，自有安排。我也不过是依法行事，不能偏袒于私的。无福的人，我把财富放到他面前，他都看不到；

有福的人，我把财富埋到土里，他也会得到。"说罢，就将一块元宝放到桥上，有几人过路时，比赛蒙着眼睛过桥，结果都没发现元宝。赵公明再把元宝埋到一棵树下，有一个骑马的人来了，将马拴在树边去解手。等他解完手，回来时，发现那马用蹄子踢开地面，踢出了那元宝，这人就得到了那宝贝。

此故事说明，财富的分配，可能真的是由命来安排的，而人为的追求总是有限的。属于你的，你不求也可能得到；不属于你的，再求可能也没用。而君子爱财，要靠取之有道。一个人只有坚持走正道，不断靠辛勤的劳动去获得报酬，也才可能真正得到赵公明的光顾和赏识吧！

呼爱逐梦蝴蝶泉

—— 云南大理纪行之六

一

年轻时看电影《五朵金花》，脑海里不仅记住了扮演金花的演员杨丽坤，那大理蝴蝶泉的美丽风光也留下了深刻印象。那时笔者就想，有机会一定要到蝴蝶泉去看看，可是这个愿望一拖多年，直到退休后来到大理，才终于将去蝴蝶泉的行程做了计划。

2021 年 7 月 16 日清晨，笔者辗转来到大理下关北站，花 9 元钱买了去周城的车票。坐一个多小时的车，即到了蝴蝶泉景区的大门外。下车后，去售票处出示身份证，再花 20 元买了半价优惠票，笔者就随 10 多个游客一起，从正门验票，走进了前往蝴蝶泉景区的通道。

沿途穿过一段浓密的竹林，再往上行不远，即到一处石牌坊前。此处的一块大石上，有郭沫若题写的"蝴蝶泉" 3 个大字。从牌坊通道再往前行数十米，美丽的蝴蝶泉即呈现到了眼前。

从地理上来看，蝴蝶泉处在苍山云弄峰下的神摩山边。其泉眼处，有一片林木绿树遮掩，其中一棵蝴蝶树，又名合欢树，伸出一枝树干，横跨过 10 多米远。蝴蝶泉面积有四五十平方米，池中泉水绿莹莹的，笔者依栏察看，其泉深未见底。深潭中间，有泉水不时往上冒着气泡。其水池四周，围有石板栏杆。横跨水池的那棵树，据《徐霞客游记》载："泉上大树，当四月初即发花如蛱蝶，须痴栩然，与生蝶无异。又有真蝶千万，连须钩足，自树巅倒悬而下，及于泉面，缤纷络绎，五色焕然。游人俱从此月，群而视之，过五月乃已。"

这段记述说明，每年农历的四月是蝴蝶树的花期，此树所开之花，状如蝴蝶，届时释放出花蜜，会引来无数蝴蝶飞绕。而当地民间还传说，古代有一个叫雯姑的女孩和叫霞郎的男子相恋，因被世袭领主榆王抢婚，二人逃至无底潭而死，其后化成一对彩蝶飞出，人们把这潭水就称为蝴蝶潭了。而其殉情的农历四月十五日，后来被定为蝴蝶会。每年的这一天，当地的白族人都会到这泉边来看彩蝶，并唱弹歌曲，热闹一整天。

　　笔者这次来的时间是 7 月，可惜已看不到蝴蝶花开的奇景。但蝴蝶泉的状貌，已深深摄入到了脑海。那传说中的蝴蝶泉，仔细想想，它其实就是爱情泉，而爱情泉是令人最难忘记的。当年，著名演员杨丽坤饰演《五朵金花》，后又主演著名电影《阿诗玛》，这两部电影给杨丽坤带来巨大声誉，但也被无辜打击而酿成了精神病的不幸悲剧，实在令人扼腕叹息。

蝴蝶泉

　　蝴蝶泉因《五朵金花》电影的传播而更闻名，外地游人慕名而来，估计大多也是潜意识地在想，也追逐一番心中的情爱之梦吧！在蝴蝶泉之下，另还有几个冒水的龙头。大家都以喝到此泉水为荣幸，笔者亦喝了几口龙头边的泉水，并以整个蝴蝶泉为背景，请人拍了几张照片作为留念。

二

　　蝴蝶泉没见着蝴蝶，但在景区内有两处看蝴蝶的去处，却让笔者去参观后，觉得很受教益。

其第一处是蝴蝶大世界，这是一个用大塑料棚罩住的蝴蝶生态乐园，其位置在蝴蝶泉的下方不远。笔者走进去，发现里面种植有一片藤蔓植物和花草，许多蝴蝶在植物枝叶间飞来飞去。据标示牌介绍，这个生态园的蝴蝶有100多个品种，每天在此繁衍的蝴蝶达1万多只。来此欣赏蝴蝶的人络绎不绝，特别是青少年和幼儿园的小朋友很多。笔者在此看到这么多的蝴蝶汇聚在园内，不断地进行着翩翩起舞的"时装表演"，也是感觉身入乐园，在轻盈的彩蝶飞旋中穿行，整个身心都舒畅之极。

其第二处是蝴蝶标本博物馆，位置在蝴蝶泉朝右行方向不远。笔者顺着一条游道转过弯，往上走几步台阶，就到了那栋蝴蝶博物馆前。走进去，在密密麻麻的展室中，可以看到几千种各样的蝴蝶标本。每一种标本蝴蝶的属性、形状、颜色、生活习惯、活动规律、分布情况等等，展牌中都有详细的文字介绍。而苍山一带蝴蝶的种类、名称、活动的习性等，更分析解释得很全面。

在展室内，笔者还看到，有的蝴蝶解说文字不仅具有知识性，更是注重趣味性。如对生活在最高处的蝴蝶，展牌上这样解说道："我国的帕米尔高原最高处有7 000多米，登山健儿曾在6 000多米的冰川裂缝里，看到过一种紫酱色的小灰蝶。"而对蝴蝶"恋爱"的奥秘，解说词又这样介绍道："现在人们发现'恋爱'期间的蝴蝶，主要是借助气味信息来'约会'的，另外还可以借助光信息来'约会'的。雄蝴蝶和雌蝴蝶的性器官区域，都有一个非常敏感的'光感受器'，以发射和接受'赴约'的信号。最有意思的是：并不是所有的雌蝴蝶都对雄蝴蝶的光信号召唤做回应，一旦这些光信号遭'隔离'，就意味着'谈情说爱'的中断。进一步的仔细研究表明，大约有30%的雌蝴蝶爱发这种脾气，碰到这种情况，雄蝴蝶'一气之下，再也不会发出第二次信号。在遭到女友拒绝后，雄蝴蝶又会马上寻找新的恋爱对象。"像这样一些关于蝴蝶的科普文字介绍，真是寓教于乐，看后能让人大开眼界，又觉回味无穷！原来像蝴蝶这种生物的"爱情"观，与人的习性也都有一定的共性啊！

三

蝴蝶泉景区内还有一处很好看的风景，即情人湖。其湖就在蝴蝶泉的下方百余米处，湖面积不大，估计只有数千平方米，湖中的水很清澈明亮。在湖畔的一侧，有装扮得很漂亮的花船可以租用，

年轻的男女情侣到湖中划船游玩的不少。从这个湖畔的角度，对着远处山峰摄影，也是一处最佳的取景之地。

在湖畔的另外一岸边，有亭台楼阁伸入水中。亭台围栏旁边，有雯姑和霞郎化为蝴蝶的雕塑像，这是一对情侣深情相爱的象征。同时，《五朵金花》中的阿鹏在和金花对唱并表白爱情，也就在这情人湖旁。此刻，站在亭台栏杆边，笔者看那湖水荡漾，鱼群游弋，想象古代传闻中的那对蝴蝶情侣，还有电影中阿鹏与金花的真挚恋情，不觉沉浸到了一片冥想的幻境之中。须臾，有人大声长吆"嗨……"随之而起，湖中间的一处水管，忽然冒起数丈高的水柱。那吆喝的声音越大越长，其水柱就冒得越高。等吆喝的声音一停，那水柱就垮落下来，一下溅落到数十上百米开外，岸边观看的人们随之避雨柱逃离，那逃得慢的就落得全身被雨柱打湿。这个玩水的游戏名为"喊泉"，又称呼唤爱情。玩者需付款20元，才能去喊玩几次。每次喊泉不能停，有喊得最长者，可坚持两分多钟。

情人湖喊泉

笔者一旁观看，有多位男子去玩了这游戏。那喊泉的声音有的喊得很大很久，最高的水柱记录能叫得几百米高，水柱落下时，将数百米开外的湖畔路面都会打湿。喊泉的游戏很有趣味，据说，有失恋的男子，常常会到喊泉去呼唤心爱女人的名字，而女子听了男子的呼唤，就会回心转意，与男子重归于好。

俗云："金石为开，心诚则灵。"处于苦恋情中的男女，若遇到烦恼，或遭遇情人摇摆不定，感情上有了裂缝，或失恋而不开心之时，不妨到蝴蝶泉去走一走，喝喝蝴蝶泉的水，再到著名的情人湖去喊泉试一试。情人湖的喊泉既然很灵，说不定这一喊，真能将心上人呼唤回来，那可就太划算了哦！

白族第一村老支书的风采

——云南大理纪行之七

　　游玩大理蝴蝶泉后的第二天早上，笔者翻出桑植白族学会老会长谷利民推荐的一个电话号码，这个号码的主人是大理市喜洲镇周城村的党支部书记兼村委主任张全金。谷会长曾开玩笑说："你可别小看这个村支书，他管辖的那个村有1万多人，算得上是个'大酋长'啊！这个书记人蛮好的，你去找他，一定能写出一篇好文章。"谷会长的话我没忘记。当张书记的电话一拨通，对方就问："喂，你找谁?""你是张书记吧，我找你。"随即笔者就将谷老会长的大名说了，再把我此行到大理寻根之旅及想采访他的想法说了，他立刻答允，并约好9点左右到其村部相见。

　　一个多小时后，我乘公交车来到周城，就在其村部门前下了车。从街道一侧进去，走几十米，即到斜坡下一个坪塔，塔两旁有两栋楼房建筑，此即周城村部所在地。一位年轻小伙问我找谁，我说找张书记，他遂

周城古城楼

招呼我在其二楼办公室坐下，并给我倒了一杯茶。我刚喝两口，穿着蓝色夹

克布衣的张书记就到了。"到我办公室来坐吧!"张书记热情对我道。

"好!"我即端了茶水,来到隔壁的一个办公室,里面很宽敞。我在一张长沙发上坐下,再细打量这位"大酋长",只见他的身材属中等个头,皮肤呈古铜色,一看就属那种经历过沧桑而很成熟的老干部形象。

"这是我们张家界白族学会的介绍信,你看看。"我把信纸递给他。他接过看了看道:"你来我们周城就对了。我们这个周城是白族的大村,有1万多人,历史很古老悠久,你了解一下就知道了。"

"是啊,我听谷会长说过,你们村是最有特色的白族村。要在古代,像你这样的村部一把手,那就是个大酋长了!"

"这没法比。我算不了酋长,现在的一把手,也不能大权独揽。过去的酋长,权利才真大。"

"当然,这只是开个玩笑,比喻而已。你是大村干部,能到这个位置上当领导,是真的不错。也不知你今年贵庚呀?"我换了话题问。

"我59年的,今年62岁啦!"张支书爽朗回答道,一面烧了一壶水,尔后泡了一壶茶,给我用小杯沏了茶。

"呀,你比我还小嘛,你身体不错,还可多干几年。"我随口夸道。

"我是早想退休了,但镇里和市领导没同意,就还在担任。"他如实道,"其实退休后,我就轻松了。"

"不着急退啰,你们村干部有工资吧?你能拿多少?"我又问。

"村里纳入编制有5人,工资不等,我一月就3 000多元。"

"也可以呀!你以前没当支书,是干什么的?"

"我原来是搞工程的负责人,主要就是搞建筑项目。"张支书说到建筑项目,眼里很来神,就如数家常一样,他详细给我讲述了一番他年轻时的经历。

他生在周城,父母是农民。自7岁读书,到高中毕业后,就开始回村干农活了。最初他拜了几个师傅,学了木匠、瓦匠、泥水匠等技艺,干过砌墙、绘画、装饰等工程。3年出师后,就开始独立包工程,曾经当过基建队长、项目经理,在大理市和本镇内承包过许多工程项目。后来,业务扩展到云南迪庆、香格里拉及临沧等地,带的队伍有好几百人,承包的建设项目有电站、水库、公路、建筑大楼等等。所建工程质量过硬,多次获评"优质荣誉"称号。

多年创业期间,他还带领工程队为家乡修路,并捐款恢复修建了两庙一寺，使周村的一些历史传统文化得到了保护和传承。村民们信任他，在 2010 年的选举中，将他选为村党支部书记，兼任村委主任。从此，他担任重任。10 年间，带领村民又干了几件大事。

作者采访后与张全金合影

一是抓基础设施建设，建成了 90% 的村内混凝土硬化或青石板路面，使村里的交通出行面貌有了很大改观。二是抓住区位优势，依托蝴蝶泉，大力发展旅游业文化经济。三是抓住传统扎染、刺绣技艺，大力发展个体工艺品加工等企业经营，使白族服饰的传统生产销售形成产业链。此外，还大力支持发展民宿、餐饮等服务业，开拓增收渠道；大力支持民族文化传承发展，经常组织举办民俗风情节日活动，如开展本主节、火把节、栽秧节、糍粑节等活动。这些举措村民都是很拥护的。周城村在他带领的班子领导下，各项工作都搞得很出色，全村百姓的纯收入有了显著的提高，并获得了"中国白族第一村"的美誉称号。

"你们今年还搞火把节吗？"我忽又问他。

"搞哇，现在还在准备。火把节很热闹的，你也来看看，就知道了。"

"火把节是哪天？"

"农历六月二十五日，也就是公历 8 月 3 日。"

我算了算计划的行程，8 月 3 日我还在大理。于是和他说好，如果那一天真的举办，那我就来看看。他随即也满口答允了。

接着，听完他的介绍后，我又问道："你们村的基本情况有没有文字材料?"

"有，我让他们给你一份。"周支书说罢，就到隔壁办公室吩咐了一下。过一会，村部年轻的杨副主任走过来道："你要的资料，等会儿我请人打印了再送你一份。"

我说："很好，那就多谢了。"

张支书这时又道："你不用客气，到了我们这里，你需要什么材料，我们都好办。我们周城面积大，人口多，我建议你还是走出去看看，让杨主任给你带路，你看了，就会了解更多情况，怎么样？"

"行，能到村里走一走更好。"我欣然道。

张支书又对杨副主任道："这老李是湖南桑植来的白族同胞，难得到我们周村一趟，你就带他到村里转一转，中午再去吃个午餐。他要的材料都给他。我们下午还要开会。"

"好，我知道了。"杨副主任答允道。

"你坐好，我给你拍个照，再来个合影吧！"我站起身，就给张支书拍了张照片，接着又请杨副主任给我和张支书拍了张合影。

随后，我又感慨对张支书道："张书记，你当这个大村书记真不简单，管1万多人，不容易啊！你的工作很忙，就不打搅了。我走啦，谢谢你接待哦！"

周城村扎染厂的白族扎染女工在精心制作产品

张支书热情伸手道："我也不陪你了，你有事可随时联系我！"

"好的，再见！"

我和他握了握手，就和杨副主任一起走出了他的办公室。

周城村见闻

——云南大理纪行之八

一

告辞张支书，笔者即随杨副村主任和另一位办事员小张一起，坐上杨师傅的桑塔纳轿车，从村部开向一条有牌坊的东西向大街。到一棵大树旁停住，大家就下了车。杨副主任介绍道："这里有周城的城门标志，历史很悠久的。"我仔细看，那老旧的城门飞檐翘角，砖墙厚实，正中有"周城"两个大字，还看得很清楚。城门旁边有一棵大古树，还有一座清光绪年间修建的古戏台，另有一块大石上刻写着"周城"两大个红字和一行"省级历史文化名村"的小字。

"这周城不是指城吧，名字是啥意思？"笔者问。

杨副主任解释道："周城有多种解释，我们当地白语称周城为'自者'，意思是种植柘树之城或织染之城。后据大理州白族学会会长李超介绍，周城原来写作棕城，后来才改写为周城。周城的白语称为'自者'，含义也是棕城，这是因为周城四周长满了棕树的缘故。周城最早建于唐太宗贞观年间，唐朝时这里设过神泉县、龙亭县，曾有军队驻守过此地，后来南诏王也派兵驻守过这里，那时都叫周城。后来历代区域不断变化，才变成了一个大村。"

"看来这里以前还是个古城。周城有多大呢？"笔者又问。

"我们去后山看看，你就知道了。"杨副主任说罢，招呼大家上车。约10分钟后，车子就开到后山半坡之上的一处空旷地带停住了。

大家再下车，杨副主任就对我道："你看，站在这地方，可以看到周城村的全貌。"

笔者往下看去，只见山下的房子密密麻麻，分布在很广的区域。杨副主任又指点道："我们这个周村向东临洱海桃源码头，向西靠苍山云弄峰，北边和蝴蝶泉相连，南边与邻村交界，总面积有8.2平方千米。全村有16个小组，总农户 2 450 户，居住人口 10 470 人，加上非农业人口及暂住人口，总计有 11 000 多人。整个周城的村庄由 1 000 多个白族院落连成一片，现有约 3 000 米的环村路，南北向的街道有 3 条，东西向街道 13 条，小巷小道数百条。村人出行，水陆交通都很方便，214 国道穿村而过，还有大理至丽江公路从村东侧穿行。到大理或到丽江、迪庆，车子多得很。"

"这地理环境和区位优势真不错！有这样好的条件，发展经济可谓得天独厚呀！"笔者赞叹道。

"那是，我们不光有地理环境和景观优势，还有历史优势、古村风貌优势、白族文化优势以及民族产品优势等等。等会儿吃过午餐，我再要村里的文化站长老杨带你去看看村里的寺庙文化和扎染企业，你看如何？"杨副村长又建议道。"好吧，我中午再看看，下午再回返下关，让杨司机到时送我一下。"

"没问题。那我们去吃午餐吧！"

"大家合个影吧！"笔者提议道。

"好！就在这儿照挺好！"

杨副主任挥挥手，杨司机就用手机给我们 3 人定格，拍了几张照片。

杨副主任带作者到苍山观周城全景后合影

拍完照，大家再上车，不一会就来到村东大街上一家餐馆，尔后吃了一顿有周城白族地方特色的午餐。

二

吃过午餐，快到下午一点。杨副村长将笔者介绍给文化站杨站长，决定由他和小张一起，带我去村里四处转转，看看周城的历史文化遗产。近 70 岁的老杨站长很高兴地答允当我的导游，就和小张陪同我，先去看了一寺两庙。

这一寺，即龙泉寺，地方在村中部龙泉路一处巷子内。其大门外有一座高大香炉。大门的门楣上方，除了"龙泉寺"3个大字外，还写有"三教同元"4字。大门外的一块四方大理石壁上，另刻有大理市政府所立的这样一段文字介绍："龙泉寺始建于明代，清乾隆、咸丰、光绪年间均有修葺。寺庙坐西向东。中院为玉皇阁（玄灵悟机楼），南院为武庙，北院为文昌宫。该建筑群具有浓厚的当地建筑风格，是儒、释、道三教合一的宗教寺院。对研究宗教史、民族史及白族建筑艺术等具有重要价值。"杨站长带我走进去，只见里面建筑果然很有特色。中院大殿及两旁供奉有玉皇大帝神像及观音、地藏王、药王菩萨等佛像，北院供奉有道教推崇的文昌帝君等神像，武庙供奉有儒家推崇的武成王姜太公及其他圣哲名将等神像。儒、释、道三教在此有交汇，并共融在一处为信三教的人敬拜，可谓是一个奇特的景象。在龙泉寺内，往来观看的游人还不少。

始建于明代的周城龙泉寺

另外的两庙，一是"灵帝庙"，原庙建于清朝康熙年间，已破烂不堪。2008年，该庙迁移新建。其位置在龙泉路中段南边，庙址取向正对背后大峡谷。里面供奉的是周城白族人的本主神，主要有传说中斩杀蟒蛇的英雄杜朝选等。此外，也供奉观音等佛像。另一庙是景帝庙，其位置在周城村的中段上方，与灵帝庙相距1 000米左右，此庙供奉的也是本主。相传是最早开辟周城的始祖赵木郎岗，是本土的保护神。此外，里面还供奉有观音、地藏、药王孙思邈等。里面信教烧香的人也不少。上述这两庙修建得也辉煌气派，很能体现周城白族的一些建筑风格，也是去周城旅游必看的风景点。

三

杨站长带我看的两个扎染私营企业，一个在周村北部大充路上方的一个巷子内，其门前挂着几个牌子，其中有一块写着"大理文化生态保护实验区白族扎染技艺传习所"，另一块写着"西北民族大学实习基地"，正门一块横匾上写着"蓝续绿色文化发展中心"。

走进门去，里面有一个宽敞的四合院子。院内扯有几根绳索，上面挂着一些蓝绿色的扎染布。一位约40岁的男士见我们进来，立刻热情招呼我们到客厅，并请我们坐下喝茶。那男子姓张，他说，这家扎染企业是他妹妹张翰敏创办的，她此时不在家。张翰敏是学历史的大专生，38岁，毕业于陕西师大。其创办扎染企业9年，现有职工30多人，临时扎染工百余人。所生产的蓝续扎染产品有服饰、被套、毛巾、沙发套等等，并全部是纯手工制作。各类品种丰富多彩，总计数多达1 000余种，产品销售海内外多个国家和地区。目前，这家企业还准备在喜洲镇办一个扎染博物馆，届时将展出各种扎染产品。

看过这一家扎染私企后，杨站长带着我，又到周城另一家规模更大的扎染企业去看了一会。这家企业是"大理传统工艺工作站大理基地"，又名"妈妈制造周城互助扎染合作社"。里面有一座生产厂房，还有博物馆展室，面积比较大。这家企业秉承段氏祖传扎染工艺，现在的传承人是段树坤、段银开夫妇，两人一道创办了璞真白族扎染有限公司和白族扎染博物馆，两人分别获得云南省和大理州"白族扎染传承人"荣誉称号。

在两家扎染个体企业的生产现场，笔者看到了扎染工艺的生产规模、生产工序及出品全过程。这两家企业在村中属于高水平，此外还有许多规模较小的扎染私企，周城人从事这个行业生产的人很多，全村扎染、刺绣方面所获得的收入也是该村农民能够致富的一个最重要的来源。

下午两点半，笔者在周城参观完毕，与杨站长握手相别。办事员小张带我到村部，将打印好的周城村简介材料给了我。接着，我坐上杨师傅的小车，又往下一站——大理国开国之主段思平的故里开去。

段思平故里记
——云南大理纪行之九

大理喜洲镇文阁村，又名阁洞塝村。进村的路与去古城的大公路交会处，有一座高大的石牌坊。司机老杨开车经过此处，笔者叫道："停一下，我拍个照。"

杨师傅把车停住，我即走下车，将那大牌坊拍了两张照片。再仔细观察，只见这牌坊修得很气派，顶上有盖梁罩瓦，四面有飞檐翘角。牌坊正中，书写有"段思平故里"几个大字。两旁有一副对联："为相南诏此方或遗宗榜展履，立君大理兹境呼有思平印玺。""看来，此处就是我要找的段思平的故居地了。这村里你到过吗？我们进去看看段氏的宗祠吧！"我对杨师傅道。

"好的，这地方我熟悉。但段思平的宗祠我还真不知道，我送你进村去问问。"杨师傅道。

文阁村前的段思平故里大牌坊

我拉开车门，坐上了副驾驶座。杨师傅启动马达，即驾车向村内开去。不一会，车子开到村中一个转拐处的坪塔前停住。我走下车，即问路旁摆摊的几个村民："这是段思平的故里吧，段氏一族的宗祠在哪里？"这几个村民有的摇头，估计没听懂我的话。杨师傅又用白语问了几句，这时，有人指指一个头戴黑圆帽，身穿蔚蓝色上衣的老人道："他知道，可让他带你们去。"杨师傅又对那老人说了几句白语，老人就站起身，带着我们往拐角处一条小路走去。

这小路很偏僻，中间经过了几处破旧的土墙房。一路走，我问老人道："段老，您多大年纪了？"老人似乎耳朵背，没有反应。杨师傅又用白语问他多大年纪。

"80多啦！"老人回答道。

"身体很不错啊，可能就是耳朵背一点。"杨师傅道。

老人也不多搭话，只顾往前走着。约莫走了百余米，眼前出现一栋有裂缝的老旧土砖房。段老掏出钥匙，把门打开，我们随着一起走进门内。只见这里面有一个不大的院子，看起

段氏老人带路去看宗祠

来已很破旧。院内坐西朝东有一栋木房，其正中的堂屋敞开着。堂屋的门楣上写着"和风智德"4个绿色大字，外面两旁的对联写着"宗功衍度天然图画幽风谱，祖德流芳人在乡嬽福地中"。

走进正堂屋内，里面墙正中一块长条石牌上，写着"段氏门中历代昭穆宗亲灵位"字样。灵牌两面墙壁上，密密麻麻写着一些祖宗名字，看上去模糊不清。正中木栏杆之下方，置放着一块大理石，上面刻写着"段思平故里碑序"，碑文中的小字已模糊难辨。不过，段思平的生平在相关许多史料中是很容易查到的。如李京著《云南志略》载："思平，蒙清平官忠国六世孙，布燮保隆之子。"《南诏野史》载："其母过江触木有孕，生二子，长思平，次思良。"还有的史料记载传说，段思平兄弟是三灵白帝之子，而其母触一段木而孕，又将段木培于庙庭之右，吐木莲二枝，才生下思平、思良，后成为先帝、先王。

段思平出生不久，因其父早逝，家境已中落，及长，为人放牛牧马，砍柴伐木，打碓磨面，后来到军中，因立战功才得擢升，最后当了通海节度使。

其时，南诏国已灭亡 30 余年，并经历了郑买嗣建立的长和国、赵善政即位的天兴国、杨干贞建立的义宁国、杨诏改号的大明国。段思平少有大志，清康熙大理

段氏宗祠中供奉有段思平的灵牌

圣源寺住持僧寂裕刊刻的《白国因由》载："人言段思平要得天下，牧牛放马处、砍柴伐木处、打碓磨面处、会客闲谈处全曰：段思平要得天下。"杨诏篡位后，害怕段思平谋反，曾派兵去擒拿他。段思平闻讯而逃脱，后来联合起滇东三十七部聚义，共拥兵 10 万北上征讨。在河尾，据传段思平连做了三个梦：一梦被人斩首，二梦玉瓶缺耳，三梦镜子破碎。其军师董迦罗为其解梦曰："公为丈夫，夫去首为天，天子兆也；玉瓶去耳为王，王者兆也；镜中有影，如人有敌。镜破则无影，无影则无敌也。此三梦皆为吉兆。"众部属得知此兆，更加振奋。随后，段思平率部从河尾渡河，果然大败杨诏守兵，杨诏退至永昌万箭树后自缢而死。退位闲居都城的杨干贞弃城而逃，最后也被段军捉拿，但段思平没有杀他，而是让其出家当了僧人。义宁政权就这样被推翻了。《南诏野史》称："赵氏国号立未久，干真又篡赵，号大义宁。才八年，通海节度使段思平讨之自立，号理国，即大理。"

段思平成了大理国的开国帝王，其后，段氏一族世代世袭，至段兴智一代结束，总共沿袭了 24 代帝王。大理国从公元 937 年起至 1253 年止，时间长达 316 年之久。段思平 51 岁即去世，其在位仅 6 年，时间虽不长，但干了几件大事：一是平衡了各种政治联盟势力，稳定了段氏政权。二是加恩滇东三十七部，给予其特殊恩惠政策。三是废除了杨氏苛刑峻令，更易了一些不合时宜的制度。四是普遍实施减税宽役。五是大力推崇了佛教、道教、儒教

及信仰本主等各种宗教和文化。

作为一代开明君主，段思平在大理白族百姓中的影响是很大的。但相关资料记载，明洪武时期灭大理后，段氏王族遭屠戮，阁洞塝村也遭洗劫，莲花山龙脉被挖断，村中寺庙、文献等全被毁。段氏人都外逃，直到明后期段氏有人在朝中为官，才重建洞塝村落，并建立宗祠，开始供奉祭祀祖先灵牌。

几百年过去，历史又换了许多朝代。段思平的碑序现今也摆在了正中下方最显眼的位置。族人每逢重要节假日，都要到祠堂来纪念段思平等众祖先。平常这位掌管钥匙的老人，也很尽责地在管理宗祠。在我观看完其祠堂后，老人引导我一起点燃香烛，给灵牌又做了一番祭拜，并期望我给功德箱投点币。我平常没有多带现金的习惯，消费都是用手机，结果只在荷包找出 5 元零钱投了，才慢慢走出段氏宗祠。

回头到停车处上了车，杨师傅道："这村里可能还有其他寺庙景观，或有段思平的纪念内容，你看不?"

"不看啦，等有机会再来。今天时间不早了，你送我后还要赶回去，咱们还是走吧!"我回答道。

杨师傅遂启动发动机，又开车向下关驶去。一路上，我的脑海还很兴奋。看了段思平的故里，在脑回波中，似乎已可想象到这个大理国的开创者最初成长的地方究竟是啥样子。而地理环境、宗祠住所这类标志物，最能反映客观存在的社会场景。

半个多小时后，杨师傅开的车来到下关一家住店门口停下。我走下车，与杨师傅挥手告别。他微笑着和我道声再见，就开车回返而去。此时，时间已到下午 5 点。

茶马古道上的沙溪镇
——云南大理纪行之十

铜铃叮当，人声鼎沸，七八或十几号贩夫走卒，身藏器械，摔着长鞭，赶着一长溜骡马，行走在滇藏大山的茶马古道上。这些骡马驮着盐巴、茶叶、布匹、瓷器之类的货物，每到一处人流密集的乡村古镇，都会停下来入住客栈。尔后，此古镇因为骡马帮的到来，会变得十分热闹起来，各样的交易也会更趋活跃……

在我的猜想中，大理剑川县的沙溪镇就是这样一个保存完好的古代茶马古道上的名镇吧。当我在下关住了 9 天，决定去大理州下属各县游历之时，剑川县的沙溪镇就成了我的首游目标。

沙溪镇寺登街口

7 月 18 日 8 时 45 分，我从大理下关乘坐长途客车出发，一路顺山道行 3 个多小时，于中午 12 点到达剑川县客运站。下车后，在站外见有去沙溪镇的绿色中巴车，随即又买票上车，途中翻山越岭，经过许多山弯，行驶了一个多小时，才到达沙溪镇外的一处三岔路站点。

中巴车在此停住后，我拖着行李箱往沙溪镇内走去。这段进镇的石板路有五六百米。走了好一阵，我才找到一家沙溪宾馆登记住宿，费用是 128 元一晚，不算便宜。到房间放下行李，才到街上一家餐馆吃了午餐。餐后，回宾馆休息至下午 3 点再出门，即顺着宾馆背后的一条步行街道，开始优哉游哉，慢慢溜达观览起来。这步行街道全是略呈褚红色砂岩条石铺成的地面，两旁的房屋都是白族风格建筑。

前行百余米处，到一丁字路口，见一块大石上刻着"寺登街"3 字。大石的对面街道，另立有石牌，并刻有"国家级历史文化名镇"大字，还有小字简介。而这寺登街则是沙溪镇最热闹繁华的地带，此街两旁店铺林立，百货、餐馆、土特产品、剑川木雕、大理石工艺品等等店铺，随处可见。砂岩条石铺成的街道不光滑，脚下行走，踏实安稳。街道右边路面有一条尺余宽的小溪，不断往下潺潺而流。

沿寺登街下行百余米，往右去的四方街内有一块宽敞的坪地，中间有一棵枝繁叶茂的大古树，左侧有一座飞檐翘角的古戏台。古树脚下 10 多米外有一栋两层高古楼阁，其门楣上一块横匾写着"一溪名胜"4 字，一块竖匾写着"兴教寺"3 个大字。

兴教寺外景

据标志牌介绍，此寺是中国目前保存规模最大、最典型、最有代表性的白传佛教密宗阿吒力寺院。寺庙始建于明永乐十三年（1415 年），2006 年被列为全国重点文物保护单位。寺两旁外则和内侧中柱都题有醒目对联，大门两边有一对石狮，阶沿两旁有垂坐式哼哈二将守护神像。

走进兴教寺内，可见三个院落。其一是门楼、过厅之上为观音楼，两旁为厢房。其次是二殿，又称天王殿。为单檐悬山顶建筑，堂内正中东面明间有左文昌、右关公泥塑像，中间为孔子圣牌。左右两侧有站将左关平、右周仓，南次间内为金甲神，北次间为财神，背面（向西）从南次间至北次间分别供奉伽蓝、韦陀和达摩。三殿即大雄宝殿，殿四周挑檐檩下有16幅壁画，堂内有"五方佛"如来石雕，背面（朝西）原有十王朝地藏泥塑佛，正中地藏王菩萨，左东岳，右北阴丰都，一帝秦广、二帝楚江、三帝宋帝、四帝五官、五帝阎罗、六帝变成、七帝泰山、八帝平政、九帝都市、十帝转轮等等。内容主要体现释迦出家成道及白族密宗阿吒力祈、荐法会思想理念等。

在二殿对白族密宗阿吒力的标示牌介绍序言中，有这样一些解说词："白族密宗阿吒力教是国家明确承认的合法佛教组织，白族密宗阿吒力文化是一个系统的信仰性民族宗教文化体系。……南诏时期，印度佛密进入云南，成为南诏王室尊崇的教派。如同印密进入中原以后，经过与汉文化长期融合形成汉密一样，至大理国时期，大理国皇室引入汉密，并将密宗奉为'国教'。此后，外来密宗文化与白族文化长期相融，形成自成体系的白族密宗阿吒力派系。……阿吒力持修理念和行持方式，体现了以追求现实利益及逃避地狱惩罚为主要目标的以功德思想与以他力拯救为基础的信仰性佛教行为。将阿吒力'奉献''祥和'为宗旨的文化思想传播到民间，为安定和谐的社会发展做出了贡献。……剑川阿吒力源于密宗胎藏界，以《大日经》《金刚经》等为修持原理。以菩提心为因，以大悲为根本，以方便为究竟。坚持将平常心修至清净无染，以'理智合一''莲金圆融'的密法作为修成正果的基础条件，以身、口、意表现手法完成明显心性、直心入道，获得成就，取得正果，到达彼岸，共修成佛的目的。剑川白族密宗以阿吒力法坛为载体，奉行爱国爱教，尽忠尽孝，为百姓'祈福禳灾'的道场法事原载，注重设坛供奉、诵咒、放焰口等科仪程序。尤其对科仪中的身法、心法、意法十分讲究，行持法事时'口诵真言'、心观尊佛、手持印契'的形式深受白族群众欢迎，成为剑川民族宗教中坚。"

二殿的标示牌中还介绍：明代以来，阿吒力的法事在剑川一带开始面向社会。至现代，其法事分公共法事和民间法事两种。公共法事有7、9、21天不等。民间法事一般 3 天，主要分荐亡、祈福两种。其文化的核心是教育子女报本追源，敬老尽孝。阿吒力的信众主要是妈妈会的成员较多，剑川县就有 1.1 万余人。此前，对于何谓白族佛教密宗阿吒力文化，其法事是怎么做的，我是似懂非懂。至此二殿堂看完整个标示牌介绍词后，眼前才觉一目了然。

观完兴教寺，再顺寺登街下行数百米，即到了黑潓江边。其两岸有许多古柳，特别是江中有一座横跨两岸的玉津桥，是茶马古道上的必经之桥，也是沙溪著名的风景名胜地之一。在玉津古桥边，我又坐了许久。脑中过电影般，遥想着过往千百年间，这茶马古道上的热闹情景。按文献记载，早在西汉时期，"茶马古道"就已初步形成，那时称"蜀（四川）身毒（印度）道"。在唐、宋、明、清之时，这茶马古道一直是中国西南地区各民族之间经济贸易的重

茶马古道上的玉津桥保存完好

要通道，也是和东南亚各国联系的纽带之一。而沙溪作为茶马古道之滇藏通道上的一个重要集散地，马帮在此运送进藏的货物主要有盐巴、茶叶、瓷器、丝绸布匹、粮食，出藏的货物主要有羊毛、兽皮、药材、马匹等等。

茶马古道滇藏段上的骡马运输十分繁忙，直到 1976 年，滇藏公路全线通车之后，其长达一两千年的历史使命才宣告结束。而沙溪这个古集市，在茶马古道消失之后，却仍保存了下来，因为有兴教寺这样的古代寺庙，加上其他悠久的历史文化遗址，沙溪获得了中外专家的一致推崇，最终荣获"国家级历史文化名镇"称号。

傍晚时分，天边晚霞消失，四周景色已渐模糊。我这时才从玉津古桥旁的坐凳上站起身，并慢慢向宾馆住店方向回返。

石宝山印象

——云南大理纪行之十一

在剑川沙溪镇住了一晚，清早起来结完账，准备转去石宝山一游。走到街口一家小店，吃了一碗稀饭加一个馒头当早餐。尔后拖着行李箱，又走好几百米，才到三岔路口（走这一段路，没有车实在很不方便）。

从三岔路口乘车，只能往剑川县城走。去石宝山没有直达车，和中巴司机说好，出15元钱，才答允专送一下。7点钟开始出发，沿途从坪坝爬上一座满是丛林的大山，约20分钟，车就开到了石宝山大门前，待我下来那车就掉头走了。这时还早，售票处关着门不见一人。

在大门口等了约半小时，一位穿着白族夏装的年轻美女，袅袅婷婷从大门内通道走出来，到售票处将门开了。我走进去，询问了游览费用，即用半价22元买了一张门票。那美女告诉我，持此票可坐游览车，但要等到9点钟才开。时间还有一小时，我遂和她说好，把行李箱存放到售票处，就一个人从通道往大门内的景区走去。

行百余米，见路旁有去海云居的指示牌，但要垂直上一段较长台阶。我怕错过游览车，就没看此景观，只继续顺公路往前慢慢溜达。沿途没见一个人影，山路十分寂静。越往前行，公路靠山的一侧就越陡峭，路旁还有小心落石的提示牌。转了几个山弯，不觉间来到一处比较宽敞的地方。那里有一块高耸的岩石，上写着"宝相寺"3字。旁边路边，有一栋砖木结构的住房。住房对面马路上，还有几个摆摊的空架子。一个70来岁的老太婆，孤零零地坐在一条长凳上，守着一只装满香烛和小吃之类货物的背篓，在等待游客来购买。

这上面就是宝相寺啊！我看着那大石，往交叉路通往宝相寺的方向走了几十步，在踏上几步台阶后又犹豫了。"一人不进庙，二人不看井"，这俗话的提醒使我有所犹豫了。还是等会儿，待游览车来了再与众人一道去看景吧！

这样一想，我又回头来到公路边，在房子边的一条凳子上坐下来，开始等车。这时，老太婆将背篓挪移到我旁边，问道："你要买香吗？到宝相寺去买炷香吧！"我摇头道："不买香，我要等游览车去石钟寺。"老太婆道："你不看宝相寺了？这里风景好呀！"我问："这上面有啥看的？"老太婆道："好看的多啦，石坊、玉皇阁、弥勒殿、观音殿、瑶池宫、六角亭等都值得去看看，这些建筑都在悬崖下，很惊险奇特啊！"

"还是等游人多了一起去看！"我又道，"你住在哪儿？怎么来得这么早？"老太婆道："我就住在这下面一个村里，天天早起来这里卖点货。"

"这里游人不多吧？"

"有时多，有时少。"

宝相寺路口

老太婆正说着，一只猕猴忽然走到了马路中间，似乎一点不怕人。我拿着手机，忙对着猴子拍了一张照片。那猴子走到我坐的长凳边，接着爬上屋檐，在我和老太婆正聊天时，忽然一个筋斗翻跳下来，一把将老太婆背篓中一袋塑料包装的食物抓起就逃。老太婆抓起手杖要去打，猴子早跑远了。

"这猴子好大胆，它敢突然袭击。"我惊呼道。

"这山上的猴子多，都不怕人的。"老太婆道。

"轰……"突然间，有汽车声响起。9点开出的游览客车终于到宝相寺前停住了，我持门票走上车坐下，里面游客只有10余人。司机启动车，很快向石钟寺方向开去。沿途山道弯弯，公路拐来拐去，那山看起来不高，林木都是松树，也不算茂密。黄土壤、红砂岩是这座山的特征。

　　车行约半小时后，到石钟山顶的一块坪塔中停住。其坪塔有一栋住房建筑，塔中能停数十辆车。从车上下来，大家就顺着一条老游道，开始漫步往山下石窟方向走去。据游览牌介绍，石钟山石窟雕刻于南诏和大理国时期，共有3区、17窟、200多尊石像，包括历代南诏王、释迦、观音、天王佛像、波斯国人像等等。其中狮子关有3窟，石钟寺有8窟，沙登箐有5窟。

　　同行的游客都先往狮子关走去，我则选择独自往石钟寺而行。往下行走到山腰，再横向前行七八百米，即到石钟寺门前。走进寺内，再往上行，见通道处有一个男子值守，看罢身份证再验票后，才指点我从一扇门进去。

　　从第一个通道出口，即见到1号石窟，里面正中刻着一个头戴莲花金刚宝顶，身着圆领宽袖，面貌慈祥端庄的男子，此像为南诏第六代国王异牟寻，雕像题名《异牟寻议政图》。围绕此像，旁边还或站或坐着其他一些人像。解说词曰："异牟寻是南诏历代王朝中最英明、最有历史远见的君主，其继位后，决定重新归附唐朝，公元794年，通过苍山会盟、贞元册封，南诏恢复了和唐王朝中断了40年的关系，使统一的多民族国家西南边疆得到了巩固与发展。"

　　在2号石窟，正中石龛雕刻着头戴豪华圆形尖顶珠冠，身着圆领宽袖长锦袍，倚坐于双龙头椅上的第五代南诏王阁罗凤，即《阁罗凤出巡图》。解说词曰："他是南诏历史上最为英雄的人物，其在位期间，

1号石窟的石刻

基本完成了南诏统一大业。……此窟是基于南诏当时现实生活去创作，具有深厚的写实风格，为石窟群中雕刻最为精致，刻画人物性格最为突出的部分，也是唯一能够把南诏王室出巡时'政教合一'的宏大政治场面如实记录下来的一窟，是南诏政治生活的真实写照。"

　　石钟寺的其他6窟雕刻也十分精致生动，如4号窟中的普贤菩萨，造型就很优美。6号石窟的不动尊、步掷、大笑、马关、大轮、无能胜、降三世、

六足尊八大明王，更是佛教中最著名的八大菩萨愤怒时的化身，也是白族佛教密宗阿吒力文化雕刻中的精品，其雕刻中的想象、夸张、变形、抽象的艺术手法运用都十分成功。8号窟中的"阿央白"（女性生殖器崇拜）雕刻也是世所罕见，据说，至今当地还有善男信女求子必去朝拜的风俗。

　　看完8号石窟，再往上行是玉皇阁。从玉皇阁转上去，就到了石钟山顶。站在此顶，居高临下，风景十分优美。在此请人拍了一张照，算是做了纪念。

　　游览到此，见山顶有一条宽敞的新修条石游道通往前方，遂顺游道往前行数百米，即回返到了停车场。在此再休息一会，见有一辆游览车回头，我即上了车。司机启动马达，我就像坐了专车一样，直接又回到了石宝山大门口。因时间已到中午，肚子已饥肠辘辘，我找到车场一辆江西游客的私家车，和车主说好，乘坐其便车出山，尔后再搭过路班车，辗转到剑川县城，在花园酒店住下。

　　在石宝山的游览就这样匆匆结束了，半天时间虽然很短，但见到了石钟寺，看了那么多雕刻石像，觉得对南诏及大理国的历史以及白族地区佛教密宗阿吒力文化的传播有了更直观的认识。有点遗憾的是：宝相寺没去看，石宝山的石刻还有很多著名的雕塑，如阿嵯耶观音造像、弥勒佛造像、波斯国人造

作者在石钟山顶留影

像等也没去看；石宝山有名的农历七月二十七至二十九的歌会也没亲眼见识到。这些遗憾，也都只好留待下次有机会后再去弥补了。

走进剑川古城

——云南大理纪行之十二

看罢剑川的沙溪和石宝山风景区，不能不感叹，有"文献名邦"之称的剑川，真是名不虚传！

剑川的乡村古迹如此闻名，剑川的县城风景又如何？2021年7月19日下午4点，笔者从花园酒店住所出来，想去古城逛逛来一番体验。

顺一条街道到明珠坊左拐，再前行百余米，即到古城的一座大牌坊入口前。这座牌坊刚修建成，上面的题字都还未写。整个古城街道也似乎才开放不久，来往人不多。两旁的门面也有许多空着，但街道看起来很整洁卫生。建筑也古色古香，很有白族民居特色。在南北和东西向主街的交叉口一侧，有两块指示标牌，一块写着"剑川古城历史文化街区"，另一块写着"街区简介"。从简介中得知，此古城的街区划定范围为：东至古城东路，西至古城西路，南至古城南路，北至古城北路，总面积为35.71公顷。街区范围内有全国重点文物保护单位1处，州级文物保护单位2处，县级文物保护单位7处，县人民

明代修建的古剑阳楼

政府挂牌保护的历史建筑87处。按照此简介的提示，笔者顺西向继续前行约200米，见路旁有一座"云上乡愁书院"，建筑外观很不错，两旁对联写着"乡心激意自古名邦多贤俊，愁城启志始有文献诏九州"。走进书院，看到各

种图书琳琅满目，营业员乃一位穿着白族服装的美女。与其相聊剑川古城风景，美女告知曰："再往前不远，你可看到一座古楼，那地方就是古城精华之地。"笔者遂出书院，继续往前行百余米，远远就见一座古楼有4层飞檐翘角。走近一看，顶楼飞檐正中有一匾写着"剑阳楼"3个金黄大字，第3层飞檐正中写着"文献名邦"4个绿色大字。飞檐最下一层是敞开的半圆形戏台，约有2米高，面积较大。台上有多根走廊柱子，上刻着多副对联。

在剑阳楼的前面是一宽敞坪塔，两旁有剑川图书馆等多栋建筑。右侧有长廊花园，绿树成荫，一条溪水从坪塔潺潺流过。左侧的建筑外，还有洗手池等设施。整体而言，这一带即是西门街古建筑群所在地。其建造时间是明弘治十三年（1500年）至崇祯二年（1629年），共由9个院落组成。2006年，被列入第6批全国重点文物保护单位。这些历史建筑群既是云南明代建筑遗存中的杰出代表，也是剑川古城最初形成时期的重要标志建筑物。

在西门街头，还有一栋白族特色的建筑，其正门额的匾牌上写着"赵藩陈列馆"几个大字。两旁对联为"五位领袖齐赞誉，百年滇南一奇才"。走进才知，陈列馆内列有赵藩、周钟岳等剑川籍5位杰出人物的生平图片展览。剑川

剑川古城中的古街巷

是一个人才辈出的地方，历史上出的名人不少，仅明清时期进士就有21名。据说，原古城内曾有"进士坊""贞洁坊"等20多处牌坊，后大都已毁。现在的古城南路还可见一座古牌坊，上书"进士"两个大字。笔者来这街上，看那两旁街道的建筑，多为新修建的仿古建造，各户门前都有对联张贴，如有一户门匾写着"好学私塾"，两旁对联是"耕读家训传后世，勤奋学风铭千秋"，透显出浓浓的历史文化气息。

在南门街内还见到一座报国寺，里面的天王殿供奉着天王、弥勒等佛像，看起来金碧辉煌。而在古南门街的尽头，见到许多古柳树，其地风景别具一

格，只是目前许多建筑还在修建之中。再回头走向北门街，见两旁披红挂彩，店铺较热闹。行人也略多，烟火气息相对更浓。走到"张伯简故居"前，见其大门关着，没能进去参观。其旁边有一个小店，专卖各类小吃，标示牌上写了红糖糯米粑粑、牛打滚、酥油茶、米酒鸡蛋、砍柴粑粑、手捏饵块、白米饵块、麻辣炸洋芋、香辣拌洋芋、香辣肠等几十种小吃食物。因在此购买小吃的人较多，我忍住其香味的诱惑，还是另到回头路上的一家面食店吃了一碗水饺，才对付了晚餐。

餐后再到新城转了一会，见到白族的"三坊一照壁""四合五天井"等建筑处处皆有。在街头一休闲处碰到一个老人，笔者问其城内有哪些白族本主寺庙，老人说："有哇，城南的古城隍是金华'十八坛神'之首，城内的道教场所有金华古寺、武侯祠、满贤林雷祖殿、西门外玄都观、斗姆阁等，这些寺庙都可去看看。剑川佛教阿吒力信徒也很多，农历二月八的太子庙会最热闹，那一天县城到处都是游人。"

听老人这一说，我就想，这次计划的时间比较仓促，老人所说县城内的这些寺庙等古迹也没都去看，但其实看过这古城，我也已体验到剑川文献古邦的气息确实很浓厚。剑川的新城面积也较大，七纵七横街道，整体规划也科学合理，道路建筑都很新。而古城历史悠久，房屋改造后，面貌也都已焕

剑川古城中的"进士"牌坊

然一新。无论新城老城，看上去文献遗迹都很多。等到下次有机会再来，我还可好好去观览吧！

如此聊过又思考一会，天色就渐黑了。待街上华灯初上，我即告辞老人，慢慢又散步一阵，直到晚上9点，才回到酒店歇息。

鹤庆游记
——云南大理纪行之十三

鹤庆，以鹤命名，与鹤必相关吧，这是笔者的一个猜想。在游历剑川后，下一个目标就决定直奔鹤庆了。去的那天是 2021 年 7 月 20 日，买的车票是剑川至鹤庆的客运车。沿途翻山越岭，路面基本是硬化的沥青路，车行状况良好，70 多千米路程，一个半小时就开到了。

在途经鹤庆县城中心时，笔者即下了车。因见路旁有一个宾馆，走进去一问，单间才 60 元一晚，于是就办了入住手续。接着在宾馆外一家餐馆吃了午餐，回到房间午睡了 1 小时。下午 3 点半，便开始上街溜达。所去的第一个地方是鹤庆文庙，位置在鹤庆一中内。

从相关资料了解到，鹤庆文庙分布面积达 3 万多平方米，里面的建筑群有很多，闻名的有文庙大成殿、尊经阁、大照壁、泮池、大成门、棂星门、文庙月台等。其庙始建于元至元八年，后毁于战火，又经历朝重建或修复，至今仍是鹤庆最著名的古代建筑群，也是鹤庆最闻名的古代文物古迹遗产之一。

屹立鹤庆县城中心的"文献名邦"大牌坊

笔者去的那天，很遗憾当日文庙没有开放，未能进庙中去观览，只在文庙公园看了一些外围景观。如"文献名邦"牌坊，修建得高大气派；八角亭中的"玄化晓钟"，引人注目；文庙门口的"师表万世"牌楼，雅致美观。

鹤庆的历史文化悠久，早在明朝就有"文献名邦"的美誉。明清时期考取进士的有 34 人，其中 5 人还被选入翰林。鹤庆的工商业也很发达，其商号在明清时就有数百家，鹤庆商帮很早就闻名海内外，并和腾冲、喜洲、四川等商帮一起，并称云南最著名的四大商帮。

发达的工商业为鹤庆带来了古建筑的许多杰作。县城内除了文庙之外，其他还有城楼、武庙、衙署、寺观、牌坊、名人故里等数百处，三坊一照壁、四合五天井、六合同春院等白族建筑也在大街小巷随处可见。

在距县政府不远的一个十字路口，还有一座古建筑云鹤楼很闻名，笔者特去看了一会。此楼最早建于明正德九年（公元 1514 年），后因火灾被毁。清光绪二十七年（公元 1901 年）重建。1981 年再次修缮加固。云鹤楼高 37.8 米，为斗拱形砖木结构，有 4 层，底层为南北通畅之拱门。站在南边街口，仰望这座高楼，笔者感叹古人建筑手笔之大气恢宏，几百年过去，现在还有交通和观赏价值，这真是一座值得珍惜爱护的宝物。

鹤庆除了"文献之邦"与"工艺之乡"外，还有一个美誉是名副其实的"高原水乡"。据说，其县内各类大小龙潭有 100 多个，其中以黑龙潭、黄龙潭、西龙潭、白龙潭等比较闻名。特别是位于县城西南宣化山喜鹊嘴的黑龙潭外，还建有黑龙庙，平常去祭祀的游人较多。黑龙潭距离县城较远，黄龙潭离县城较近。笔者决定选择去看黄龙潭，因听人说其潭距县城不远，走路不要多久，但实际上，从城中心去，沿途整整走了一个多小时，才到达黄龙潭公园。此公园没有大门，也无须买门票。进入公园中，沿着游道走到潭边，有一条水泥板搭的桥，可以直接走到潭中欣赏美景。

黄龙潭的面积约有数千平方米，潭水碧绿清澈，湖边环绕许多古柳树，风景的确很美。如果精心打造一下，可能会吸引更多游人。

在鹤庆草海镇，笔者看到了另一处更可观的湿地美景。这处草海湿地公园，面积比黄龙潭大了许多倍，其湿地面积有 200 多公顷。该湿地是鸟类的天堂，各类鸟有 192 种。其中国家重点保护鸟类有 23 种，包括黑鹳、彩鹳、白琵鹭、小天鹅、灰鹤、鸳鸯、白尾鹞等。

笔者去看的时间是 7 月 21 日上午 10 点左右，其时下了阵雨，天气凉快。从县城客运站坐 3 路公交车，20 多分钟到草海镇。下车后，走 200 余米，即到草海镇后边的湿地公园。从湿地岸边看到远处一片大湖泊的中间，隆起着两处草木茂盛的湿地，数百只白鹤在树枝草丛间不断聚集飞翔，湖中的水鸭也不时冒起游弋。其水草丰茂，飞鹤翱翔在雾气弥漫的湖中画面，一下子映入眼中，当时形成的印象，至今刻在脑海仍难以磨灭。由此，笔者更坚信，这鹤庆名字的来历必定与鹤相关。再查阅相关资料记载，果然发现有这样的说法：唐朝时圣僧赞陀崛多初来鹤庆，见群鹤翔集，后水落地现，乃命名"鹤庆"，又名"鹤拓"。联想到我们湖南桑植芙蓉桥白族乡的合群村，还有刘家坪白族乡谷家坪村临酉水河边的一棵古白果树，也是白鹤常群集的地方。这白鹤之乡，真乃白族人聚居的宝地；白鹤这种鸟，也是我们白族人最爱的吉祥之鸟！

值得一说的是：在草海湿地岸边，还立有赞陀崛多的雕塑像，旁边还立有一块长方形石碑，上刻有《祖师治水记略》一文，内容主要是记述赞陀崛多祖师降龙治

白鹤翔集的草海湿地公园一角

水的事迹。碑文的落款为中共草海镇委员会和草海镇政府所立。在亲眼看到草海湿地的这些风景后，笔者才深信，鹤庆的真正经典山水之精华，其实就蕴藏在这片大湿地中。

看完草海湿地公园，笔者再乘 3 路公交车回转，又辗转到鹤庆红军长征纪念公园去观览了一趟。此公园坐落在小团山麓，在 3 路公交车开到一个交叉路口后下车，需再往上前行约 1 000 米。这时见到，一处有六柱三门的高大石牌坊耸立着，牌坊的正中匾额上写着"气壮山河"4 个大字。走进正门内，眼前呈现出一个大广场，从广场向前再上几步台阶，即到"中国工农红军长征过鹤庆纪念碑"前。

此碑下有环形台基和大型平台，碑座为须弥坐式，碑身为方尖碑式，钢混结构，坐西向东。通高达 19.36 米，象征红军 1936 年 4 月长征过鹤庆。

在纪念碑的背后，有一面山墙，上刻着一组大型浮雕画像，为红二六军团长征过鹤庆的景象。按照浮雕解释牌的介绍，其次序分别为红军从南门进入县城，上曲罗邑古乐队演奏古乐欢迎红军；百姓为红军端茶送水、送干粮瓜果等；老人们设置香案祈祷红军吉祥；"施乡约"为红军鸣锣传话；红军打开县衙监狱放出无辜被押群众；红军召开群众大会进行宣传鼓动；红二六军团领导人贺龙、任弼时、萧克、关向应、王震肖像；红军召开军事会议；烧毁田契、债券、田赋；没收土豪劣绅、地主恶霸的财物分给贫苦群众；田麟勋等鹤庆青年参加红军；老百姓依依不舍送红军；红军送给带路的雇农寸秀山"红军灯"；整个画面的背景穿插部分红军在鹤庆留下的宣传标语。

看过这段浮雕内容，便知红二六军团长征过鹤庆的短短6天时间，在此留下的革命痕迹和英勇之精神气概，可谓早已深入当地人骨髓。据说，当年红军走后，人们每当提到贺龙、萧克等人的名字，也无不都会流露出惊奇和敬佩无比的神情。

走出鹤庆红军纪念碑公园，回头到县城住店附近一个餐馆吃午餐，感觉两日来在鹤庆的所见所闻，皆十分神奇而有味。而那一顿午餐也吃了两小碗饭和不少菜，或许是走路消耗太多的缘故，肚腹内饥饿后的进餐享受，也是很香很甜啊！

位于鹤庆小团山麓的红军长征纪念碑

八十老翁笔耕不辍

——云南大理纪行之十四

在大理鹤庆县城游玩两日，期间笔者傍晚漫步到一条街上，无意间看到鹤庆县文化馆旁，有一个"下里巴人文化服务社"。走进去再看，那店中摆放着一排书架，还有其他一些工艺品，而书架上的一些小说和杂书都是一个名为章虹宇的作家的书。书中作者头像和守店的老人一个模样。笔者随即问："这书店是你开的？书也都是你自己写的？你就叫章虹宇吧？"

"是呀！我是章虹宇，原名章天柱。书都是我写的，店子是我租的。"坐在书桌后藤椅上的守店老人回答道。

笔者仔细看这老人，其前额秃顶，两边头发斑白，红光满面，身体看起来不错。

"您今年多大年纪？"

"81！"章老回答道。

"呀，81岁了，还能自己开店，写书卖书。这租店要多少钱？"我赞叹着又问。

"一年5万。"

"租费不少呀，您的收入能够开销吗？"

"还可以吧，我自己写

章老经营的书屋

书卖书，每年写作收入有 10 多万元。"章老自豪道。

"厉害！写书有这么多收入？您靠版税还是自费自销？"笔者有点怀疑，该不是吹牛皮吧。遂对他说，我也出过书，出版行情我知道，一般作者出书都要自费，能拿到版税的人很少。

"我的第一本书是拿了版税的，当然那很早，是 1954 年，写的是一本《儿歌集》，得了 240 元稿费，也相当现在好几万。后来靠写文章，每年也有不少稿费。不过，现在出书是要自费了，我一本长篇小说《山魂》自费出版，曾包销了 1 万册。"章老得意地又回忆道："靠着稿费和销售书，每年上 10 万也差不多啰，不然我怎能开店维持生计。"

"真不简单！你还有养老金吧？日子过得好！"

"我没有养老金，也没工作，这辈子就是靠写作养活自己！"章老又自豪道。

"呀，真的厉害！"笔者更吃惊了，"你没有工作？靠写作职业搞了一辈子？那真不简单，你是怎么做到的？"

"不说啦，我要下班啦！"章老道。

"好吧，打搅您了。我买一本书，也是支持您，靠写作维持生计真不易。你这本《鹤庆轶闻》多少钱？"

"50 元。"

"好，我买了！"随即给了他 50 元现金，然后就和他告辞了。

晚上，笔者在住店看这本书，见其作者简介上有这样的话："章虹宇……云南鹤庆县人氏，自由撰稿人。中国作家协会等 36 个协（学）会会员，公元 1954 年起从事文艺创作至今，发表各类文化作品 2 000 万字，出版个人文艺专著 12 部，曾荣获国家、省部级及联合国教科文组织奖项 80 余项。"

看了章虹宇的简介，给人感觉到他的经历一定不简单，他真的没有职业，是靠自由撰稿维持了一辈子生计吗？我好奇地想再和他聊聊。第二天上午一早，笔者又来到他的书店，和他聊了半个多小时，并听他讲述了自己一生的简单经历。

章老这时才告诉我真实情况。他出生于 1940 年，其祖父是清末举人，在县城有 300 多平方米的房子，他一家现在就住在这祖屋里。其父亲也有文化，曾当过私塾先生。1936 年 4 月，红二六军团长征到达鹤庆时，父亲认识了贺龙，还拜过干亲，并给红军带过路。后来章老写了《贺龙擂石鼓》的 4 集电视剧，自己在其中出演过父亲的角色，此剧在云南电视台播出过。章老与贺龙女儿贺捷生也有多次交往。

谈到小时的经历，章老说，自己只读过初中，17 岁时到镇上当秘书，但没干多久，碰上 1958 年"反五风"，他被无辜受整，并失去了工作。1962 年，有文件下发恢复其工作，但他认为"好马不吃回头草"，就没有去报到。1965 年到 1977 年，他到县白龙潭酒厂（社办企业）当过多年技师。后来，因业余写作闻名，他被县文化馆聘请，编撰民间文学"三集成"。最后又被县志办和县政协聘请，编辑文史资料，前后在这些单位干了 25 年，也领取了工资，比如在文化馆聘请时每月拿 72 元，在县政协聘请时每月拿 1200 元。干到 2005 年才退职。但是他一直没交社保，他觉得有交社保的钱，

81 岁的老作家章虹宇在柜台卖书

自己储存一点积蓄，也同样可以养老。所以，直到现在，他不是职工，没有固定单位，当然也就没有养老金可领，一切收入还在靠自己自由撰稿和经营书店赚取。

关于写作所得的稿费收入，章老说这辈子算起来，应该也是一个不小的数目。他在 12 岁时，写过一篇《给志愿军叔叔的一封信》，发表在《中国少年报》上，得到 5 角钱的稿费。16 岁在《云南日报》发表作品，得稿费 10 元。此后，他一直靠业余写作文章挣钱谋生，主要内容大都是写民俗文化之类的稿件，前后在县级和地市省级以上报刊发表 2 000 余篇，文章刊发在闻名的报刊有《人民日报·海外版》《中国文化报》《民间文学》、上海《采风》杂志、云南《山茶》杂志，还有联合国的杂志《世界宗教研究》等等。稿费他说没统计过，数量估计也不少。

最后笔者问章老："您没有养老金，晚年能过得好吗？"

"没问题，我有积蓄，自己还能写作、还能开书店卖书，生活是不成问题的。我老婆买了社保，她有 3 000 多元退休工资。我的两个女儿也有工作，两个外孙上了大学，家境还好。"章老又道："我这些年还做公益事业，给学校

赠书，价值都有 20 多万了。前些年，我还到云南大学、云南民族学院讲过课，在州电视台也开过讲座。我是云南社科院聘请的研究员，联合国教科文卫组织也给我颁发过世界民间'一级文化勋章'荣誉。"

"您现在 81 岁了，每天还写作吗?"笔者又问。

鹤庆县草海镇湿地公园内的赞陀崛多祖师降龙治水雕塑

"也不一定每天写，我是来灵感了就写。"章老又道："八十不觉老，只要身体好。我现在就是坚持锻炼，每天都 6 点起床，在外散步，还打太极拳，每天还吃二两肉，喝二两酒，抽两包烟，晚上睡前还看半小时的书。写作的习惯，就是兴趣来了才动笔。"

"年纪大了还写作，又开这个书店，您不感觉累人吗?"我又问。

"不累，累了我就靠在藤椅上闭一会眼睛。守这店子我也习惯了。这 20 多年，我都是这么过来的。"章老又道，"我卖书，都是卖鹤庆的地方史料书籍，这些书你到别处买不到的。我写的书，也主要是写的本土的内容。写书卖书，都是在为传播鹤庆本土优秀传统文化而努力。我喜欢自己的家乡，能用自己创作的作品为家乡的文化做出贡献，这就是我的追求，也是我最大的荣幸!"

笔者觉得章老的所聊都是实在话，也很有道理，像他这样的自由撰稿人，能靠着自己的本事自谋职业，辛勤劳动，一辈子坚持笔耕不辍，不仅维持了自己和全家人的生计，还为传播家乡的优秀文化而做出了很多贡献。其人一生也算得是成功的人生，所写的大量作品也都是很具收藏价值的。

章老聊到最后，神情也更是兴奋。这时，门外忽然走进几个顾客要买书，他起身忙着去应酬。笔者便和他做了告辞，尔后离开书店，就另看其他景点去了。

上关花公园看花
——云南大理纪行之十五

  大理以"风花雪月"四景最为著称，其中的花是指上关花。2021 年 7 月 22 日一早，笔者花 33 元车费，从鹤庆乘坐去下关的客运车，中途到大理市上关镇下车，在一家"兴盛缘"客栈登记住下，看看时间还早，就决定去寻找上关花的公园看看。

老板娘说，上关的花有几处，建议去"喜洲花园"一看，说那里有很多花。笔者采纳其建议，随即花 5 元钱搭过路车，一会儿就到了那地方。走下车，见其路旁有一个停车场，旁边有一条巷子，顺巷子进去，见一个售票处，花 40 元，可买进花园的门票。再问"这

上关花公园内的徐霞客雕塑

是上关花公园"吗？售票员道："这儿不是，上关花公园在蝴蝶泉那边。"原来，此处是网红打卡的一个花园，里面确实培植有很多好看的花，但上关花公园不在这里。

  笔者还是想看有上关花标志的公园，遂又花 15 元钱，另找了一辆三轮车，再往上关花公园开去。10 多分钟后，三轮车开进了一个半坡之上的坪塔

处。下车一看，这里有几棵枝叶茂盛的大青树，地方宽敞，环境很优美。在售票处花15元买了半票，即来到坪塔旁边的一个台阶边，此处有一座建筑的标志门，门额正中写有"上关花"3个大字。两旁有一副工整对联："下关风水上关花香飘万里，洱海月照苍山雪情韵三春。"

穿过此门，走进去，再见一个圆形拱门。一旁通道处验过门票，从入口跨进门内，就见到了花园。打着绑腿，背着斗笠的徐霞客石像雕塑，矗立在大门内游道旁边。此公园为啥要为徐霞客立此像？原来，徐霞客在《滇游日记》之八中写有关于上关花的一段记载："其花黄白色，大

上关花植物和勒石

如莲，亦有12瓣，按月而闰增一瓣，与省会之说同，但开时香味远甚，土人谓之十里香，则省中所未闻也。"又曰"榆城有风花雪月四大景，上关以此花著"。上关花公园以上关花取名，于1993年建成。此公园为纪念徐霞客而为其塑像，也是题中之意了。

顺游道往前行数十米，见一棵分杈有五六根长枝干的粗大树木上，挂着一块四方形小招牌，上写"上关花"大字，下面一行小字写着：别名，龙女花、朝阳花。科别：木兰科。学名：Manglietiafoydliana Qliv. 原产：大理苍山。那上关花树是4月盛开，此时已过了花期，树上只见枝叶，其花到底什么样子？在一旁的宣传栏中有摄影照片，上关花的花照得很清晰，12片黄白色花瓣看起来很漂亮。

在上关花近旁不远，另见到几棵曼陀罗树，也挂有一块很大的标志牌介绍。其文曰："曼陀罗，又名'醉心花''天使的号角'。原产印度，花朵主要分粉、绿、黑、金、白、红、茶、黄八种颜色，是金庸先生所著《天龙八

部》中曼陀山庄的主要花卉。佛教界视曼陀罗为祥瑞之花。佛说曼陀罗'一花一世界，一叶一如来'，每一株曼陀罗花中都住着一个精灵，她们会帮助你实现心中的愿望……曼陀罗中所含的药用成分可使肌肉松弛，汗腺分泌受抑制，因此古人将此花所制的麻药取名为'蒙汗药'……花园内的曼陀罗，一年四季开满白色、红色、金色的曼陀罗花……小心你被麻醉了! 留下来……"

看了这个曼陀罗花的介绍，感觉还真有些趣味。

距曼陀罗花树之下不远，有一个方形水池，池中砌着一个平台，平台上雕塑一尊穿一袭长裙的花仙子少女，一手叉腰，一手拿着一朵花苞，眼睛平视前方，看起来十分漂亮美丽。在花仙子附近，上下的游道边，还培植有其他数以百计的树木花草。其中挂牌较多的名贵植物，除了上关花和曼陀罗之外，还有紫藤、荷花、玉兰、山玉兰、白玉兰、紫玉兰、大理茶花、杜鹃花、合欢树、三角梅、鸡血李等等。

从植物园穿过中间一个池塘，往上斜行七八十米，路旁有一座访花亭，两旁写有一副对联："蓝蕊迎春笑，木莲馨夏来。"在亭中稍坐，歇息片刻，眼观园林中花丛簇簇，耳闻鸟鸣声声，鼻嗅清新馨味，只觉全身已入仙境之中。所谓梦幻神仙之景，不就是这般环境?

曼陀罗

尔后再往前行不远，见道旁有一坪塔，塔中有一个圆心井口，井旁立一块石标，上书"天龙泉"3字。走近观那井中，里面约尺余深水，水底有砂石。那泉水清澈明亮，并不外溢井口，一年四季，水亦不干，此井可谓奇特。

从龙泉井往上，再行数十余米，两边树林以松树、柏树为多。到植物园最高处是一片草地，草地之上至数百米外是苍山的山腰。植物园处在这片斜坡上，地势处缓冲的坡道，可谓得天独厚。

到青草地看毕，回头顺游道再往下行，中间穿过高架紫藤，见几处藤架上的三角梅开得正红艳。这三角梅花花形不大，但其大红色彩十分可爱。此花簇一团团怒放，远望很艳丽，近看更优雅。穿过这藤架游道，很快就到植物园出口边。此时，见道旁的迎春花已过花期，叶子一片绿色。门口边还有几盆倒挂金钟，开得有不少红花，形如灯笼，民间俗称此花为灯笼花。其花原产秘鲁、智利、墨西哥等地，是海外引进花卉，亦是名贵花之品种。而上关花公园栽种的各类树木花卉总数，据称早已达上万棵。

在上关花公园看花，看到的不仅仅是上关花，更多的是能看到整个大理有代表性的各类名贵花卉。故此，到该公园一游，真的是让人大开眼界，大增见识。而笔者走出此公园，在回往住店的路上，久久都还处在赏心悦目的一番回味之中。

漫步洱海之源
——云南大理纪行之十六

苍洱大地，天气多变。2021 年 7 月 23 日早上，笔者在上关镇兴盛缘客栈刚退房，准备去洱源县城之时，突然间天昏地暗，一阵狂风骤雨袭来，街上顿时水流四溢。到洱源去没有客车，在街上等了一阵，才花 10 元租到一辆三轮车，然后钻进去，将我直拉到几千米外的三岔路口。在这路口又等一阵，却没见到去洱源的车。但有出租车可到邓川镇，从邓川到洱源有客运班车，于是再花 15 元租费，就上了一辆出租车。一路上，出租车司机告诉我，邓川即德源古城，此镇修有白洁圣妃庙，这庙从山下公路边能望见，你看，那庙就在山顶上。

笔者从车窗望去，那山顶果然有一座金黄色建筑。当地民间传说，德源城是唐朝时的六诏之一——邓赕诏的都城。其时，巍山南诏王请五诏王到松明楼祭祖聚会而灭之，并欲纳邓赕诏妻子白

洱源县滨河一角

洁为妻。白洁誓死不从，在"铁钏其臂"认出丈夫尸体运回家后，又带领士

兵坚守德源城，最终却兵败而亡。因白洁夫人聪明善良又正直无私，清康熙辛亥年（1671年）为她修建了庙宇，供奉其塑像予以纪念。后来，此庙毁于战乱。2009年，洱源县人民政府在该遗址再建了这座庙。从此，这地方又成了当地人举办火把节的最热闹场所。出租车司机建议我去看看，但因当时还在下雨，我想先去县城，就没在邓川镇停留。待县城的客运车一到，我就又上了客运车。

再坐车半个多小时，洱源县城就到了。下车之后，在客运站附近找到一家佳源宾馆，办了登记手续，就到4楼一个房间住下了。休息片刻，发现外面已天晴，太阳还射进了房内。此时刚到9点半，看时间还早，随即下楼问女服务员，茈碧湖往哪个方向走。服务员指点了一个大概方向，并建议我租车去，说那地方有三四千米。但我无事不赶急，决定多看看洱源县城风景，就只朝茈碧湖方向，漫步往街上走去。

行约数百米，进入鹏飞路，瞧见一个广场，又见洱源县政府就在广场正对面。那大院内，临街有一长排长得茂盛细长的竹林，将人行道遮出一片绿荫。从鹏飞路往前，再转往滨河路，沿途

茈碧湖畔广场上的大牌坊

行人稀少，偶尔才有车辆疾驰而过。但县城的街道都很整洁干净，房屋建筑也很新，飞檐翘角的白族特色建筑比较突出。到滨河路后，见数米高的路基之下，有一条数十米宽的深潭河水缓缓流淌，潭水有多深，难以目测。顺河岸往前行，一路只见很多茂盛的柳树。走在树荫下，天气不冷不热，体温感觉很舒适。其滨河大道修得宽敞漂亮，两边有绿化带。临河的一面，地面还

铺着一些浅红色彩砖。人行道两旁，栽培的树木花卉也很多。沿途还有几处实木建筑的六角亭子，里面有长凳，走累了可以歇息。

走过约 3 000 米滨河大道，迎面就到一处丁字路口。此处道路更宽敞，左侧是一个大广场，中间还有一座高大的标志牌坊，正中的门楣上写着"大理地热国"几个大字。据其标示牌简介，此"地热国"是投资 3 个多亿的一个旅游度假娱乐休闲项目，其总面积达 1 000 多亩，主要以温泉沐浴养生文化为中心特色，也是洱源白族文化、管理服务一流的康养旅游综合体的一个知名品牌。洱源素有"温泉之乡"之誉，境内的温泉资源十分丰富。特别是地热国景区内的九气台村，修建有真武阁，里面有龟蛇二石交盘，四面有 9 股沸泉，常年流淌不息。当地民间传说，这 9 股洞泉中住有 9 条火龙，从前常出洞危害百姓田园树木。后来在石上修建真武阁，由真武祖师将火龙镇住了，火龙就吐出 9 股热水，水温达 100℃多度。

洱源古名"浪穹"，清代《浪穹县志略》载："天生磺，出治东九气台……岩下出温泉，有热气九股上蒸，凝结为磺。最异者，四面冷水，温泉独沸其中，此乃阴中之阳，故性不燥烈，气味甘温，无

茈碧湖畔风光

毒，其色黄间白，亦有凝如燕窝、蜂片、牛角丝者，种类各殊。专补命门真火，并且治脾胃虚寒、胸腹胀满、久患寒泄、阳痿精乏、腰膝冷痹、中风咳喘以及妇人子宫虚冷绝孕、十年无子等症。"因九气台温泉沐浴有治病功效，故此来洱源的游人也比较多，许多人到此都会去温泉沐浴体验一番。笔者本也想进去沐浴一次，但茈碧湖就在此处，还是想先看了湖光景色再说，于是

就没进地热温泉去沐浴了。

从丁字路口过去，马路对面即到茈碧湖畔。此湖岸边新修有弯曲木栏和几座木亭。站在木栏台上，看那近处湖面，见有厚厚水草；湖的远处，则一片碧波荡漾。湖中水面，不时有水鸟飞起。湖的四周，有大山环绕。据相关史料介绍，茈碧湖的水面达18平方千米，平均水深11米，最深有32米。此湖的出水道为"海尾河"，其下游经弥苴河流入洱海，是洱海的主源水之一。茈碧湖的名称，有一个来源。《山海经·西山经》记载："西五十里，曰罢谷之山，洱水出焉，而西流注于洛，其中多茈碧。"茈碧花是此湖的特产，《云南通志》载："茈碧花产浪穹县宁湖中，似莲而小，叶如荷钱，茎长六七丈，气清芬，采而烹之，味美于莼。八月花开满湖，湖名茈碧以此。"另有民间传说，有一个本主的姑娘，因出嫁时舍不得父母，流下的眼泪落到湖中，其溅出的水花即变成了茈碧花。

在茈碧湖畔的罢谷山麓，建有一座龙王庙，当地白族人常到该庙祭祀。每年的农历七月二十三日，是当地人游海的会期。这一天沿湖十分热闹，人们会祭祀本主、祭祀龙王，并对唱民歌。晚

洱源县滨江大道美景

间会驾渔船，放海灯。所谓茈碧湖上泛金波，千灯竞秀争奇胜，即是该会期的习俗写照。

看罢茈碧湖，笔者又顺原路回城。因为没有公交车，出租车也不见，只好靠自己的"11号火轮"快步行走，约半个小时又回到了洱源城内。在一家餐馆吃了顿快餐，回到住店已下午两点了。

当日行走 10 余千米，下午有点累，休息许久，没有再外出。在店中翻看当地史料，发现洱源的游览胜景还有许多。

比如佛钟山麓的西湖，为省级名胜风景区。还有龙马水，传说是《西游记》中唐僧给坐骑白龙马喂水的地方，也是旅游胜地。石窦香泉的溶洞、观音山腰的眠龙洞、凤羽坝东麓的清源洞、凤羽乡的鸟吊山奇观等胜景，都是到洱源旅游可观的地方。可是，一个人的精力总归有限，计划中的大理其他县得尽快游历。这些名胜景区，想来亦只有下次有机会再去看了。

宾川越析魂

——云南大理纪行之十七

宾客天下，川流不息，宛若"川"字，境内居民多外籍人，此即宾川县名字的来历。2021 年 7 月 24 日上午，笔者从洱源至大理下关，再乘坐从下关至宾川的客运车，到中午 12 点就抵达了宾川县城。在车站下车后，笔者就在附近的庆源宾馆登记住下了。

吃过午餐，在房间休息了一个多小时。下午 3 点，开始游览县城。先沿街步行 500 余米，到一座桥头，见一块大石上刻有"桑园河商业城"几个大字。这商业城有许多房子和店铺，往来做商贸生意的人很多。据了解，宾川的县城牛井街有"万马归巢"的说法，因此地乃是南方丝绸

宾川桑园河畔风景

之路官道、茶马古道和盐马古道的交会地，其市场上的农副产品如棉花（现在很少见）、红糖、花生、橘果、烟草等在此集散交易，市场十分繁荣活跃。桑园河畔的绿化带也建得很美观，沿河有茂盛的树木，一些深红色的三角梅花此时开得正艳，行道中间还有一些长条座椅和石桌供人休闲娱乐。

顺桑园河而下，行 600 余米，到一座小山边。此时再沿溪畔而上，数十

步即到纳溪公园的台阶边。此公园没有大门，那台阶估计有二三十米宽，分左右两边，中间有几米宽的水沟和鹅卵石水池隔离。所有台阶为麻石砌成，每上升10余台阶，会进入一个缓冲平台。行七八个台阶，即到公园山顶下的公路边。

此公园山腰到山顶间，有不少茂盛树木和许多花卉。一些老人、妇女和孩子，在树荫下娱乐游玩，还有卖冰激凌或其他吃食的小贩在到处游动叫卖。此时我亦觉走口渴了，在路旁一个石凳上休息片刻，将随身带的水壶拧开盖，"咕噜"喝了几口热水，才又收拾好，继续背着挎包顺公路往左下方走去。前行数十米，见路旁有一棵古老青树很粗大，还有几棵老柳树长得也很高大挺拔，算得上是这公园内的一方可观的风景。走过这几棵古树后，往下再前行数百米，就又回返到了桑园河商城。

在桥头稍坐一会，拿出手机定位，准备去明德公园看看。中途，不觉间走到了一个大广场。抬头一望，忽然发现有一座造型奇特的巨大意象雕塑矗立在几十米外的地方。这雕塑上面像个山字，中间是圆形，下面像大鼎之足，两旁一边似牛角，另一边似鸟儿，还有其他一些花纹形状，不知为何意。

笔者走近仔细观看，见那雕塑基座上刻有"越析魂"3个大字，背面基座刻有一篇《越析魂碑记》文字。其内容曰：

夫一国一族之传承绵延，无不赖于精神长河之奔流不息。一地一城之繁荣兴盛，唯仰继往开来披荆斩棘之雄风。宾川宝地，历史久远，文化灿烂，物阜民丰，

宾川越析魂雕塑

4000年前即有先民在此繁衍生息，至唐朝之越析诏渐臻强盛，更有今日欣逢盛世。宾川发展汇入祖国复兴之大道、圆梦之伟途，愈呈勃勃之生机、青春

之活力。

斯溯古而知源，上下以求索。为弘扬数千年来此地前辈先贤开拓进取之文化，奋斗不息之精神，集思广益，遴选专家，创作兴建大型铸铜雕塑"越析魂"，作为城市精神之象征、文脉之见证、宏志之抒发，以激励宾川各族人民团结奋进，共创未来。

塑像静默，无言大美。远望如意象的"宾川"二字，近观似大鼎象征昌盛。更有大山、太阳、牛角等意象，喻示宾川人的担当与智慧、热情与豪迈、勤劳与质朴。如细流般和畅优美线条，昭示宾川源远流长、家国和谐、人民幸福。

其落款为：宾川县人民仝立。时间：二〇一三年十一月六日。

这篇碑记，写得可谓文采飞扬，将此雕塑的初衷及宾川的历史文脉描写得十分生动感人。

在越析魂雕塑前观览良久，笔者发现，广场的对面还立有一座高大的牌坊，其装饰也是古色古香。来宾川的人，到这广场看了雕塑和牌坊，对宾川的历史文化，即可真正有所了解和认识。

观览完越析魂广场，再走至另一条街道，沿途问路，时而拐弯前行，也不知走了几条街道，半个多小时后，才见路旁现出一块大石，上书"明德公园"几个大字。这里也无大门，里面有很多绿化树木和花卉，还有一些休闲设施和建筑，看起来也很平常。笔者在里面转悠一阵，没见到其他有特色的文物风景，就转身走回程路了。

从明德公园往回走，路途却错了方向，径直走到了一条大公路上。这条公路车很多，都是外地来宾川的车。顺此公路进城，多走了约2 000米路。直到晚7点多，才慢慢走回到客运车站附近。

在车站旁一个餐馆吃过晚餐，再回到住店，感觉双腿有些酸痛。这一下午溜达太远，全身已很疲劳。晚间，躺在床上看了一会随身带的旅游书籍，发现宾川的名胜景区还有不少。其中最闻名的是鸡足山，打算明日去观看。其他景区主要有宾川白羊村新石器遗址，地点在宾川太和乡白羊村西。宾川南熏桥是明代所修桥梁，地点在距县城20多千米的钟良溪上。孟获洞石棺墓地，在宾川县东65千米的孟获洞村境内。宾川永宁桥，清嘉庆十五年修建，为石墩木梁风雨桥。上沧本主庙，在宾川县大营乡上沧村西北隅。宾川观音阁，始建于唐朝，地点在县城西南的观音箐上。其建筑在陡峭石壁上，险不可喻。这些风景地，此次亦无时间去观看了。但整体来说，到宾川县城，看了越析魂广场雕塑和纳溪、明德两个公园，觉得已收获不小。特别是越析魂雕塑，给人看后印象十分深刻。因为宾川在历史上，最闻名的当地先人，也即唐朝时期六诏之一的越析诏，在这块土地上开疆拓土，曾建立过威震一方的强盛政权，越析魂即是对其先贤精神文化一脉传承的高度概括。而今日的宾川发展，也是离不开传统优秀文脉的发扬光大。宾川的有识之士能认识到先贤豪杰对后人的影响价值，在新时代继续努力开拓进取，相信其未来的前景也必定会更加灿烂辉煌。

鸡足山游记

——云南大理纪行之十八

鸡足山因前有山峰，后拖一岭，形如鸡足而得名。明朝大旅行家徐霞客曾数次到达此地考察。笔者慕其名已久，2021 年 7 月 24 日到宾川，第二日早上，花 19 元买了一张客运汽车票，于 10 点多就到了鸡足山下的大门售票处停车场。剃了光头的客运司机很热心，让大家拿出身份证，自去大厅为大家代买了进山门票，尔后再将我们几个散客直接送到了半山腰的祝圣寺。

从祝圣寺再往上行，要走数百米游道。这段游道在树林中穿行，两旁的树木很浓密，茂盛的枝叶将阳光完全罩住，路面上一片绿荫，有的地段还湿漉漉的。林中气温不热不冷，行走其间，感觉舒适而惬意。

在一处岔路的标示牌处，忽有一只顽皮的猴子爬上了标示牌顶端。笔者忙请人以此猴为背景，拍了一张留影。再往上数十步，见路旁土坎上、树枝上以及过道边的木板地上，到处蹲着或窜跳着大大小小的猴子，数量至少有百余只。在一处放有垃圾桶的台面上，还设有"观猴投食区"。游人在此可以投食、逗猴，但要注意安全。按标示牌提示，逗猴不可太

鸡足山游客逗玩猴

接近、太放肆，以免被抓伤。

走过猴区，往上不远，即到"观光售票区"。此处建有几栋建筑，地方较宽敞，并设有停车场，近旁还有"千佛阁"。在观光售票区，购买了一张往返票20元，尔后乘坐观光车，沿公路弯曲上行数十千米，到达索道售票处。其地也较宽敞，并建有停车场和索道缆车转运场房。在停车场坪塔周围，见有许多长得高大挺拔的古树，看去风景好美。还有一条香会街，购物交易活跃，有不少人流。

此处索道通往金顶，票价为75元。拿身份证购票后，笔者持票往前走百余米，就进入索道场房内。依次排队后，很快就坐上了缆车。随着绞盘转动，缆车脱离地面，瞬间升空而起。在数十米高的空中，观看索道下那成片的森林十分茂盛美丽。山谷中的游道上，有不少游客选择步行，在一步一步攀登。鸡足山的山道没有苍山那么陡峭，海拔也没有苍山高。但此山的黄色土壤较多，这与苍山的土质也不同。山上树木则以松树为多见，其他名贵树

高耸云霄的鸡足山天柱峰顶宝塔

木有栲、栎、楠、楸、杨、冷杉、山茶等。鸡足山的各类名贵花卉也不少，如杜鹃花、山茶花、挂边绿兰、雪兰、墨兰、黄牡丹、龙爪花、仙草等多常见。

乘坐鸡足山的索道缆车，感到踏实平稳，不像在苍山坐索道缆车那么凌空刺激。其时间也不长，大约坐了30分钟缆车，即很顺利到了索道终点站，此处是一个平坦山头。走出缆车，再顺游道上行，沿途见道旁有一些木屋商

铺，出售生姜红糖茶水和其他香烛之类货物。再上行约 100 米，见一片建筑群，此即金顶寺。查资料得知，此寺最初建于明弘治年间，后因寺内建有铜铸"金殿"而得名。走进寺去，见中间坪塔有一座 13 层的高耸宝塔，巍然屹立在海拔 3 220 米的鸡足山天柱峰顶。此塔原名光明宝塔，最初修建于明朝，清朝康熙年间被云贵总督范承勋听信谗言拆除。1929 年，云南省政府主席龙云应僧人请求重新修建，并改名为楞严塔。此塔历时 3 年建成，后成为鸡足山最著名的景观。据说，在此塔的第二层塔心四周，可东观日出，西观苍洱，南观祥云林海，北观玉龙雪山。徐霞客赞赏的鸡足山四观八景，上此塔去体验，也是最佳的观览景地之一。二战时期，此塔还曾成为飞行员越过"驼峰航线"的一道标志，在抗战史上也留有记载。

楞严宝塔之下的坪塔，周围也较宽敞，两边各有多处殿堂，里面供奉着不少佛像。最大的殿堂是"大雄宝殿"，其大门两边题有一副对联："鸡唱于绝顶之时灭诗三声谁有觉，花开在共见之处岂容一个独开颜。"这副对联有两字不太好认，请旁边一个值班保安相告，才认出来。那保

鸡足山金顶寺正门

安很和蔼，与我闲聊一阵，介绍了金顶寺的风景，还削了一个苹果，分一半给我吃。吃完果子，我才到殿堂内观看，只见里面供奉着释迦牟尼佛像，两侧是阿难尊者、迦叶尊者、达摩祖师、六臂护法王像。

从殿堂出来，看到许多香客在香炉中烧香，烟雾弥漫，使寺院内充满了一派敬佛礼佛的隆重气氛。鸡足山被赞誉为中国第五大佛教圣地，常年在此礼佛的游人很多，特别是每年的正月初一至十五日，这里都要举办朝山会。期间，大理各地各族群众，纷纷到此山来朝山，并给佛像敬香供果，向寺庙

捐献功德钱，以做寺庙维修用途。

看完大雄宝殿，再往宝塔另一侧走去，来到寺庙后面，见一个飞檐翘角的大门，上书"金顶寺"3字。这大门的门顶横列正脊，两端凌空垂脊欲飞，体现了白族精湛的建筑技艺水准和风格。以往这金顶寺的大门是对着上山步行游道而开的正门，但索道开通后，人们一般都从索道游道直上到金顶后门了，而这金顶寺前门似乎反倒成了后门。

在金顶寺大门前有高达 8 米的睹光台，站在这台上，放眼眺望鸡足山下，一派气势壮观的美丽风光尽收眼底。

进大门内的殿堂中供奉着大肚弥勒佛像，殿后塑着韦陀菩萨像。从殿堂之后再上行，可见到饮光殿等大殿。坪塔中还有一座供奉铜铸的金色观音菩萨像，许多信仰佛教的香客游人在此跪拜观音，祈求心愿，尔后依次到一个窗口去抽签解卦。整个金顶寺的人流也很多，几处烧香的炉火

鸡足山游道

都旺盛不断。鸡足山的佛教信徒多，这和其历史上的渊源发展有很大关系。据《鸡足山志》载，早在宋代，僧人慈济在此山出家修行，以迦叶为尊。元代至明代，佛教在此山盛行。期间出过源空、普通、本源、圆庆、净月、周理、无住、红如、大错、担当等知名僧人，并有"大寺八，小寺三十有四，庵院六十有五，静室一百七十余所"。明代时，道教也进入鸡足山，并修建了3 个天门与玉皇阁、真武阁等道观。清代以后，佛教在此山发展更盛，增修寺庙更多，出家的高僧有虚云、自性、红舒、普行等人。此后，鸡足山才成了和峨眉、五台、九华、普陀齐名的中国五大佛教名山之一。

在金顶寺观览了约一小时，笔者回返寺下，于路旁一座小院中买了一杯

姜茶、一盒烤土豆块，慢慢品尝，算解决了午餐。尔后，再顺游道而下至索道站，很快回返到祝圣寺。在此地休息，又等了一个多小时，才乘坐到一辆去县城的中巴车。回到宾川车站，此时已快到下午 5 点。

晚餐后回到住店休息，心中似还留有一丝遗憾。因为时间关系，鸡足山还有许多地方没能去看，这座山共有 40 座奇山、13 座险峰、34 座崖壁、45 个幽洞、百余处泉潭、庙宇古建筑及轩、角、亭、堂、殿、塔、桥梁古迹等数百余处。如果把这些景点都看完，没有几天时间肯定是不行的。好在已到鸡足山的天柱峰金顶寺过目留痕，算是对此山最精华的一部分有了领略和体验，借此私下慰藉自己：好物欣赏留余地，不虚此行应知足。由此一念，这晚间的一夜睡眠，也就格外香甜了。

祥云散记
——云南大理纪行之十九

彩云南现公园

大理祥云，史载最早称为云南的地方。传说汉武帝曾夜梦彩云，乃遣使追梦，在今大理祥云县境追到彩云，乃置云南县。故此，祥云即被称为彩云之乡，是云南之源。

2021 年 7 月 26 日上午 8 点多，笔者从宾川乘坐一辆客运车，10 点半就到达了祥云县城车站。下车后，到附近的知博宾馆登记住下。12 点吃午餐，休息一会。下午 2 点出店，坐公交车到城南，发现远处有一块岩壁，上书"祥云，最先叫云南的地方"几个大字，其景观比较好看。随即下车，想到石壁前去看看。但走到山边，发现有铁路护栏挡住了去路。

祥云石壁

回头绕道下行，走数百米后，见两栋漂亮的黄色三层楼建筑之间，有一个高大牌坊门，其门上三角形标示牌内写着"彩云南现公园"几个绿色小字，中间的门楣之上写着"彩云南现城"几个绿色大字。两行字看上去都写"彩云南现"，放在一起显得重复，为何其中一个不取别的名字？当然，这也说明"彩云南现"名字很有魅力。而祥云县的来历，除了汉武帝追梦之说外，还另有两种说法：一种是祥云建县时，县治驻地北面的龙兴和山出现五彩云霞，县城在彩云之南，故此称"云南"。另一种说法是古云山（即今鸡足山）常腾云气高数丈，祥云县城在云山之南，故称"云南"。以上3种说法，似乎都有道理。总之，祥云县名称的来历不凡，其地确实是最先称为"云南"的地方。

从"彩云南现城"标志大门进去，发现里面左侧有一些棕榈树，还有喷泉等设施，墙体还有"彩云南现公园"几个大字。但公园内上方主要是别墅小区，右侧是斜坡，远处可见一幢高大阁楼。其斜坡地段还在绿化建设之中，也没别的景观，笔者进去只观看一下，就返回了大门外。

出"彩云南现公园"后过马路对面，顺一条街道前行，不一会来到祥云县政府大院外。笔者信步走进去，到县民宗局想找县白族学会的负责人要点资料，不巧没有遇见其人。但此局办公室有一位杨女士以几本《祥云》杂志和一本书热情相赠，这使我得获所愿，甚觉开心。

走出县政府大楼，笔者回到住店，把几本杂志和那本书存放到服务台，就又漫步向古城钟楼方向走去。

祥云古城

下午4点左右，笔者沿路问行人，很顺利来到了祥云古城的中心——钟鼓楼之前。这座钟鼓楼看上去古色古香，其建筑颇具特色。据鼓楼标示牌简介，此楼始建于明初，清末时重修。楼共4层，第1层有4门，贯通四边街道。第2层为四角贴墙出檐，第3、4层为八角斗拱，顶部为陶制葫芦顶。楼上曾有铜壶滴漏，做报时用。

从钟鼓楼出发，笔者又分别漫步到北城门、西城门、南城门走了一趟。这几条古街建筑都很有"古味"，地面多为青石块，两旁建筑以砖木结构为多见，一般都是两层高，楼上楼下均以木板房屋为主。楼下开商铺，经营各类货物，小吃店、超市、客栈、酒家也不少，往来的游人也比较多。祥云古城在历史上就很繁荣，因为这里蜀汉时曾设过云南郡，明朝时设过洱海卫，古代一直是滇西的重镇，并管辖过很多县。祥云县现在的人口也较多，据2016年统计有46万多人，在大理州排在前几名内。祥云古城也修建得比较早，唐朝时已初步形成古城规模。唐樊绰《蛮书》卷6载："云南城，天宝中阁罗凤规制也。"《云南县志》载："明洪武十五年，指挥周能重修砖城。"明朝时期的祥云古城，以钟鼓楼为正中，置有5街13巷。其城设东、南、西、北4门，周围城墙设有防御垛口1530个。城外四周还有护城河，沿河植柳树，其格局一直保留至今。

值得一提的是：红二六军团1936年4月长征到云南祥云时，二军团的前卫6师18日晚到达清华寺一带，19日凌晨，6师派18团奇袭祥云县钟鼓楼，一举攻占了古城，还活捉了祥云县团总李玉楼。贺龙率二军团指挥部住进了祥云县城北中街23日。红军攻占县城后，只住一晚，20日就向宾川挺进了。贺

祥云古城内的"将军第"

龙在祥云住的这所宅子，又名"将军第"，以前是祥云一个武将居住的院子，此遗址现在还保存良好。笔者去这院子参观，发现里面还有人居住。这个宅子现今已成了爱国主义教育基地，县城学校的师生还常到此处进行教育活动。

走马观花看罢祥云古城，时间已到下午6点半。笔者到古城钟楼附近一个餐馆吃了一份香菌炒肉快餐，直到天快黑时，才走回到住店休息。

清华寺与清华洞

7月27日7点17分，笔者到街头花10元钱，租了一辆三轮车去清华寺。行10多分钟，车子就开到了该寺大门前。从车上下来，付完款，三轮车就开走了。这时打量清华寺，只见其寺门有大门和耳门，大门紧闭，耳门洞开着。大门两边的一副对联写着："洞天佛地睹宝光彩现祥云悟三乘，清华古寺弘正法永镇滇西第一门。"

从耳门进去，发现里面是一个大院，中间搭有简易塑料房，供奉着弥勒佛像。最上面是大雄宝殿，两厢有圆通宝殿和地藏宝殿。据相关资料简介，此寺始建于明朝，重修于清乾隆五十九年，咸丰年间被毁，光绪十三年又再建。

清华寺整体呈长方形，其建筑造型典雅精细。寺内有一个主持，时已外出；一个打扫卫生的勤杂老妇，年60余岁了。笔者问："寺庙游人多不?"老妇人答曰："不多。"又问："这清华洞在何处?"老妇人道："出寺门往右走不远即到。"

笔者到各殿堂观览一阵后，即走出该寺，想去清华洞看看。在寺外右行200余米，眼前见很多新修建的房子，还有一面山墙。顺着山墙走一阵，没看到清华洞。最后到一台阶旁，顺阶梯上到山墙上往里面看，才发现清华洞就在山墙之内。再从墙上跳下去，就到了那里面的游道上。从游道往下走二三十米，即到了洞口边。这时，拿着手机对准几十米高的一方洞壁，连拍了几张照片。

拍完照，看那下面的洞口，里面黑森森的，一个人也不敢再往下走。观看一会，就退下来，再转至洞口旁边游道，发现路口一面砖墙上刻写有文字介绍，其中之一是关于清华洞出土的新石器文物简介，大致内容是：1961年，解放军某部在施工中发现该洞穴为新石器遗址，里面出土新石器时期的石斧、石刀、陶罐等文物共22件。其二是关于徐霞客的生平事迹和在53岁时（明崇祯十二年八月二十日）游览清华洞的简介。指出徐霞客是最早发现此洞为新石器时期人类文化遗址的第一人，并惊叹此洞乃"真滇西第一洞也"。此外，还有明朝时大理名人李元阳的生平事迹和为清华洞所撰写的《清华洞诗刻序》："滇之清华洞岈奇诡，深窈莫测，殆十里炬灭而返，自后无有穷其际者。"

笔者正细看洞景简介时，一个守门人忽然大喝道："喂，你是谁？怎么进来的？"我说："从墙上跳进来的，这里不能看吗？"守门人道："快走吧，这里景区还在开发，没有开放。"我只好回返走出大门，一路有些悻悻然，没想到这无意中的一番"莽撞"，

明朝旅行家徐霞客考察发现的清华洞

居然让我探看到了清华洞的真身。因为清华洞是祥云的有名景区，能到该洞一览，也是荣幸吧。其实，祥云的有名旅游景观还有很多，如水目山、天华山、青海湖、云南驿茶马古道、大波那铜棺遗址等地都还没时间去看，难免也有遗憾。不过，以后有机会还可以再来看。这次就暂时结束，下一站该去另一个地方了。这样想着，我便又乘车回返，开始计划去另一座县城了。

南诏铁柱三奇

——云南大理纪行之二十

大理弥渡坝子相传古时为泽国之地，人们出行常迷失于渡口，故此才有了弥渡的县名。笔者于7月27日上午10点从祥云县城乘客运车出发，不到半个钟头，就到了弥渡县客运站。

下车后到一个旅店住下。吃罢午餐，休息至下午两点多，才走出店。再步行1 000米多路，在某站口搭乘到了一辆开往铁柱庙方向的面包车。那车专跑乡镇，沿途在城郊区行驶，上车人多。走走停停，花了20多分钟，车子开到了铁柱庙村一处三岔路口。司机将车停住道："先生，你到铁柱庙去，可以下车了，顺那条路往前走不远就到。"

笔者忙道谢谢，随即走下车，顺司机指的另一条公路往前走，行百余米，眼前就看到一座有绿荫遮掩的红墙庙宇。这庙的大门匾额上题写着"南诏铁柱"4字，两边的对联是弥渡文人李菊村所撰："芦笙赛祖，毡帽踏歌，当年柱号天尊，金镂翔环遗旧垒；盟石掩埋，诏碑苔蚀，几字文留唐物，彩云深处有荒祠。"落款题写为费孝通。

走进大门内，守门老人要求登记并交5元钱。笔者做了登记，但没带现金，又无处扫码。老人说，算了，你进去吧。我即进了庙内，那里面很宽敞，只见一株巨大的古榕树下有几个人在坐着乘凉，大树附近有一座石拱桥。走过桥去，就到一座飞檐翘角的庙宇门前。那庙门正中匾额写着"南诏铁柱庙"5个大字。从庙门再进去，里面是大院，院内又见一棵古老大榕树。榕树边有一栋三大间殿堂的砖木结构大屋，正中匾额上写着"威镇昆弥"4字，外层一副对联写着"物华天宝古铁柱，人杰地灵新纪元"。走进这座殿堂内，即见到门楣匾额上写着"标绩全滇"4个大字，里面竖立着一根有如孙悟空金箍棒似的粗黑大铁柱。据该庙文字简介，此铁柱通高达3.3米，直径0.33米，周长1.025米，重量2 069千克。围绕这根大铁柱，笔者仔细观看了许久。事后想来，该铁柱概括起来应有三奇。

其一奇是该铁柱为"独一无二"的中国最古老的铁柱。此铁柱柱身西面中段铸有"维建极十三年岁次壬辰四月庚子塑十四日癸丑建立"22 个刻字。"建极"为南诏

南诏铁柱庙

11 代主蒙世隆的年号。按照推算，建极十三年是唐懿宗咸通十三年，也即公元872 年，距今已有 1149 年。这说明此铁柱比湘西保存的著名溪州铜柱历史还要古老。南诏铁柱能历经 1000 多年还保存完好没被毁灭，这在中国也是绝无仅有。故此，此铁柱庙被列为全国重点文物保护单位，也是理所应当了。

其二奇是铁柱的铸造来历至今存疑，而附会在铁柱上的传奇也很多。关于南诏铁柱，史书的记载有很多，其中主要的说法是蒙氏先祖因好佛而处处有神助。有一次，白子国主张乐进求召集 9 个酋长祭祀天柱，有一只五色鸟开始集于柱上，过一会，那鸟飞至细奴罗左肩上，大家觉得奇异，众心都归了细奴罗，张乐进求就把王位禅让给了细奴罗。这位细奴罗为蒙舍诏的先祖，也是南诏的第一代王。从他开始，取代张乐求进，统一了蒙舍川诸部落，建立了蒙舍诏，号大蒙国，自称奇嘉王，并获得了唐朝"巍州刺史"的封任。其实，历史的政权建立大都是以实力说话的，禅让之说也可能只是一个美好的借口而已。关于南诏铁柱的祭祀，当地民间还有诸葛亮擒拿孟获，平息了西南战火后，将兵器收集铸造为铁柱的说法。还有蒙世隆在铁柱坪铸造铁柱，铁柱庙祭祀的铁柱旁边曾有蒙世隆夫妇塑像，旁边还有两个救过他的夫妇——爱丕老爹、老奶塑像等说法，这些塑像后来已被毁掉了。总之，铁柱

庙的铁柱是为祭佛而建立是真实的历史，但此铁柱究竟铸造于何时，又是在哪里铸造的，这铁柱的含铁成分是多少，是不是合成了其他一些金属等具体情况史载不详。按常理，铁是要生锈的，铁锈了就会坏掉。但此铁柱历经千余年，又经过多次大地震也没倒，现在还保存良好，这就很神奇了。

其三奇是当地白族和彝族人一直都将铁柱视为神物不断崇拜。尤其每年农历正月十五，白族和彝族人都要到此庙焚香祭祖，踏歌娱神。因为南诏铁柱的历史，对于白族和彝族都有极大的关联。在白族的历史

历经千年不朽的高耸铁柱

上，从仁果到张乐求进，曾是汉朝以来白子国早年和晚年的国主。唐朝时，张乐求进虽然禅让了权位，继承的蒙舍统一了六诏，这六诏自然也都是白族的先祖。白族人对于六诏的历史是很看重的，敬仰和崇拜南诏铁柱神物，也就可理解了。而彝族人和蒙舍诏的历史也割不断，蒙舍诏在巍山发迹，巍山又是彝族人的地盘，蒙舍也就是彝族人的先祖。但蒙舍统一六诏之后，在大理建立了政权，到第六代王异牟寻还修建了羊苴咩城，整个六诏也就自然成了白族人的先祖。由此可以看出，白族和彝族虽然是两个不同的少数民族，但两者你中有我，我中有你，有时也是难以截然区分开的。而中国的民族，许多地方也是相互交融的比较多。56个民族，归根结底，其实都是华夏民族。

在南诏铁柱前观览了一阵后，笔者又到该庙后院看了一会。那里面过去曾有三皇殿、圣母殿、土主殿等，现在只有一个"三皇宝殿"，里面供奉有

三皇（伏羲、神农、黄帝）塑像。其他厢房中，还陈列有一些弥渡县的文物瑰宝和风景宣传摄影画展。整个大庙内建筑古色古香，环境幽静优美，不愧是一个文物风景绝佳胜地。笔者走出来，到庙外又漫步许久，那庙外另有一处水塘，风景看起来也不错。只是此地处在乡村，交通还不够方便。回城的时候，在三岔路边等了近一个小时，才又坐上一辆去县城的过路车。到县城终点站下车后，笔者在街头再漫步观览一会，至傍晚吃了晚餐，才慢慢回住店歇息。

谷女寺外的感动

——云南大理纪行之二十一

一

出门在外，遇事不少，见识到以"金钱至上"为准则的人是太多了。但是在大理弥渡县去探寻白崖古城的一次旅行，我却碰到两个不计报酬肯做善事的乡下村民，这使我很有些意外的感动。

事情经过是这样的，2021 年 7 月 28 日一清早，笔者从住店——弥渡建宁旅馆出发，在街头搭乘到去红岩镇的客运车。一路之上，我问司机："知不知道白崖古城在哪里?"司机说："没听说过。"车开到红岩镇，我走下车，再问几个当地人，才有一位老者告诉我："有一个白崖古城，你朝前面走，转弯往山边行就到。"按照这老人的指点，我走到街道转弯处，见路边有一位个头不高，留着分头，身穿青布衣的男子，手扶电动车，正与人聊天。我走过去问道："往白崖古城怎么走?"那男子热情回道："你要去白崖古城? 我就是古城村的人，正好我回去，我送你吧!"

"太好了! 有多远，要多少钱?"我忙问。

"不要钱，我顺路带你。没关系。"那男子又道。

"钱还是要给的，有多远呢?"我表示道。

"不远! 你上车吧，不会要你的钱。"

于是我坐上他的车。他启动马达，开动车子，沿着镇外一条柏油路，向远处山边的村庄驶去。几分钟后，车子来到山边，他指着旁边隆起的一块高台地说："你看，这地方就是白崖古城的城墙废墟地带。"我说："看不出什么呀，有标志没有?"他说："要等待恢复古城重建，项目都报上中央去了，听说都获批了。"他把车开到这台基之上一个水塘边停住，又指着上面平坦的田地和一些树木道："这里过去有古城建筑，这一片都属于古城地域。"我下车拍了几张照片道："可惜没标示，这风景是不错，你们这里还有可看的景点没有?"

他指着远处的半
山腰说:"有哇,你看
这公路通向那大山,
上面有一座谷女寺,
就是一个老景区,有
好多游客哩!你去看
看吧。这电动车不如
摩托,爬山不行,我
只能把你送到山脚,
那里有一条游道,可
直走上去。"

我说:"那行,你
就送到那边山脚,我
自己走上去。"他即

谷女寺外风景

开车,从几户民房前穿过,将我送到上山公路边的一处游道边,我就下了车。
他又道:"你从这儿上去,等会儿回来,我请你吃午餐。"我说:"还早,等
会看了再说。我给你10元钱吧,你送了这么远。"他坚持推辞道:"我说了,
不要钱的。你要给钱,我就不会送你。我把电话告诉你,你可以记下,回头
来吃午饭吧。我现在要去帮我哥哥家做事,不然可陪你去玩。"于是我掏出记
事本,请他写下了自己的名字和电话。他叫伏国波,就住在这旁边的古城
村内。

<h2 style="text-align:center">二</h2>

通往谷女寺的上山游道全是条石砌成,游道时而直上、时而弯曲,两旁
有绿树,中间有一条溪水,"哗哗"直流淌。行走百余米,见许多梯田和水
塘环绕,水塘边还有一辆大型筒车,旁边有一座长方亭子。再往上去数百台
阶,就到了谷女寺下,其地有很多古柳、青树等,风景十分美丽。

从游道走上公路,在路边的一条走廊建筑内,发现竖立有几块标示牌简
介。其中第一块写着"民族团结宗教和顺"8个大字,下有《谷女寺渊源》

《民族知识》《和谐寺观教堂》三部分内容介绍。其他还有《重修谷女寺观音阁序》《明代赵州志载白子国来历》《历代文人题咏白崖城定西岭谷女寺诗词选辑》等标示牌简介。

读完这些简介，笔者才了解到，该寺始建于前唐，修缮于明万历间，历史也很古老了。其中《明代赵州志载白子国来历》介绍，将白子国的起源、张乐求进禅让细奴罗的经过和蒙舍诏的创立，说得很详细清楚，这使后人了解了白子国的起因历程。但其"白子国始自阿育王封其仲子于沧洱之间"的说法，显然是一种附会，历史并无记载，有许多专家对此也早已有质疑。

从走廊一侧再往上，走 10 余步台阶，至一个石坎下，见石壁上有"谷女寺"刻字，旁边有一座雕塑佛像。再往前去数步，即到其寺院内。有几位穿着蓝白服饰的妇女坐在院内树下木凳上，似乎正在聊天。寺院内有两栋殿堂建筑，正面是大雄宝殿，一侧是敞开式厢房。其间有居士在执笔题联写字，一些烧香的男女也在殿堂内外出出进进。

再从岩石一侧走上去，发现上面还有"龙王宝殿"和观音阁建筑。几个妇女手里端着米饭、水果和香烛，走上楼顶，在观音像前敬拜礼佛。笔者问其中一个妇女："今天是什么日子？拜佛的人不少啊？"那妇女道："今天是农历六月十九日，要拜观音。"原来，这谷女寺一年中有几个日子是很热闹的，特别是端午节，这里有"游百病"的习俗，很多信众都会到这寺里来拜佛，祈求平安。那谷女寺的观音阁建筑在一块悬崖岩石上，四周林木苍翠，站在其阁内，看山下的风景特别秀美壮观。观音阁下的岩石中还有一股清泉涌出，其水流福泽碧野苍生。当地各族百姓视此地为神灵之地，故此谷女寺的香火年年不断，来此观光的游人也络绎不绝。

三

看罢谷女寺，笔者沿着公路慢慢往山下回返，途中碰见几位带着香烛的妇女还在往谷女寺徒步跋涉。从谷女寺到山脚，有 1 000 米多山路，走下山公路倒也不费力。一二十分钟，即走到了山脚的一户农夫家门前。

这时，有一位穿黄色衣服正干砌墙活的男子问我道："这位老先生，你从谷女寺回来了？"

我说："是呀，你怎么知道的？"

他说："我看到有人用电动车送你的，他是我们一个村的。"

"就是伏国波吧，他在哪里干活？我要给他打个电话，我不吃中午饭了，要赶回县城去。"我又道。

那男子道"我知道，他在他哥哥家干活，正忙着。要不，我送你去镇上吧！"

我高兴道："那太好了，你送我到镇上去搭进城的车，我给你10元车费。"

"车费我不要，送你一趟没关系。"那男子又道。

"这怎么好意思，伏国波送我不肯要钱，你怎么也不收钱？这跑一趟好几里路，也要费油钱，你不能做亏本生意吧！"

"这你不用管，是我愿意送你的，也是做点善事吧！"男子又诚恳道。

"好吧，我给伏国波打个电话。"说罢，我拨通伏国波的电话，就说不吃中午饭了，时间还早，得赶回县城，并谢谢他的好意。伏国波说："那就不送你啦，有机会再联系。"

我随即上了这位穿黄衣服男子的车。他开着摩托，一阵风似的向前开去。路上，我问他叫啥名字，有多大年纪了，家中是否有老婆、孩子。他告诉我，他叫姜荣，今年46岁了，老婆在外打工，有两个女儿在读书，一个读高中，一个读初中了，家里负担还是很大的。

聊过一阵，他很快将我送到了红岩镇的一个站口。

"好了，你下车吧，在这里等候，会有客班车来的。"男子说。

我走下车道："还是给你扫码10块钱吧！"

"不用，我说了不收钱的。"姜荣坚持回绝道。

"为啥不收钱？这是你应该得的。"我说。

"我是举手之劳，答应了就是帮帮你！没必要事事只计较钱。古人都说'钱财如粪土，仁义值千金嘛'。再说没有钱财可以去赚，失去仁义就找不回来了。送一下你也是做点好事，我们这里的人都喜欢拜佛信观音，做善事，多积德，所以是自觉要做好事的。欢迎你今后多到我们村来旅游，这对我们也是支持啊！"

"好，你说得太好了！以后有机会我一定鼓动人来你们这里旅游。只是今天我一点也没帮到你啊！"

"没事，你来了就是贵客。"

　　"把你的大名写下吧，我会把你和伏国波都记住的！"说罢，我将记事本递给他，他即握笔写了"姜荣"两字，尔后与我道别，就开动摩托飞驰而去。

作者留影谷女寺

　　看着他远去的身影，我真觉得好感动。在当今许多人活着只知拜金的风气下，想不到在这个山村，还有伏国波和姜荣这样重义轻利，肯为别人做善事好事的村民。在我们的国家要多一些这样的乡村民俗风气存在，这社会的未来也才大有希望！佛曰"善有善报"，期望所有好心人也都能获得命运的顺遂和好报。

大王庙记

——云南纪行之二十二

2021 年 7 月 28 日上午游完谷女寺，回到弥渡县城时才到 10 点半。看时间还早，笔者决定租车去大王庙游一趟。在街头问一个出租车司机，单程要价 50 元。再与一个三轮车司机讨价还价，要求 40 元包返程。对方答允后，我就坐上其车，直向弥渡西郊的方向开去。

沿路是一条大公路，行 10 余千米，到一个三岔路进入村道。再往山边行约 1 000 米，就到了一座山下。司机说："到了，这上面就是大王庙。"我侧身一看，那大王庙高耸在山头，若从山脚顺台阶走上去，估计要费好长时间。遂问司机："可以再上去不?"司机说："可以上一点。"于是让他从旁边的路开上去，一直开到寺庙下一个坪塔才停了车。

大王庙内风景

从停车处往上走，行 20 余台阶，即到大王殿门前。该殿新修建不久，雕花塑彩都很亮丽，正中殿堂门楣上的匾额上题写着"大王宝殿"4个大字，里面供奉的塑像是白子国的开国国主张仁果。

在大王殿外的一排标示牌简介中，有一篇《白子国传略》写道："汉朝初期（公元前122年至109年），居住在白崖的哀牢部落九隆八族蒙苴颂的后裔仁果，才智出众，被众人所推举而称王，因居住地以白人为主，而称国号为'白子国'。元封六年（公元前104年），汉武帝任命'白子国'国王张仁果为滇王，赐'滇王玉印'。蜀汉建兴三年（公元225年），诸葛亮认为'大白子国'国王仁果世孙龙佑那能抚其民，封为采地主（酋长），并赐张姓。白蛮首领历经魏灭蜀，三国归晋，南朝刘宋政权，隋灭陈，唐灭隋等392年后，已传位给张龙佑那十七世孙张乐进求。唐太宗贞观二十二年（公元649年），张乐进求被唐王朝封为'云南镇守将军'。据载，唐贞观二十三年（公元650年），张乐进求将女儿许配给细奴罗为妻，把世袭'白子国'王位禅让给细奴罗。唐玄宗开元三年（公元713年），细奴罗的孙子盛罗皮为答谢张乐进求逊位之恩，在大庄营（原叫大庄地区陆丰邑）张乐进求过去的行宫修造张氏宗祠，供奉张氏祖宗牌位。"

这篇传略将白子国的来历讲述得比较清晰，张仁果最先为白子国之国主，这是已被考证记载的历史。而明代万历年间《赵州志》卷4载："白子族之据国，始自阿育国王封其仲子于苍洱之间，统縻莫之地而有之，不茹荤膻，日食白饭，人称为白饭王，是为白国之鼻祖也。汉武封白饭之后仁果者为滇主，传之五世孙龙凤那佑。武侯克大理，仍封那佑于故地，赐姓张氏。今赵多张姓，自那佑始也，传十七代至张乐进求，逊国于蒙氏。隐居白崖川，由是白国绝而南诏继。铁柱在州南百里白崖，武侯既擒孟获，回白崖立铁柱纪功。改大白子国曰建宁国，即其地也。柱岁久剥泐，至唐懿宗咸通间，龙佑那十七世孙张乐进求等思武侯之功，重铸铁柱，合酋长九人祭天于柱侧。是日有鸟集于铁柱，顷之飞憩蒙舍酋长细奴罗左肩上，众以为异，戒勿惊扰。奴罗寝食唯谨，经十八日鸟乃去。众以为天命攸属，张乐进求遂逊位奴罗。奴罗不敢当，众强之，立为兴宗王，是为蒙舍南诏。"

这段《赵州志》记载，将铁柱的来历和张乐进求的禅让写得更清楚。实际上，细奴罗为张乐进求的女婿，张乐进求借祭祀铁柱的时机，以鸟飞在细奴罗左肩为理由，把国王之位传给他，这看起来也是天意。所以，这个禅让也就合于情理了。同时，张仁果的前辈为白崖"白饭王"的后裔，白饭王才是白子国的鼻祖。白饭王又是印度阿育王分封的仲子，这个传说太牵强附会，佛教传入大理地区并没有那么早。所以，这个《赵州志》虽然是官方的记载，但也是不太靠谱的，其传说的成分是不能全信的。

因从张仁果开始，白子国才有了正式被汉武帝分封的国主，其后白子国的世袭也就成了必然。等到张乐进求禅让之后，新上任的细奴罗建立了蒙舍诏，细奴罗的孙子盛罗皮为答谢张乐进求逊位之恩，在大庄营修造张氏宗祠，供奉张氏祖宗牌位，这就有了因果关系。故此，这庙旁的标示牌中，另有一篇《大王庙由来》，也简述了此庙修建的过程。其文内容大略是：唐代南诏时期，清平官张建成在各地建"化成寺，大庄地区将张氏宗祠改为化成寺。明万历年间，大庄化成寺从大庄营搬迁到后山坡上，扩大修建成了大王庙"。清乾隆初年，此庙改称"香山庙"。清同治五年，在此庙设立香山书院。清光绪十一年，此庙增建玉皇阁。民国十七年，兴建大雄宝殿，供奉释迦牟尼。2016 年，全面恢复重建大王庙，园林总面积达 200 亩。

此庙现在主要供奉本主"大白子国"国王张仁果，同时也供奉佛像、道教神像，庙内三教和谐共存，香火旺盛。每年有很多庙会，如农历二月初八大王圣诞会、三月十九圣母会、六月初一至初六南斗会、九月初一至初九北斗九皇会等等，都是很热闹的盛会。

供奉本主"大白子国"国王张仁果的大殿

看罢大王殿，笔者到后面山坡上又看了"香山清宫"等几个殿堂，期间有不少人在香炉烧香，坡上一片烟雾弥漫，几个大殿内游人进出不断。其地风景也很优美，树木葱茏，花草茂盛，不愧为一方游览胜地。因为时间有限，我在匆匆领略了此庙的一番感受之后，即回头到庙下的坪塔，又乘坐那辆正等候着的三轮车，顺利返回到了弥渡县城。

踏访碌摩山古寺
——云南大理纪行之二十三

2021年7月28日中午12点，笔者从弥渡县坐一辆过路客运车，到达南涧县时已下午一点。下车后，走至县城一个商务宾馆登记住下，休息一会，就到了下午两点半。笔者再出店，在街上吃了一碗饺子，感觉来了气力，遂期望去碌摩山古寺看看。因资料上说，那地方距离县城3 000米，路程应该很近。但其寺没能手机定位，只好一路问人寻找。

在南涧县大街上走了二三百米，问了几人，却都不知此寺在何处。转悠好久，上了一辆绿色中巴车，再问司机："去碌摩山怎么走?"司机手一指道："碌摩山不在这方向，你应往那边走。"我急忙下车，又回头走了一阵，到达了一处往右侧河沿方向运渣石的路边。这时再问路旁某单位的一个穿制服的年

碌摩寺一角

轻保安，他走出来道："碌摩山不通公交车，古寺就在对面那半山上，你顺这渣石路走过河去，到那边可问到去碌摩寺的路。"

我随即按他指引的这渣石路走，穿过几百米田野烂路，到一条浑黄的河流边，见一座几十米长的铁木桥，走过桥去，就到了对面的一条大公路上。从那公路旁的一条小路走进一片巷子内，再问路旁店子中的一位男子，才知

道沿着这巷子路往上直走，可以到达碌摩山寺。于是不紧不慢地又往上坡走。中途有一个骑电动车的老人驶过来，笔者问："碌摩寺还有多远？"老人道："你去碌摩寺呀，那还有两三里。你就顺这路一直上坡，到一个转弯处过去就能看到。"

我遂继续前行，走那上坡路比较费力，其公路上又无树木遮阴，下午的太阳照在身上，脊背汗水已湿透了短袖衬衫。行800余米，到山腰一条坡坎边时，忽见坎上地头有一个干活的老人招呼我道："不错哇，你这老先生走上来了。"原来他就是刚才骑摩托的老人。我说："你在这里干嘛？"他回答道："我就住这附近，回来到菜地干活。你是哪里人？"我说："湖南的。"他赞叹道："呀，湖南人，到碌摩山来看寺庙，真来得远呀！"我又问："还有多远？"他说："不远了，你从这儿转弯过去就能看到了，最多一里多路。"

我照他指点的路再往上行，走过一道转弯处，果然望见远处有一片寺庙建筑，掩藏在一些茂盛的树木中。再从山腰顺道横走10余分钟，那古寺就到了眼前。那寺庙的正门在下方，我行走的路线是从其左侧直接到了寺庙的上面。那里有玉皇阁、文昌宫、孔子长春殿等新建筑，下面和附近周围还有老君

碌摩寺玉皇阁外景

殿、财神殿、真武殿、将军殿、马王殿、雷公殿等等。

寺庙上边的坪塔中，还见到一个宣传栏，上面写着碌摩山玉皇阁关于宗教场所的8项管理制度。原来当地人称这碌摩山古寺为玉皇阁，这碌摩山古寺也就有很多人不知道了。碌摩山的名字又是何意？据说，碌摩在彝语中是老虎。此山在古代肯定是老虎出没的地方，取这名字也是名副其实。从碌摩山寺的位置往下看，整个南涧县城历历在目。碌摩寺的树木多，古庙建筑飞檐翘角、雕梁画栋，很具有地方特色，风景有"虎之雄俊，龙之灵气"。

在文昌宫和孔子长春殿里看了一会，笔者再走进玉皇阁内，发现里面墙

壁上，有二十四孝图文及其他佛教故事的文图画面，内容很丰富，不少图文也很有教益。如佛教故事《孝者存逆者亡》的图文，故事大意是：杨璞、杨富两兄弟有一个老母，又各有妻儿。杨璞忠厚孝顺，杨富却天性凉薄。有一天涨大水，洪水将到，杨富不管老母、兄长死活，先用船载着妻儿往北山逃命去了。杨璞无可奈何，危急之中，急忙背着老母登上一座小土坡。刚到坡顶，四面洪水滔滔而来，许多房屋被冲毁，杨璞正为来不及照顾妻儿而心痛，忽然看见有一个妇女抱着孩子，乘在一棵大木头上漂下来。他赶快尽力救上土坡，一看却正是自己的妻儿。第二天，洪水退了，他四处查问兄弟一家人，才知道他们的船刚到北山下，被一棵树倒下压翻，全家都淹死了。在文章的右边下侧，空白纸面上画着大山和汹涌洪水，船被树压翻，一男一女在水中被淹挣扎。

类似这样忤逆不孝遭报应的故事图文，在这些墙壁上还有 10 余篇幅。这些故事图文主题鲜明，提倡孝顺感恩，其故事内涵的教育之意，应是值得人们深思和肯定的。

走出玉皇阁，笔者顺着游道往下走，看到寺内后面立有一座石碑，上面刻写着"凤凰颂碑"，内容是感恩云南省凤凰水利有

碌摩寺牌坊山门

限公司捐助善款事迹，落款是南涧县碌摩山管理委员会。在路旁另外几处砖墙上还刻写着众多为恢复修建古寺而捐款的单位和个人名字，从这些名单上可以看出，为恢复和修缮这座古寺，也确实得到了该县各界人士的大力支持。该寺庙有着悠久的历史，佛教、道教、儒教这三教在此寺都有交汇，并能和谐相处。许多传统的优秀文化也在此寺得以呈现，像这样的古寺庙风景胜地，也是游人最喜爱观览的去处。

在该古寺的下面有一道写着碌摩山玉皇阁的高大山门，其左面有一幅《狮吟虎啸》的画图，右面有一幅《龙翔鹤翥》的画图，两图很形象地展示

了此古寺的虎、龙之气韵。

　　出古寺大门后，下面不远进入右边一条环山公路，顺公路再往山下，走约 1 000 米，即到达大公路边。尔后再往前行 2 000 米，到一条河边过另一座铁木桥，到对面河沿往城内行，即返回到了县城。这一日下午，行走估计有 10 余千米，回到住店已精疲力竭。但如愿看到了碌摩山古寺胜景，觉得这辛苦付出还是很值得。

巍宝山游记

——云南大理纪行之二十四

巍宝山是全国四大道教名山之一，久闻其名，常想见见此山真面貌。2021 年 7 月 29 日上午 9 时，笔者从南涧县城出发，乘客运车到巍山县城，一个多小时就到了其车站。下车后，拖着行李箱，在就近的蒙吉大酒店登记住下，尔后吃午餐，休息一会。下午 1 点，在酒店花 100 元租了一辆出租车，就直往巍宝山方向疾驰而去。

巍宝山牌坊外景

沿途一出县城，车子就爬山而行。那山不高，也不陡峭。进山的柏油公路修得比较宽敞，往来车辆也不多，只 20 余分钟，巍宝山的大门就呈现到了眼前。司机在车场将车停住，就和我约好下午 3 点半到此处等候。

从巍宝山的大门口进去，百余米处到售票窗口。花 20 元买得一张优惠票，笔者独自就到了景区的通道入口内。往前行数十余步，见一块游览标示牌，上面标记了去南诏土主庙、文昌宫、灵霄宫、青霞宫等地的位置，随即就从"万顷松涛"石门穿入，朝那青霞宫方向迈进。

一路上，只见那麻石条的游道修得很厚实宽敞，两旁的树木很茂密，中间的游道被浓荫罩住，只有少许阳光从缝隙投射进来，落下一些斑驳光点。那山中的空气格外新鲜，气温也比山下凉爽了许多。缓慢上行二三百米，到达一个三岔路口，见许多坟地处有一块路标指向南诏土主庙方向，遂再往左侧行，不一会即到一座两层飞檐翘角的山门前。那山门匾额上写着"南诏土主庙"几个大字，两边有两副长对联。

走进山门内，里面见上下两大院。下面院内有一棵大树，树旁有一座殿堂，匾额上书"祖灵殿"，前置有一香炉。上面大院正殿匾额为"南诏彝王大殿"，左侧有一块匾额为"德化外方"，右侧有一块匾额为"雄冠南疆"，两侧还有汉语和彝语写的多副对联。南诏第一代国主为细奴罗，因其才干突出，又是白子国主张乐进求的女婿，在唐贞观二十三年（公元650年），张乐进求将女儿许配给细奴罗为妻，并借祭祀大铁柱的时机，把世袭白子国的王位禅让给了细奴罗。此后，细奴罗即创立了大蒙国，又称蒙舍诏。他的子孙统一了其余五诏，在大理建立了以白族为主体的西南显赫的南诏政权。因蒙舍王又是彝族人的先祖，巍宝山更是细奴罗的耕牧地，所以细奴罗也成了彝族和白族人共同都祭拜的一位土主先祖。

看完南诏土主庙，再往前行不远，即到文昌宫前。那殿门前有一副对联写得颇有深意："龙腾九皋云能致雨，潭深百尺水不扬波。"文昌宫的正门紧闭着，也没能进去观看。其旁边有一座大殿，门楣上写着"仁义盖天"4字，中间门壁贴着八卦图，里面供奉着"三界伏魔大帝关圣帝君"，其下写着"文教昌明"4字。而文昌宫附近的一栋白色建筑外墙上，所写"尊道贵德"4个绿色大字，也颇含老子《道德经》中的为人处世哲理深意，值得大力推崇。

从文昌宫走过去，行一段上坡游道，见许多古树长得十分粗壮茂盛，有的颇为壮观，其生态良好，林深幽静，非同一般。到达另一座寺观——灵观殿时，见一标示牌简介曰："灵官殿，又名主君阁，正殿祀王灵官。道教中的灵官是护法之神，有九地灵官、十天灵官、水府灵官等名号，厢房内塑雷部众神像。"

步入灵官殿内，见院子内房屋很老旧，几个厢房门敞开着。正殿内供奉着王灵官神像，门楣匾额上题写"声震百里"几字。两旁对联为："正直刚烈扬先天之灏炁，雷霆雨露摄万世之人心。"又一副长联为清代云南总督冷毓英所题："莫谓霹雳一声，若遇那贪官污吏，管教尔粉身碎骨；须知威灵有赫，果然是忠臣孝子，定许他增福延年。"

此殿中有一棵老茶花树，树龄已近 400 年，树高 18.8 米，有"世界茶花之王"美誉。来庙中看茶树的人，一年四季每天不断，尤其春季红茶花盛开时，专来此庙看茶花的人更是络绎不绝。

在灵官殿的旁边，另有一座太子殿，里面张灯结彩，很是热闹。据称此殿供奉着释迦太子，还有当地民间传说中的 5 位太子和东平王夫妇的塑像，他们掌管人间生育大事。故此，到此殿中烧香求子嗣的信众很多。笔者没有进殿去仔

寺内这棵世界茶花之王已有400多年历史

细考证塑像，但见其大门处有一副对联曰"配德启智为国育才，降麟诞凤合家欢庆"，似很适合这寺庙的风格。

经太子殿再往前行一段，到达又一座寺观——青霞宫。此宫又名老君殿，据称是老君山中最富有传奇色彩的殿宇。其传奇有多个故事内容，如细奴罗在唐贞观初曾自哀牢山避难至蒙舍川耕于巍山，并得老君点化；孟获之兄孟优在巍山传教住在此地；明朝有青衣道士在此中过举人；武当山全真道人沈妙章于清康熙二十二年（1683 年）建盖此殿；殿内供奉太上老君准提道人和老君的十大弟子等塑像；清乾隆以来，有多位道士在此殿统领教务，继承道统，开拓创新；江永德道长 2004 年 2 月 5 日在此殿羽化登真等等。

在青霞殿内，现还存有"片石含青"的古匾，并立有《重修巍山青霞观碑记》。殿后存有"老君打坐石"与"老君撑腰石"。此外，在殿内还可饮道家养生茶，据称疗效很神奇。

　　笔者在青霞宫观览一阵，眼看时间已到下午 3 点多，怕司机久等，就开始往回返了。走到大门口，没见那辆出租车。等候片刻，司机才开车到来。坐上此车，司机告诉我，他以为我会多看一阵子，在我进山观景之时，他接送租客又到县城跑了一趟。我亦没在意，一路只是在沉思，这巍宝山还有许多地方没有去看，但仅从今日所看几大景点来看，此山之清幽，古寺之奇观，教风之规范，道气之长流不息，已给人留下深深印象。下次有机会，还希望能再来细细体验吧！

巍山古城看文庙

——云南大理纪行之二十五

2021年7月29日下午4点半，笔者乘坐游览车，到巍山县古城周游一圈，尔后到古城文化广场下车，发现那里有几块高大石刻雕塑。其中一块关于巍山的文字写道："巍山地处云南西部哀牢山麓，是南诏国的发祥地。公元649年，南诏始祖细奴罗就在巍山建立了大蒙国，开创了南诏的基业。沿着清幽的石板路，徜徉在鳞次栉比的瓦坡顶屋与历代名匠建造的恢宏建筑之中，拾捡起那些曾经散落在历史文化长河中的片片记忆，便

巍山古城内雕塑

可以清晰地辨认出南诏古都曾有过的辉煌。"在这广场，还有人物雕塑及几座长方形外墙浮雕，内容大都是反映古代巍山彝族、回族人历史文化与劳动生活的一些场景。

另据史载，巍山原名蒙化，蒙氏龙伽独之子细奴罗是第一代南诏王，其登位为永徽元年（公元649年），次年即在今大仓乡团山村西的珑玗图山建第

一座蒙舍都城。此后过10年，又在苗街乡古城村建过第二座蒙舍都城。大理国段氏执政时，巍山改为开南县；元代设蒙化州治；明洪武二十三年（1390年），建蒙化府城于今巍山县城。此古城延续至今，已有600多年历史。该城边长约1里，城方如印，墙厚坚固，砖垛密布。城内以星拱楼为中心，建东、南、西、北4街，有4城门楼。南北两面城楼，分别高悬"魁雄六诏"和"万里瞻天"的巨匾。

如今这老古城有的被修复、有的被扩展，现有街道已达25条，小巷18条，总面积达2.7平方千米。古城的基本原貌还依稀可见。笔者看完文化广场，接着又到南诏古街、蒙阳公园、星拱楼等地看了一会。尔后从土锅街来到文庙门口，花5元门票，进入院内，做了一番细致观览。

按照此庙的标示牌简介得知，此庙建于明洪武年间，明清两代有过多次增修。杜文秀大理政权时期，驻蒙化守将李芳园、马国忠进行过扩建，该庙占地总面积达1万余平方米。前设照壁，镶着一块大理石匾，上书"万仞宫墙"4字。从中轴线游道行走，首先见到一泮池塘，其池塘水很清亮。在古制中，天子之学称为"辟雍"，诸侯之学称之"泮宫"。辟雍有水环绕，泮宫之水只能半之，故此称为"泮池"。以往入学仪式，即要走

文庙内的泮池拱桥，又名"状元桥"

过泮池，到大成殿拜孔子，然后到儒学署拜教官，其仪式称为"入泮"。

在泮池的池塘中间，建有一座拱桥，名曰"状元桥"。相传，古时只有考上状元的人，才能从桥上过去，其他人只能绕池塘而过。现在笔者从桥上

经过，但见那桥两边的石栏杆上挂着许多红布做的许愿牌，牌上写着一些祈求考学、读书顺遂的心愿。如"金榜题名，心想事成，如愿考上重点本科志愿"之类的话语等等。

走过桥去，经棂星门石牌坊，到大成门前，见到该门两旁各有一株古柏树，树龄达500余年。大成门两边有一副绿色对联："先觉先知为万古伦常立极，至诚至圣兴雨间功化同流。"走进门去，到大成殿门前，见两旁又一副绿色对联写着："德冠生民溯地辟天开咸尊首出，道隆举圣统金声玉振共仰大成。"大殿里面，正中供奉着孔子坐像。其上有一块匾，题写4个大字"万世师表"。孟子认为"孔子之儒集大成"。后世公认孔子为中国文化做了集大成的工作，故此大成门也因大成殿而闻名。凡学子求学或毕业考试，大都会到大成殿去礼拜孔子，祈求心愿顺利实现。

穿过大成殿，里面还有雁塔坊、崇圣寺、尊经阁等建筑。在东西两侧，建有名宦祠、兴文祠、承祭斋、乡贤祠、明伦堂、学官署、射圃等建筑。这些文庙古迹有许多在历史上曾被

古色古香的文庙大成门

毁灭，如今经过多次重建后，所有庙中建筑已全部得到恢复。云南省人民政府也公布了该庙为第7批省级文物保护单位。

在巍山古城文庙中游览良久，时间不觉已到下午6点多钟。此古城还有文昌书院、玉皇阁、东岳宫等许多古迹，因时间已晚，也没去观览了。笔者从文庙走出来，沿着小巷一路回返，脑海中还在想，这巍山古城文庙真值得

一看！此庙不仅风景优美，环境幽静，最重要的是中国几千年来的优秀传统文化精髓，在这庙中得以保存展示。中国的儒教、道教和佛教并存，在少数民族地区的传播也早已深入人心。同时，笔者觉得，像巍山文庙这样的历史遗迹，在全国各地其实还有许多。面对古代留下的文化遗产，我们只有给予足够的重视和保护，也才能使中华优秀传统文化不断得到继承和发扬光大。

漾濞观三桥
——云南大理纪行之二十六

　　从巍山到漾濞，两县没有直接客运车相通。笔者清早出发，辗转经下关，再转到漾濞的客运车，前后仅两个多小时，也很快就到了漾濞县城。去的那日是 2021 年 7 月 30 日上午，沿途在苍山背后的峡谷中穿行，感觉其地势比较狭窄险陡。

漾濞古云龙桥下洪水汹涌

　　在漾濞江跨过一座高桥，客运车即到达漾濞县城客运站。下车后，笔者拖着行李箱，顺一条上坡街道往城中行走，行 200 余米处，找到一家客栈，就登记住了下来。上午 10 点左右，笔者开始出店，在街头问几个当地行人，得知云龙古桥就在附近，于是顺一条巷子向前去找寻。那巷子两旁的房子，有的很陈旧，有几栋土砖房现出裂缝，还被打上了"危房"的红标记，因 5

月份的一次地震才过两月，这些危房有的还未拆除，走在这巷道中，还得注意不能太靠近危房。

进巷拐来拐去，行百余米，到一条巷道的丁字路口。此处该往哪边走，心中正犹豫。这时路旁有一个老妇经过，问其："古桥往哪边去？"她手一指道："就往这巷道下去不远。"笔者遂朝右行，顺河沿巷子往下走，行百余米后，那座古桥就呈现到了眼前。其桥头上有飞檐翘角的两层高拱楼门，门楣正中壁上写着"云龙桥"3字。从门洞进去，上10多步台阶，见两边竖立桥墩，各压一根铁链做桥两边扶手。中间8根铁索并列，上铺栗树木板。古桥全长66米，桥面长39.7米，宽3.27米，高12.9米。笔者走上桥，到桥中间走了几步，感觉铁索桥微微有些晃动。手扶铁链往下看，脚下的漾江水一片浑黄，也不知有多深。其流速也很快，那河面不算宽，但要泅渡过去，估计也不容易。桥的对面在半山之下，两旁也有几栋房子。

云龙古桥修建于明弘治年间（公元1488~1505年），徐霞客在1639年游经漾濞时，曾有记载："依东山西麓北行三里许，抵漾濞街，居庐夹街临水甚盛，有铁索桥北上流一里。"清康熙《蒙化府志》载："云龙桥在府北一百余里，为蒙永交界，漾水、濞水、维马水三江汇流于此，奔湍雪浪，触石吞崖，舟楫难施，诚为天险万仞，蒙三永一修治。后因倾圮，行者望洋。康熙三十一年，提督诺穆图捐资改建，就崖架木，缭以铁索，横楞后枋，上覆以屋，利济无穷，阙功懋焉。"云龙古桥历史悠久，又系博南古道必经之通衢和唯一幸存之古桥，故此，该桥在1993年被列为第4批云南省级文物重点保护单位。

关于云龙桥的桥名来历，传说是此桥多次被冲毁，有一次重新修建时，因有白云缭绕，如蛰龙翔天，又似彩虹腾空。当地老人认为，此乃天降云龙祯祥，可以永固宏基。而这次复修以铁链子"锁"住了云龙，故名铁锁桥，又名"云龙桥"。此桥建成后，历经数百年风雨，一直幸运地保存了下来。1966年，一场特大洪水冲垮了临城一端桥墩，后来再修复，铁链子换成了钢索，此桥依然发挥着通行功能。如今，这桥上还有行人来往，但严禁机动车过桥。行人一次通行不准超过10人，大牲畜通行不能超过3头。

在云龙桥旁，还修建有一座休闲亭，游人到此观桥，在亭中小坐，观看古桥两岸和漾江的秀丽风景，也是一种难得的休闲和美感享受。

看罢云龙桥，笔者回头到城内街上一个餐馆吃了午餐，中午回店休息一会。下午 3 点，又出店到几条街上溜达观看了一会。这漾濞县城不大，人口只有 10 余万人，有点类似湘西的古丈。但漾濞的山更大，水更多。从雪山上流下的河流，将漾濞城分成了两半。笔者从县政府门前一条

漾濞古云龙桥

街转过去，经县政协大院外向前走，不一会到达一座桥头。发现在一根电线杆上，挂有一块标示牌，注明此桥名为雪山河桥，桥型为梁式桥，长度为 145.2 米，通车时间为 2003 年。站在此桥上，朝上看，只见那上游的河水流速很急，河中建有多处低矮河坝，将水层层堵住，分散了其水流对河床及桥墩的冲击，也减少了水流对下游的冲刷压力。在上游的两岸，还有一座比较低矮的跨河桥梁。河沿两旁，有防洪高堤。堤坝上植有杨柳树，看起来风景很美。

在雪山河桥的下游，可以看到河道的水流很湍急，其"哗哗"响声，距离数十米开外仍能听到。沿河临城的一面地势较高。河水流至下游数百米处，另有一座高桥横跨江面两岸，原来这座桥即是修在车站旁的雪山二桥。笔者傍晚时走至这座桥头，看到路面一侧立有一块大招牌，上面用绿色字体写着一份对雪山河二桥实行交通管制的通告。其开头道："2021 年 5 月 18 日至 5 月 27 日，我县发生多次地震，其中最大震级为 6.4 级。地震造成雪山河二大桥受损，存在安全隐患……评定结果为四类危桥，现决定对雪山河二大桥实行交通管制措施，限制车辆通行，管制时间：2021 年 5 月 28 日起至危桥拆除重建通车止。"在交通管制期间，又规定"过往车辆限制通行，限速 5km/h，

车货总重量限载 15 吨，15 吨以上车辆禁止通行"。

　　从这则交通通告可以看出，漾濞县的地震对房屋和桥梁造成的危害还不算很大，也没有人员伤亡。但历史上，漾濞一带的地震记录多达 400 余次，其中还有 7 级以上大地震。而云龙古桥在漫长的历史长河中都

漾濞城外的雪山河

经受住了地震的考验，这说明此古桥的牢固程度比现代桥梁还要高，而该古桥的寿命能存在这么久，也算得是桥梁史上的一个奇迹。

　　在漾濞的半天多时间，笔者接连看了古今 3 座桥梁，心中充满了一些新的感受。比如说，漾濞的过去和现在的历史，似乎与这桥梁的变迁史迹就有一比。过去的古桥已成为赶骡马通行的历史古董，如今只剩下观赏的存在价值；而现代之桥梁方兴未艾，人们驾车出行，已全靠这公路新桥梁的承载了。再看未来，人类的发展可能变数很多，而各地桥梁的通衢作用，估计只会永久存在，难以改变。由此也可得出推测结论，未来的生活更需要桥梁，无论古今之桥，它在交通上曾经起到的通衢作用，也都是值得我们载入史册的一种美好记忆。

岑秀公园游记

——云南大理纪行之二十七

　　从漾濞到永平，没有客运直达车。2021 年 7 月 31 日早晨，笔者回返下关，再买到永平县的客运车。经两小时高速路行驶，于当日上午 11 点多顺利到达永平县城。下车后找一个旅馆住下，下午就决定选一个就近的景点——岑秀公园的大佛寺去游览。

　　问询一个三轮出租车司机："到大佛寺多少费用？"答曰："10 元钱，可送到寺内后门边，可少走很多路。"于是，笔者听信其言，就直接租其车，直向岑秀公园开去。

　　出永平县城东不远，就到了岑秀公园门前。那大门紧闭着，司机也没停车，直接从公园大门旁边的侧门开了进去。

　　"进这公园不买门票呀？"我好奇地问。

　　"不用买，这里是免费开放的。"司机回答道。

　　那公园面积比较大，三轮车在里面往上开了几分钟，最后到一株大青树下停住了。司机说："这下面就是大佛寺。"

　　笔者走下车，扫码付了车费，司机就开车掉头走了。

　　此时再顺游道下走数十步，即到了大佛寺的后院。其大殿后门有一副对联写着"十方来十方去十方共成十方事，万人施万人舍万人同结万人缘"。这对联写在后院，仔细品味也是很有意思。而在寺庙后面的山墙上，还写着"功在十方""德环遍宇"8 个大字，此外是一个个捐款、捐物者的名字，看上去也很引人注目。捐款多者达数十万，少者 10 余元都有。所捐之物主要有玉佛像、鎏金佛像、木雕佛像、翡翠原石、石狮石雕大香炉、纯铜香炉、大铜钟、大鼓等等。

大佛寺后的风景

从山墙后走到前庭，但见一个很大的四合大院。正中的建筑即"大雄宝殿"，里面供奉着3尊鎏金大佛像。这3尊大雄佛像，据称代表着中央娑婆世界的释迦牟尼佛、代表西方极乐世界的阿弥陀佛和代表东方净琉璃世界的药师佛，也有的认为是代表前世的燃灯古佛、今世的释迦牟尼佛和未来的弥勒佛，还有的认为是供奉释迦牟尼佛的3种不同身像，即法身佛、报身佛、应身佛。此殿的三大佛像看上去都头戴金冠，面部表情区分不大，坐像姿势稍有不同，似应属于释迦牟尼的3种不同身像。

在大院两侧，建有观音殿和藏经楼。其门两旁的对联写着"积善千秋成佛法，慈悲万载为神圣"。殿内供奉着观音佛像，还有药师佛像等。大院内的露天场所，还建有莲花池与一尊翡翠原石的精细雕刻，看上去很具表达佛法天地的精湛技艺。进大院的正门两边，有一副对联写着"人过大佛寺，寺佛大过人"，其语亦颇富哲理。

大佛寺正门景观

　　大门一侧红墙上题写着"宋仁宗皇帝御题赞僧赋"，此赋曰："夫世间最贵者，其如舍俗出家，若得为僧便受人天供养，作如来之弟子，为先圣之宗亲，出入于金门之下，行藏于金殿之中，白鹿衔花，青猿献果，春听莺啼鸟语，妙乐天机，夏闻蝉噪高林，岂知炎热。秋睹清风明月，星灿光耀。冬观雪岭山川，蒲团暖坐，任他波涛浪起。振锡杖以腾空，假饶十大魔军，闻名而归正道，板响云堂赴供，钟鸣上殿讽经，般般如意，种种现成生存为人天之师，末后定归于圣果矣。偈曰：空王佛弟子，如来亲眷属。身穿百衲衣，口吃千钟粟，夜坐无为床，朝睹弥勒佛。朕若得如此，千足与万足。"其赋可谓文采斐然，读之甚觉有理亦有味，也难怪历代一些皇室子弟都想出家为僧，因为佛门即是福门，又可远离人世烦恼，又焉能不动心？但脱离尘世，需要在佛门中修炼一生，一般普通凡人又有几人能做到？

　　在此墙边看过一阵，笔者再走出飞檐翘角的大佛寺正门，往下10余步台阶，即到寺外一个坪塔的池塘旁。那池塘上建有一座石拱桥，其名曰"静心桥"。走过此桥，顺游道往下行走，进入一片草木生长很茂盛的山林。穿过山林，往下再走数百米，即见几个大水塘，许多游人在水塘边游玩。那些水塘边有树木浓荫遮掩，还有各种花草环绕，其中一个水塘有半塘睡莲，几处绿色荷苞已开出点点白花。在荷塘边闲坐乘凉，让感官能享受到这盛夏中难得一见的美丽山水风景，也是生活中的一大乐趣吧！

顺着游道漫步下行，前后走过4个水塘，才来到公园的大门边。那大门有3扇紧闭的朱红铁门，旁边的侧门敞开着，游人可随便出入。

走出公园侧门，见其入口处白墙上画有一幅孔子像，画像两旁写着一副对联："智者上善若水海纳百川，仁者高山仰止厚德载物。"此对联将仁者和智者的修行作为，算是做了一个高度的概括。

看完岑秀公园，在门口乘坐过路车返回县城，在住店对面的"绿趣苑"又游玩了一个多小时。那"绿趣苑"栽植的几棵水青树有许多枝干盘绕突出，其树叶茂盛浓密，看起来赏心悦目。树下有几排长条石

岑秀公园美景如画

凳，在此处小坐一会，感觉十分清爽凉快。"绿趣苑"亦不失永平城中的一道风景胜地，永平县城的博南大道也修得比较宽敞气派，该县城的城东文化商业区和河西的新城区发展都不错。全县可观览的胜景还有金光寺、永国寺、宝台山、霁虹桥等许多景点，只是时间关系，这次未能都去观览。但此日看了岑秀公园，又到永平县城溜达观光了一阵，在该地也算留下了一些履痕，为此亦觉知足矣。

云龙虎山行
——云南大理纪行之二十八

　　"明知山有虎，偏向虎山行"。笔者很喜欢这句励志的俗语。2021 年 8 月 1 日中午 12 点半，我从永平县城乘车到了云龙县城，在沘江宾馆住下。下午两点半，就开始一个人出店去游览云龙有名的虎山了。

　　顺着沘江边往车站方向走，沿路问了好几个行人，走了约 2 000 米路程，才找到一座拱桥对面的一条上山通道。这条路是麻条石板路，全是朝天坡台阶。其路很陡峭，有的地方修得宽敞、有的地方比较狭窄。行百余步，即见到一个飞檐翘角的牌坊大门，门前两旁蹲着两只石雕老虎，门楣上写着"虎山"两个大字。

虎山牌坊大门

　　跨进牌坊大门内，没见人值守或要门票。再往上行，路途见一座六角亭子，每一翘角和柱子上都飞梁画栋，其中正面亭上书有"岁云亭"3字。在厅内稍坐一会，看那山下，大半云龙城已入眼中，其风景十分秀美。

休息一阵，往上再行10余分钟，即到半坡下一处比较平坦的地方。那里有一座六角亭子，其名为"兆春亭"。旁边还有一栋房屋，挂着一块"云龙县诺邓镇综合管理所"招牌，一个穿迷彩服的中年男子正在值班。

"你好哇，老先生，一个人来游虎山？"中年男子在门前坪塔打招呼道。

"是哦。这虎头寺还有多远？"我走进坪塔问他。

"没多远，你看，那上面的房子就是虎头寺。"

我顺着他指的方向一看，在数百米高的一处悬崖上，高耸着一座寺庙建筑。"看来走到虎头寺，还得出几身汗呀！"我感叹道。

"没事的，可慢慢走。"那男子又指着近处"兆春亭"中一张四方小桌道："你登记一下吧！"

我这才发现上虎头寺去还要在此登记。于是拿出身份证，按照表格内容做了填写。其时间是15时37分，此时太阳照射炙热，山上树木稀疏，爬山至此，已汗流浃背。看那"兆春亭"的一副对联写着"回首俯视

虎山石刻老虎雕塑

驻足已登上红石，抬头仰望雄心更上万仞峰"，觉得此对联写得真贴心。接下来，我又请这男子以这虎山寺为背景，为我拍了两张照片作为纪念。

在坪塔逗留一会，再继续上行。走数十步外，见坡道上塑有一只石雕老虎，其形态很逼真。石雕虎的旁边石墙上，还刻有一些旅游者留下的赞颂虎

山的诗词。

从石雕虎旁往前行，到岔路处往右边走，至一座石牌坊前，见一座很小的古桥——寿光桥，旁边立有石碑介绍，此桥为全国重点文物保护单位——沘江古桥梁之一。跨过此桥，即进入道观群建筑地，其石板路游道也越往上越窄。每过几十步，会有两扇狭小的石牌坊门，门上刻有对联，但因年代太久，其字迹有的已难以辨认。

走至半山崖壁下，到达张仙祠，里面有三官殿，供奉着地藏王和张三丰。其中一个殿门上，写有一副比较清晰的对联："玉韫山辉呈瑞彩，物华天宝射文光。"其余门殿牌坊对联很多，有的已辨识不清。这些岩洞雕琢出的殿堂，因山就势，面积不大，里面也没住人。一个人在这悬崖上观览，不免感觉孤寂。那殿中所供奉的菩萨，没经介绍，也很难分清是那尊神像。

从张仙祠往上绕行百数十步，即到虎头寺前。其寺建筑在悬崖之上，正面有"洞天高朗"和"虎头寺"的题匾。大门两旁刻有一副对联："金虎文腾瞻法像，石麟天赐大慈祥。"进大门内，穿过一个岩洞，上去就到虎山寺的一间通道石屋中。那过道房的墙壁上，挂有一幅老虎画像，

悬崖上的虎头寺外景

其虎立于岩石山岭，昂首回头，尾巴长翘，大嘴张开，露牙长啸，一副威风凛凛气势。画面上题写着"威震山岗"4字。走过这间石屋，到一座院中，又见一座大雄宝殿，里面供奉着3尊释迦牟尼佛像。而旁边另一面的院门紧闭，也不见一个人。

　　笔者独行其中，感觉院内十分寂静。匆匆看过几尊佛像，又继续往前走出寺门。再往上行数步，即到寺后一处山岗上。其地有几棵高山大青古榕树，主干有五六人合抱粗，其茂盛的枝叶罩住太阳辐射，在地面形成了一大片浓荫。站在这山岗大树边的平台上，俯观山下，整个云龙城尽收眼底。从那万仞高处看到的景色，真可谓气象万千，难以描绘，用"美轮美奂"一词形容，一点也不夸张。

　　从虎头寺往上，有游道通向虎头山顶的老君殿，其殿供奉着太上老君。在虎头寺与老君殿及对面的山崖之间，开凿有石径互通。据说沿路立有石牌坊和石龙、石马、石猴、石羊、石虎等生肖吉祥物，还有石杖、石床、石扇、石鱼、石鳖、石足等千姿百态的石雕，崖壁上还雕琢有观音殿、弥勒殿、三官殿、财神殿等大小石窟，都是石刻之遗迹"瑰宝"。笔者走的线路在虎头寺这边，与对面的山崖线路不同，故此有许多景观也没能看到。

　　在虎头寺上大榕树下小坐休息一会，笔者没有往山顶再行，只到附近的王母寺去观览了一会。那寺内有音乐声响起，但寺中没见到一人。其殿堂内供奉着王母娘娘以及观音等佛像。王母娘娘是中国神话中掌管不死药和罚恶的女仙首领，观音是佛教中的送子娘娘，也是掌管生育之类的神佛，古代民间对这两尊菩萨，历来都很看重并虔诚敬拜。道教与佛教在此寺庙能交汇相融，也是中国寺庙文化中呈现的一种特殊现象。

　　一人无伴入寺，见众多神佛林立殿堂，也难细细分辨诸像。笔者匆匆看过几眼，进寺没待几分钟，就又走出寺门，开始往山下回返。上山难行下山易，半小时后，笔者回到"兆春亭"，再登记回程时间：16 时 56 分。这说明从半山腰上去到返回，只花了 1 小时 19 分钟。值班的中年男子说："不错，你走得快，这段路程有的游客要走两三个钟头。"

　　"这虎山的路真的险峻，那上面没见游人，寺庙中也孤寂无人，心里好奇又有点惧怕，只能快快走。"笔者如实坦言道。

　　"没事的，进山者，我们这儿都有登记的。"中年男子又道："虎头寺本有道士住，这几天可能出门了。"

　　"原来是这样。好，谢谢你，再见了。"笔者告辞这男子，慢慢往山下行走。一路上，我还在想，虎山这地方风景还真不错！其寺庙独特，石刻也很有名，虎山这个名字也很吸引人。再说，老虎虽是兽中之王，但在人类面前，老虎之威算不了什么。人间能打虎的勇者很多，如武松打虎还成了人们崇拜的英雄。不惧虎威，迎难而上，这是有勇有智者大无畏精神和性格的共同体现。而到虎山一游，见识到此地的绝壁危崖及道观胜景，感觉还真不虚此行。最后，笔者想了4句小诗，特记录此行："闻道山有虎，偏向虎山行；勇者无所惧，虎山能征虎。"

洱海小普陀游记
——云南大理纪行之二十九

　　在大理云龙县游历之后，笔者返回下关，在住店休息写作了两日。8月4日清早，乘公交车到下关火车站，再至汽车东站，花11元钱买了一张9点钟去挖色镇的客运车票。上车后，坐在前排靠窗边，一路欣赏了许多洱海沿岸风景。车行一个多小时，在挖色镇海印村西一个海景客栈处停住。司机说，小普陀到了，想观览这里的风景，可以去看看。我遂走下车，即到客栈对面的马路上仔细观看，只见此处海面距岸百余米处有一座袖珍小岛，上面建了一座寺庙，此即洱海小普陀。一只小渡船拴在一根长铁索上，从对面普陀岛上正驶过来。

远看海面上的小普陀寺

　　在海岸这边通道附近的一块平地上立有一块大理石，上书"小普陀"3个红色大字。通道入口处一座简易木屋，设有一个售票处，每张票售价15

元。我上前排队买了票，即顺通道下至渡口，等对面的船只靠岸，上面的游客都下船后，新一拨游客才又登上船去。

此小轮渡每次最多只载 10 余人。我在船尾选了一个位置坐下来，并在船开至碧绿的深海后，请人帮忙以小普陀为背景拍了一张照片。再坐一会，小轮渡就抵达了小普陀的岛上。

登上岛去，到小普陀庙高墙边，见一处石壁上刻有落款大理市人民政府所立的"洱海小普陀"简介。其内容为："洱海小普陀又称观音阁，位于挖色乡海印村西。岛由一块巨大石灰崖构成，高出海面约 4 米，面积约 70 平方米。岛上建有重檐方形木构建筑一座，称观音阁，始建于明朝崇祯年间，历代重修过。该岛四面临水，石崖错落，环境优美，登阁远眺，沧洱风光尽览，是洱海中别具一格的名胜景观。1991 年大理市人民政府公布为重点保护单位。"

过山墙走至寺庙前，见其殿堂敞开。重檐翘角的两层门楣下挂着一块匾，上书"沧洱风光" 4 个大字。进殿的几重门柱上刻有多副对联，其正中的一副为"普陀当前悲智双修渡世何须到南海，回头是岸法轮

近观高出海面数米的小普陀寺

常转善心自然见慈航"。殿堂里面供奉着一尊大肚弥勒佛笑像，两旁的对联写着"大肚能容容天下难容之事，开口便笑笑世间可笑的人"。殿堂外的两根方形石柱上，还密密麻麻刻写着一篇《观音阁记》。

从殿堂旁边上二楼，见其楼上供奉着一尊披着黄袍的观音坐像，头顶一

块莲花红布上写着"有求必应"4字。两旁写着一副对联："何须远求南海岸，此处即是普陀山。""普陀"一词是梵文，汉译佛典中作"普陀洛迦"等，其本义是指"小花树山"，而衍生含义为"佛教圣地"。普陀山位于浙江南海，是中国4大佛教名胜之一。洱海之小普陀也是借大普陀来比喻，只要是有观音圣迹之地，当然也是普陀之地吧。

小普陀的寺庙虽然很小，但来此观看的游人却很多。因其特殊的地理位置，在这小岛上能观苍山洱海，风景优美非同一般。还有一些笃信佛教的善男信女，在殿堂中烧香跪拜，祈求观音保佑天下太平、国泰民安、家庭添丁增口，其善良之祈愿和举动也是虔诚之至。其实真正的信佛之人，我想也必是有信仰追求的善良好人。这社会有坚定善良信仰的好人越多，未来的世界也才越有希望。反之，除了拜金，什么信仰都没有，在大自然面前也毫无畏惧，为人处世只是自私自利，这样的人多了，那未来社会就会充满危机和绝望。所以，一个社会有无好的信仰实在是很重要。而精于算计的利己主义者，在神佛面前都应该去忏悔。只有忏悔了才会懂得，在为人处世中坚持善良和慈悲大爱，对于促进社会的进步将有多珍贵！

看罢观音阁，笔者最后绕寺旁到其崖石顶又坐了一会。这崖石边有一棵不知其名的老树，枝干盘曲甚多，叶片细小茂密，给地面遮掩出一片浓荫。太阳炽热正盛，坐在这树下乘凉，感觉十分惬意。

稍坐一会，笔者再顺游道从寺庙下绕小岛一周，见那四周海水清澈透亮，深不可测。微波激荡小岛岸边，不时掀起阵阵浪花。远眺洱海东岸的海印村庄，一片白墙青瓦，白族人居住的村落仿佛处处都洋溢着一派浓烈的蓬勃生机。而巍然高耸在村庄背后的大山，不时为飘浮的白云所缭绕。太阳高照下的苍洱大地，无论从小岛的哪个角度看去，呈现的都是秀美无比的山与海天交汇的绮丽景观。

在小普陀岛观览约一小时，笔者乘船回返到渡口，接着又坐过路客运车，到3 000千米外的挖色镇下车，尔后到该镇又走玩了一阵。挖色镇的白族建筑很有特色，其民居有许多都保持着原汁原味的白族风格。

住在此镇的白族居民大多爱穿着白族服饰，脸上充满和蔼真诚和喜悦的表情，人们也爱和睦相处，这大概与当地人喜爱拜佛和敬仰白族本主的信仰也有一定关系。其大街小巷也很热闹，经营客栈、酒店或餐馆、小吃店的商家到处可见，贩卖各种货物的小摊也较多。笔者穿梭其间，看了多家民居，最后到一个餐馆吃了一碗盖浇饭。午餐后，再走数百米，在镇外公路处等候到一辆客运车，接着回返大理下关，下午5点辗转回到住店。这一天的游历，感觉所见新鲜有味，走路也不太多，算是比较轻松愉快地度过了盛夏时的一个暑热天。

小普陀寺正门景观

洱海公园遐思
——云南大理纪行之三十

　　住在大理下关多日，早想去洱海公园看看。8月6日上午有空闲，笔者吃过早餐，即从住店附近坐6路公交车，乘车约半小时，就到了下关之东洱海南岸边的一处站口。下车后，顺靠山公路往前边走数百米，见路旁有一块标示牌，上书"洱海公园简介"，仔细看文字内容，才知这洱海公园过去又叫团山公园，那团山又称息龙山。传说洱海龙宫中的龙常在此山歇息，故有其名。樊绰著《云南志》载："龙尾城东北息龙山，南诏养鹿处，要则取之。览睐有织和川及麓川，龙足鹿白昼三十五十，群行噬草。"

洱海公园内的渔家女儿雕塑

　　另据史书记载得知，息龙山在明朝时就建有珠海阁，乃洱海四大名阁之一。此后，洱海水位下降。明王朝在大理设卫屯田，大量中原汉族官兵进入大理，因屯田时官兵发现息龙山是团的，故改称此山为团山。团山北临洱海，加滩涂有 1600 多亩，明清时又扩大修建寺庙，种植花木，渐渐辟为游览胜地。1949 年新中国成立后，也多次复修扩建，至 1975 年建成团山公园，1976 年 12 月再改名为洱海公园。

扩建后的洱海公园，由山顶游览区、动物观赏区、海滨游览区、植物游览区、儿童游乐园、情人游览区等六大区域组成，公园总面积达 111.37 公顷。其中包含陆地面积 40 余公顷，可利用水域面积 70 余公顷。公园中建有"望海楼""丹凤亭""地质亭""息光台""息龙池""海心亭""樱花亭""迎风亭""观海长廊"等楼阁亭台和水榭建筑。园中还有各种新打造的文化景区，如南大门口有"九龙壁石雕"和当代书法家欧阳中石题写的"龙腾春晓"巨型石刻，白族著名学者张文勋撰、书法家赵翼荣书写的《洱海公园赋》石刻；梅竹园、山茶园、杜鹃园内有吴作人题写的"玉洱银苍"鎏金大匾、郭伟的"艳甲滇云"等名家题刻，还有山茶园中长 50 多米的《南诏图传》全卷石雕。

从海边至团山顶高度仅 80 米，由西而入，可登 278 级台阶上至山顶，并在望海楼观览沧洱全景。笔者没有登上山去，只走过马路对面，在"渔家女"雕像前观览了一会。这"渔家女"为汉白玉雕刻，其女子提着两条大鱼，象征渔家捕捞丰收的喜悦生活，形象夸张而浪漫，人物塑造看上去比较生动有趣。

接着沿海边一路漫步，那海岸沿线绿树成荫，路旁有不少长条木凳，走累了随时可坐下休息。这天太阳很大，气温在 28℃左右。在树荫下行走，并不感觉热，但到太阳下就有些晒人。走了数百米，来"观海长廊"处，见那木栏游道通向洱海数十米外。我走上去，在一座亭子坐下，一面倚栏而望洱海，只见此海湛蓝明净。

眺望远处苍山，有白云腾空而聚，罩住了一片片大团山影。那海水不时卷起微微波涛，海面时而有鸟飞鱼跃，这景象看得令人心醉。而时光不断变换，遥想 1000 多年前的唐朝六诏时期，这片海域比现在的海面可能要高数十米，那景观又是何等壮观。那时的息龙山只是洱海南岸边的一座海岛，周边都被海水湮灭，六诏皇室在此山养鹿，还不需设栏杆来圈养。而时光从唐朝经宋、元到明朝之后，洱海之水开始下降，数百年间消退了不少高度，息龙山也从岛屿变成了陆地，名字也被改成了团山。当年的明军垦田造成了大片陆地滩涂，下关的城区也渐成规模，尤其在新中国成立后蓬勃发展起来。历史就是这样不断发展，人类也是随着大自然的变化而在不断改变现状环境来适应生存。汉朝大儒董仲舒云："道之大原出于天，天不变，道亦不变。"一般而言，君子需循道而行，不断保持"初心"本性是不错的。但对于生存在地球上的人类来说，地球在宇宙中绕着太阳运转，老天发生的变化也是很大的，天变了，大自然也就会被改变了。大自然一变，人类面临的生存环境也就会改变。这时候凡是君子都会认识到顺其自然规律的重要性，并随其自然变化而不断做出新的改变，而不会老墨守成规，跟不上时代潮流。如果有人不愿顺其自然之道而做出改变，一心幻想着只照老路子往前走，那肯定只会在现实中处处碰壁而难以生存下去。

洱海公园一角之海面风景

关于天不变道亦不变的说法，后人有许多其实是曲解了董仲舒之原意的。客观地说，纵然是老天，变化也是很多的。如果认为天不变是永恒的真理，那就是大错之谬论。天会不会变，看看大自然就知道了。譬如这洱海，几万或几千年前的形状和现在的相比，能说没有变化吗？洱海过去的水位很高，现在的水位相对低了。这种变化因为比较漫长，所以一般是感觉不出来的。当然，照现在这趋势，保护好它，不让它受到污染和其他干扰是很重要的，但愿洱海的水位不要再变低就好。

在"观海长廊"遐思良久，笔者走上公路，又到"百二山河"大牌坊等处观览了一会。尔后走过一个交叉路口，乘车又回返到住店，时间刚好到中午12点。这半日时间的游览，似乎于思维上感觉又打开了不少眼界。

喜洲镇观严家大院
——云南大理纪行之三十一

8月7日立秋节，笔者吃完早餐，乘公交车到下关北站，花8元钱买了去大理喜洲镇的客运车，半个多小时车程，就到了喜洲镇。

下车后，见进镇的街头有两棵大青树，街巷两边还有一些柳树和池塘，右边路旁树下竖立着一块大石，上书"云南省民族团结进步边疆繁荣稳定示范镇"一行小字和"喜洲"两个红色大字。顺着麻石街巷往前行，又见一面白墙上有多块宣传栏。其中一块上书"大喜之洲"黑体大字，另一块写有"喜洲"标题的文字简介。内容大意是：喜洲为汉武帝时所设益州郡辖叶榆县衙所在地。隋将史万岁南征洱海驻兵叶榆，称喜洲为"史城"。唐朝时南诏王异牟寻在

喜洲镇大石标

此设"大厘睑"。宋、元、明、清至今，一直为历史文化名镇。喜洲的商帮很闻名，其"永昌祥"商号成立于1902年，是云南爱国民族资本家的发源地之一。

喜洲工商业发达，民族资本家达 140 多家，其中"严、董、尹、杨" 4 家最为闻名。笔者决定去严家大院观览一下，于是沿路找去，转过一条古巷边，到了喜洲村部，进去一看，门户紧闭，不见一人。正纳闷间，一个老者走过来，问我找谁。我说是湖南桑植白族人，来喜洲寻根旅游，并把介绍信给他看了。又问他贵姓，是不是村干部。他随即热情回道，他姓杨，以前是村里治保队长，现在退休了。又解释说，今日周六不上班。你想找人，最好到镇政府去。我就说时间紧，只要到严家大院观览一下就可以了。他随即道，那好办，我带你去就可以。

我即跟着他走，约几分钟就走过一条巷子，来到了"严家大院"门口。老杨对收门票的人解释几句，把我带进去了，他才转身离去。

我遂到严家大院逐一观览，只见这大院里面修建得好精致、宽敞和气派，看那一个接一个的厅堂，真是让人目不暇接，惊奇不已。这严家好大的家当，"严家的钱，堆成山，绣成垛。"导游的解说一点没错。那严家的主人叫严子珍，大理喜

严家大院一号院

洲人，1871 年生，1940 年卒，享年 70 岁。此人原是书生杨基的遗腹子，小时卖水为生，与母相依为命，受尽世态炎凉和人间艰辛之苦难，后随母改嫁严家，继父为其改名为严子珍。13 岁时随继父在下关"永兴祥号"学习经商，因其聪明勤奋、吃苦耐劳、经商有道，获得继父垂青，不久将此商号交由其独立经营。严子珍靠马帮往返于昆明、保山等地，贩运茶叶、洋纱、烟草、生丝等，买卖越做越大。1903 年与江西商人彭永昌、喜洲同乡杨鸿春在

"永兴祥号"基础上，再创立了"永昌祥号"商号。14年后，此商号由严子珍独立经营，生意遍及川滇和海外，总资产达100多亿元，成为喜洲四大家之首。

严子珍发家之后热心公益，常资助乡里，在社会上的交流广泛。其去世后，蒋介石曾题送"令问有彰"吊帖，赞其美名显扬；当时的云南省主席龙云也题词"梓里矜式"，称其为乡梓楷模。严子珍在1907年至1917年时修建的"严家大院"和另一座"海心亭"，因设计精致、做工考究而堪称建筑史上的经典。现在"严家大院"已设博物馆，并已成为全国重点文物保护单位，每天在此观览的游客也络绎不绝。

笔者按照顺序，从"严家大院"一进四院的一进开始，先后观览了一号院的三坊一照壁、茶马厅，二号院的主房中堂、匾堂，三号院的主房、宗教艺术厅，四号院的画室、主房、东房、洞经古乐展示区，五号后院的金库、书房、小洋楼、防空洞等。其中，印象深刻的有以下数处：

一号院的"福"字大照壁和严子珍的玉石基座铜雕像，仔细看很有启示，特别是其基座上刻写着严家的一段家训文字："余以人能自立为贵，能独立生活，必须养成自立能力，向外发展，以利己利人，倘不此之图，坐吃内耗，则虽得先人庇荫亦难断苟延。所以我号事既源先考创立基业之功，尚有赖后人奋勉继续之力，愿我弟兄子侄共勉之。"这段话，真不愧为至理名言。

二、三号院各厅悬挂的一些匾额题字，十分吸人眼球。这些匾上的题字，内容很多，含义丰富。如"圣德崇高""松柏寿贞""富贵长春""寿荣古稀""鸿光媲美""盛世者英""含英咀华""星朗长庚""名策天府""光昭前烈""星聚德门""邑侯客座""琴书乐趣""山水清音""奎光照耀"等等，每一块匾都有深刻含义，其题字和书法也多是名家所题写，真正称得上是艺术上的瑰丽之宝匾。

中堂与画堂的书法和绘画作品，看上去品位高雅，颇具特色。严家中堂的书画内容多涉及寓意吉祥与美好祝愿的牡丹花画、象征年年有余的莲花鲤鱼图、象征健康长寿的松鹤延年图、象征福分永存的流云百福图等等。而画堂收藏的珍贵书画作品有宫廷画家廖家惠的《富贵根基图》、光绪举人赵藩的书法作品和部分水陆神仙画等百余幅，这些都是比较珍贵的书画艺术品。

宗教艺术厅展出有不少珍稀文物。过去严家大院曾设有专门供奉儒、道、佛教、本主等各门派人物造像和宗教用品的厅堂，有的因年久已毁弃。现在展出的宗教文化珍贵文物有宋代阿嵯耶观音像、金面具、大理国时期的木雕观音、明代铜文昌帝坐像、明清时期木雕太乙真人像、白族本主像等，总计有各类宗教文化珍贵文物 200 多件。

金库及后花园的小洋楼。严家大院设有专门金库，用以存放金银、古董、字画、信函、名人手迹、重要馈赠品等贵重物品。其库房为一层单间加 10 余平方米露天小院子组成，地基由石条铺设，墙体厚实，结实牢固。后院的小洋楼又称花园 5 号，其楼建于 1936 年。其时抗日战争开始，为躲避日军轰炸，严家还在后院建有一处防空洞。小洋楼的设计和施工人员都是从上海聘请，建筑材料从香港购买，尔后经海路和滇越铁路、公路再转马帮运输而来，可见耗费巨大。

此外，看完严家大院的整体建筑，感觉也是大开眼界。像这座严家大院，其实是将白族"三坊一照壁""四合五天井"两个不同形式的院落和六方硬山顶楼房加以组合，从而成了"六合同春"式的大院。这样的经典建筑杰作，看完后也不能不令人感到惊叹。

喜洲镇街上的石牌坊

观览完"严家大院"，笔者走出大门，接着去喜洲镇的宝成府看了一下，再到大牌坊附近又溜达了一阵。此时，只见那装扮得花枝招展的马车，不时载着游客在街头经过。街头上的游人络绎不绝，显得也很热闹。游览到中午，在乘车点附近一家餐馆吃了一顿午餐，尔后就乘坐下关的客运车回返了。一路之上，笔者还在想，喜洲镇的"严家大院"博物馆真值得一看。严家的主人严子珍一生传奇经历很多，其经商的成就令人瞩目，但他让人更敬佩的应是其从小吃苦耐劳一直艰苦创业的自立奋斗精神。窃以为，这种艰苦创业、自立奋斗的精神，才是真正值得人们多加珍视的无价之宝！

苍麓书院记
——云南大理纪行之三十二

2021年8月8日上午8点多，笔者从下关福星村乘坐6路公交车出发，中途辗转换乘车，于9点左右来到苍山圣应峰下的214国道一个站口下车，尔后走过马路对面，朝上行走百余米，即到一座飞檐翘角的高大牌坊门前。其雕梁画栋的门楣上写着"苍麓书院"4个大字，两旁写有一副"群贤汇聚承传中华文化，苍麓重光振兴大理名邦"的石刻对联。

从大门走进园中，见一块大石碑上写有"寒泉亭"3字，旁有李忠祥撰写的《苍麓书院寒泉亭碑序》和明代巡安刘维撰写的《寒泉亭记》。进北院之内，映入眼帘的有"神通无极"4个大字石刻书法字，还有清代尹鸣盛撰《树居赋》、赵淳撰《沧洱赋》、李孔惠撰《苍山赋》和清督学康承祖撰《苍麓书院》4块大理石刻碑文。

苍麓书院中的"神通无极"石刻

在中院和北院中间，临时摆放了几张木桌，有穿着白族服装的工作人员正在登记接待来参加该院成立 10 周年庆典的客人。笔者受白族文化研究院赵润琴院长的推荐，特来参加这次活动，接待员也很热情地让我做了登记，尔后送了《苍麓翰墨》《十年翰墨映沧洱》两本书给我。

拿着这两本书，我又走下 10 多步台阶，到下面的南院看了一会，那院中有一个五六十平方米的泮池，池塘周围有绿树环抱，还有一块高大的磐石立在院中，泮池两旁建有"敬心苑""怡情苑"。其院内环境清新优雅，不愧为书院的一处风景点。

从南院沿台阶直上，即到中院大门。走进去是一个长方形天井，四面建有两层高的木楼房。其天井和两边走廊此时张灯结彩，已摆满了座椅条凳。位于西面的木楼前，搭建了铺有红地毯的戏台，木屋檐下挂着一条红色横幅，上书"大理苍麓书院十周年庆典"大字。参会的人员这时还未到齐，乘着空闲，我在走廊一角的长木凳上坐下，将手中的两本书翻看了一会。从中了解到，这书院的创办者为李忠祥，是大理市阳南村人。生于 1945 年，小时家境贫困，只小学毕业，就在家务农。但他有志自学读书，且酷爱文化艺术。21 岁时始学木匠，3 年出师。此后 30 年间，奔波于大理、昆明、德宏、西双版纳等地，到处为人设计修建房屋。1992 年，组建昆源公司，创办陶瓷厂。2004 年创建白族文化苑。

此后，李忠祥热衷于文化事业，他了解到大理历史上有一所苍麓书院，原址建于大理古城外西南角苍山下洱海前，是由明朝御史谢朝宣创建，时间为明弘治十二年（公元 1499 年）。督学王臣记述："前有明伦堂，后有尊经阁，下建升仙桥，有斋 10 余间。"明正德年间，知府汪标、学吏赵维垣在任曾增置学田。万历八年，巡按御史刘维又置田 36 亩。崇祯二年（1629 年），参政王景增修又置学田 30 亩，崇祯时督学康承祖还写有一篇《苍麓书院记》，史志上有记载。此外，明朝还有两位著名的文人到苍麓书院当过讲学老师。其中一位是明朝文学家杨慎，科举时曾中状元；另一位是中过进士，任过监察御史的李元阳。这二人都是官场不得志受排挤，才流落到大理，也才有了就教于苍麓书院的记载。

苍麓书院历史悠久，但到清朝乾隆时，该书院却被废弃。为何此书院被废？因为一般木房寿命不到百年，从明朝崇祯二年增修（1629 年）计算，到清朝乾隆初年（1736 年）时，已有 100 多年，那书院估计也早破烂不堪。官府不维修，自然就只有被废弃了。

明苍麓书院被废，但其大名尚在。数百年后的 21 世纪之初，初步创业致富的李忠祥在熟知这段历史后，即决意恢复重修苍麓书院，并把新建的地址选在了苍山圣应峰下，莫残溪畔，罗汉桥南。该项目从

苍麓书院 10 周年庆典活动

2006 年动议报批通过，到 2008 年动工修建，2011 年 8 月 8 日正式竣工完成，经过 5 年时间。新苍麓书院修成后，李忠祥邀集了大理地区擅长诗词、楹联、书法、绘画、摄影、民乐等专家学者精英 200 多人，组成了书社、书画社、诗联社和民乐社 4 个社团。编辑出版了线装书文化经典丛书《云南三碑》《大理四记》《沧洱四赋》。每年还出版一本《苍麓翰墨》，以此来展示书院的活动和作品成果。李忠祥在晚年还计划要主持编纂一部《南诏史》和《大理史》，但"出师未捷身先死，长使英雄泪满襟"。2018 年 11 月 17 日，他突然患病去世，享年 74 岁。其长子陈平继承其事业，担任了苍麓书院的新院长。

笔者大致了解到苍麓书院的创办和重建的历史，随后合上书本放进包里，院内的庆典大会就开始了。先是一阵鞭炮鸣响，主持人致辞，介绍了到会的贵宾。接着，大理市文联和文化部门的领导讲话，表示了祝贺。接下来，由书院的院长、副院长分别讲述了 10 年来创办书院的发展历程和体会。讲话之后，各社团派代表给书院赠送了绘画、诗词、楹联、书法等赠品。最后是文艺表演，歌舞节目不断。

眼看快到中午，笔者想回去吃午餐，就起身离开书院，到了大门口，一位服务员说："书院已安排了午餐，你吃饭再走吧！"笔者道："不用了，回

去还要写稿，有急事办啊。"说罢，就告辞走出书院，再慢慢走到公交车站点。等候到一辆公交车到来，上车回返。一路坐车思索，这重修的苍麓书院办得真不错，创办者李忠祥很有眼光。在如今时代，传统优秀文化需要大力保护和传承发展，恢复和重建有名气的历史文化书院，正合乎时代的主旋律要求，只可惜李忠祥院长走得太快。不过，新苍麓书院有了良好的发展基础，在新任院长的带领下，这所书院也一定会办得更红火吧！

雨中游金梭岛
——云南大理纪行之三十三

大理洱海有金梭、赤文、玉几三大岛，其中面积最大的岛即金梭岛，古名中流岛，传闻是天上一个织女将金梭遗落洱海，造成了一个形如金梭的大岛。此岛南北两端高，中部低，最高处高出海面70多米，全岛长约2000米，宽700余米，面积达1100多亩。唐代樊绰《蛮书》载："东南十余里有舍利水城，在洱河中流岛上。四面临水，夏月最清凉，南诏常于此城避暑。"可见，唐代南诏时期，该岛曾建过舍利水城，是南诏宫廷避暑之地。

2021年8月9日一早，笔者从下关住店坐公交车到东站，花5元钱车费，乘坐到海东镇的客运车。大约9点，来到一个离古渔村渡口较近的站口下了车。尔后，顺一条

金梭岛街上风景

村道走一两百米到渡口，再花20元钱买了过渡费，即登上了开往金梭岛的轮渡船。此时，灰蒙蒙的天空突然下起了淅淅沥沥的小雨。幸好我在挎包中带

了一把雨伞，拿出来正派上用场。

在海上航行约5分钟，轮渡船就停靠到了金梭岛村的渡口边。走下船去，到一个坪塔处，发现有几棵大青树长得枝繁叶茂。坪塔边上有一条上坡街巷通道，两旁有许多居民住户。笔者顺通道往上行不远，眼前呈现一排山墙，上面有鱼、龙等彩绘画面，还有一块《金梭村村规民约》，里面写了10条村民行为规范约定，并列出了对违反村规民约的行为将要承担的相应处罚办法，惩处主要措施有批评教育、赔礼道歉、进行通报、赔偿损失、扣发集体经济分红以及其他约束办法等。此村规民约写得很具体，看来是很具操作性的，说明该岛的村居管理一定不错。

从宣传告示栏往前再行数步，见一座飞檐翘角的庙宇呈现眼前。那庙宇匾牌写着"三星庙"3字。走进去，发现里面地方不大，其殿堂供奉着3尊白族本主塑像，即张氏三祖，称为三星，其塑像上方的匾额上写着"德被金梭"4个大字，此为岛上最早的白族先祖本主。来此景点观览，到庙中烧香祭祀张氏三星本主的游客也不少。

看完三星庙，再顺巷道往上行，沿途见很多修建得比较气派的建筑房子，如匾额上题写着"一号大院""瑞气盈门""价重连城""蓬荜生辉"等几处房子，看起来都很壮观。里面庭院深深，环境优雅安静，也颇具白族一进多院的建筑特色。

金梭岛上的白族三星庙

行走200余米，到最高处民居看过之后，笔者本想再转到岛的南端去看看，据闻那里有一个玉龙宫大溶洞，里面钟乳石奇观很多。但那淅沥小雨下个不停，我的脚下裤管已被打湿，路上也比较湿滑，便打消了去看其他地方的念头，只顺着巷道又原路回返了。

到达渡口边，在大青树下的坪塔处，又仔细看了几块关于金梭村的宣传栏目介绍。得知住在岛上的该村居民有1600多人，原来都以渔业为生，现在则以旅游业为生。金梭岛的管理，这些年概括起来有以下一些成绩：

污水的处理有大改观。过去，岛上污水处理主要靠运输船外送；现在，岛上的污水通过污水收集管网，进入收集池集中处理，尾水已通过海底污水输送管网至截污干管，逐步改变了污水用船只外运的方式，有效解决了污水外运的困难。

垃圾的清理卓有成效。近年来该村对建筑材料废弃物、废弃渔网、污水管网、路面堆放物等进行大清理，同时设置多处垃圾桶摆放点，定期将岛上垃圾用改造后的清运船送到岛外垃圾中转站进行集中处理，有效地解决了岛上垃圾清运的需求。

金梭岛对面的古渡渔村牌坊

经营的管理趋向科学和合理有序。这几年来，村中开展综合治理，对金园湾广场无序经营、占道经营摊点进行整顿，劝导经营户入户经营，并对商铺统一规划，归类管理。现已打造"鱼虾干小院""特色服饰小院"等具有白族特色的一批典型经营小院，使村民的经商活动更加合理有序了。

美化和绿化环境，打造了最美村容村貌。金梭村在清理垃圾、路障之后，在全岛开展绿化美化工程，先后对清理出来的空地进行美化，共支砌花坛117处，对居民房屋墙体进行彩绘数百处，从而综合提升了全岛的人居环境，为金梭岛的产业转型和全面振兴打下了坚实的基础。2014年和2017年，该村已先后荣获"中国美丽田园""国家级最美渔村"两个荣誉称号。

了解到金梭岛的历史和现状，笔者才知这个渔村的振兴崛起真不简单。一个1000多人的渔民村，为了保护洱海不受污染，不仅解决了管道排污和垃圾外运问题，还能将岛上建设得美丽如画、干净卫生，并最终靠旅游业支撑了发展，实现产业转型，这个昔日渔民村的变化真是太大了。

在金梭村坪塔边看罢专栏介绍，笔者即到渡口坐上回返轮渡船。此时，天空乌云更密集，地面四周变昏暗，景物都看不清了，小雨也突然下成了大雨。

等我过渡后上岸，那雨仍在不断地下，海滩路上到处是流水。天公不作美，游玩难继续。我只有加快脚步，冒着大雨走到公路上等车。那站口地方没有避雨处，这一阵狂风暴雨下个不停，我撑着雨伞也难以抵挡，全身多半都淋湿了。等候好一阵，一辆公交车终于慢慢开过来停下。我忙着收伞上了车，才匆匆又向下关住店回返而去。

阳光下的南诏风情岛
——云南大理纪行之三十四

　　海浪，礁石滩，两尊海中铜塑沐浴渔女，在近午阳光的照射下，显得格外耀眼炫目，心中的愉悦随之也妙不可言——这是 2021 年 7 月盛夏时节，我在洱海南诏风情岛目睹体验到的一个感受。

南诏风情岛上的渔女雕塑

　　在南诏风情岛游玩，7 月可以说是一个最佳的月份。因为此时天气稍热，海边的植物生长茂密，浓荫遍地，鲜花盛开。来观光的游人很多，尤其年轻女性穿着极简夏装，露出雪白肌肤，呈现出各种不同的少女自然之美，给岛上带来一股股清新气氛。

　　笔者在欣赏海中之渔女雕塑像时，周围还有数十游人也在这海滩游玩，其中也不乏多位少女。这些少女在海中铜塑像前流连嬉戏，有许多都以其为背景拍照留下了倩影。真少女和铜塑像沐浴渔女自然是不能相提并论去比较的，但海中这雕像渔女与南诏风情岛的景点有许多是紧密相关联的，这其中的奥秘，可能就很少有人去探究了。

从南诏风情岛的整体景观打造设计来看，女性的风情之美，在这岛中可以说是一个表现最突出的中心展示主题。围绕表现女性之美的这个主题，该岛选取了几个最重要的历史女性人物和几个神灵人物来加以表达。

首先是展示南诏先祖女性沙壹的可亲形象。凡乘坐游轮到该岛大运码头的广场上，即可见一尊沙壹的雕塑铜像。铜像背后，有 10 根石柱，代表沙壹的 10 个儿子，象征着人类 10 种原始劳作方式。在民间传说中，沙壹是一个渔民。有一次，她在捕鱼中触木而怀孕了，并生下了 10 个儿子，其中最小的儿子叫"九隆"，土语为"坐在背上的人"之意。九隆得到 9 个兄长的拥戴，当了各部落之王。10 个兄弟也成了各民族的始祖。南诏风情岛上，将沙壹这个女性塑像立在此处，表明人类社会也是经过了母权制的一个阶段才发展而来吧。

南诏风情岛上的沙壹雕塑

其次是展示阿嵯耶观音的可敬形象。从大运广场往西，即到达第二个广场——云南福星广场，可见到一尊高达 17.56 米的阿嵯耶观音白玉雕像。各地观音菩萨名号很多，如送子观音、水月观音、甘露观音等等，但阿嵯耶观音却只有大理地区独有。阿嵯耶是梵文翻译文，意思是"轨范正行，可矫正弟子行为，为其轨则、师范高僧的敬称"。阿嵯耶是在南诏之前即进入云南传播佛教的西域莲花部尊菩萨，其经历很传奇。大理民间传闻，阿嵯耶观音曾用智慧战胜了恶魔罗刹，又曾化为梵僧，点化辅佐细奴罗父子，创建了南诏13 代的王室承袭政权。此外，还曾赐予南诏公主风瓶，欲吹开洱海水去看望化为石骡的情人——苍山猎人；又传其助段思平避开杨明德追杀，创建了 22代承袭的大理国；还曾身负巨石击退敌人进攻而使大理人免遭战祸。故此，阿嵯耶观音就有了"云南福星"的尊称。

　　阿嵯耶的塑造也是男身女像，其肩宽、胸平、足大，似男性；而腰细，并戴耳环、手镯、项圈等女性饰物，又似女性。阿嵯耶观音在南诏、大理国时期尊为圣像，南诏王蒙隆舜因崇拜阿嵯耶观音而改国号为"嵯耶"，可见阿嵯耶观音在当时的地位之高。南诏风情岛上的阿嵯耶观音塑像，对广大佛教信众及其他游客，无疑也是一个巨大的吸引力。

　　再次是展现笔者开头提到的洱海两个渔女的沐浴雕塑形象。这两个渔女雕塑位于大运广场南边的礁石滩边。其塑像的方式是：一个面向大海站立，两手拢着长发；一个坐在礁石上，一手撑石，一手前指。两女都赤身矫健，头发飘逸，身姿美丽，体态优雅。而在两女前方的海中，还有微微凸起的一块"醉八仙"礁石，似乎在相互呼应。看到这两位渔女的雕塑像，游人或会想到安徒生《海的女儿》中的人鱼公主形象，但洱海的渔女却又立意完全不同。洱海的渔女不是人鱼，而是生活中的真实渔女形象，其美丽的展现应是女性人物的美丽逼真反映。在洱海中呈现这两个渔女塑像，会更加深人们对南诏风情岛的美好印象。

　　此外，在该岛的西端，南诏避暑行宫 8 000 多平方米的主体建筑，是集吃、住、观赏和休闲娱乐的好去处，那里还建有白族人的本主广场。白族人的本主多达 500 余人，其中被尊为本主之王的是大理开国之王段思平的先祖段宗榜。在本主广场围墙中间有其锻铜塑像，两侧另有 4 尊铜质本主塑像。白族的这些本主神像立在此风情岛上，具有一定的神秘吸引力，也是能使游客感到好奇的地方。

　　还有一个值得分析的现象是：南诏和大理国时期，云南佛教被尊为国教，阿嵯耶观音被誉为圣佛。特别是南诏第 10 任国王劝丰祐在位时，废道教而崇佛教，并以摩伽陀国（今印度）高僧赞陀崛多为国师，还将妹妹越英嫁给了赞陀崛多为妻子，从而使皇室与佛教僧人结成亲眷，这关系就不同一般了。佛教的地位得以借助皇室影响而在大理地域大大提升，赞陀崛多在大理剑川、鹤庆一带征魔传教、开疆拓土的故事很多，佛教的传播后来在整个云南地区能广泛深入民间，这其中的缘由与南诏及大理国时期皇室的一贯支持是分不开的。

　　游览南诏风情岛，知晓南诏及大理国时期的一些简要历史及佛教、道教、儒教、本主等宗教文化对大理白族、彝族等少数民族产生的心理影响，才能更深度感知云南的风土人情之特色是多么鲜明。而夏天避暑，在阳光炙热时，能选择到南诏风情岛一游，那种美妙无比的愉悦体会，也是只能去意会而难以言说了。

双廊镇观飞燕寺
——云南大理纪行之三十五

走进大理双廊古镇，看到一棵根部有几人牵手合围大的青树，那茂盛浓密的枝叶，遮住至少有半亩大的地面，在这树荫下乘凉的人不少。这棵大树给人印象很深，而比大青树更吸引人的一处景观，则是距大青树六七十米开外的飞燕寺。

据相关介绍，飞燕寺始建于唐朝，寺内供奉的是观音和达摩伽蓝等佛像。在寺内的大殿佛祖上方，有燕子筑巢，飞来飞去，故此寺被取名为飞燕寺。

清光绪年间，飞燕寺曾重修。二十世纪五六十年代时，该寺废弃办了小学。2000年，当地村民经集资，自发捐赠了一些资金，重修了大殿和一殿，给观音和达摩菩萨塑了金身，同时也供奉白族的本主神像，后又重修了庙门和寺前广场，从而恢复了飞燕寺这一文化古迹，还原了历史文化面貌。寺中为此还刻写了功德碑，并记载了许多捐款者的名字。

飞燕寺外景

重修后的飞燕寺，看起来古色古香。从大门进去，第一殿是香海楼，楼上供奉着观音等菩萨，下面是四方院子，两旁厢房供奉着本主神像。正面第二大殿是主殿，供奉着达摩老祖及伽蓝等禅宗菩萨。其正堂有一副对联云："七百里燕子飞来真佛不从心外觅，五千年沧桑巨变圣人常在道中行。"

在大殿外的院中有两株古名木树：一株是开满红花的紫薇树，树龄约120年；一株是金桂，树龄约110年。两树都挂有落款大理市人民政府的保护牌。因为有这两株古树枝繁叶茂的生长，整个寺院的环境显得十分优雅而又静谧。

在飞燕寺观览良久，笔者发现这个文化古迹的恢复，对当地带来的良好社会影响，有几点可以说是有目共睹的。

其一，是飞燕寺的恢复重修，为双廊镇的旅游增添了可观览的古迹文化胜景。双廊古镇历史悠久，文化多元。在新石器时期和青铜器时期即是文明的发祥地之一。唐宋时是重要军事要塞，也是唐天宝战争、清杜文秀起义的古战场，其境内曾有毗舍战场遗址、正觉寺、飞燕寺、金榜寺、玉几庵、红山景帝寺、青山摩崖石刻等14处历史文化古迹。这些古迹原本内容丰富多彩，但因年代久远，有许多古迹原址早已毁弃不存。如今随着旅游开发热潮兴起，一些古迹历史文化基本都被列入到了继承保护的范围之内，有许多遗址在新时期获得了恢复，飞燕寺就是其中获得重新修建的一处古迹胜景之一。这些古迹历史文化的发掘重修，大大提升了双廊镇旅游文化的品位。

其二，是飞燕寺、正觉寺、金榜寺等寺庙古迹的历史文化含义厚重，以地处双廊古镇内的飞燕寺而言，其中供奉的达摩禅宗佛教、观音佛像以及白族本主文化等现象，都是传统宗教文化的瑰宝，值得深入研究，尤其是达摩佛祖的故事是最多也是最动人的。达摩为中国禅宗的鼻祖，其出生原为古印度国香至王的第三个儿子，并为印度禅在印度的第28代祖。相传达摩的佛法高超，其思考和辩论能力超群，佛门的6派高僧都很佩服他而使佛法得到了统一。有一次，一位执政国王贬抑佛法，达摩派弟子波罗提前去与国王辩论。当国王质疑佛性是否存在时，波罗提称佛性无所不在，并举例称有8处可见："在胎为身，处世为人，在眼曰见，在耳曰闻，在鼻辨香，在口谈论，在手执捉，在足运奔。"国王听罢这番辩论，内心当即开悟，并为自己的谤佛态度而谢罪悔过，后来这位国王弘扬佛法，活了90岁善终。

达摩后来到了中国传教，其传佛法的一个重要特点就是强调"明心见

性"，即完全靠
会意而不靠文
字。认为一个
人只要了解自
己的心性就可
以成佛。相传
达摩到中国后，
曾在嵩山少林
寺面壁 9 年，
最后悟道成功。
达摩在临终前，
将衣钵传给了
慧可。慧可之
后，相继再传
至僧璨、道信、

飞燕寺中的香海楼

弘忍、慧能，这一花开五叶，终于在六祖慧能时发扬光大，使禅宗成了中国
佛教的最大宗门。飞燕寺中能供奉达摩佛像，说明在唐朝六诏时，禅宗的影
响已至大理，可见佛教禅宗的学说也是为六诏皇室所特别看重和崇拜的。

其三，是重修开放后的飞燕寺，按管理程序登记备案，属合法正规的宗
教文化活动场所，这种寺庙为当地信佛教的善男信女及宗教人士的活动也提
供了方便。在当今的社会，无信仰几乎已成普遍现象，而没有信仰者，太多
容易短视、功利，而无精神灵魂。这样的风气存在，对社会的稳定发展其实
是很不利的。相反，有信仰者，即使信神信佛，因其能有一种信仰的依托，
能以行善积德作为为人处世方式，从而使灵魂找到归宿之处，其对社会的发
展也是利大于弊的。故此，正规的宗教文化活动场所的存在，对于促进宗教
健康有序发展，维护社会和谐稳定有重要意义。

看完飞燕寺，笔者走出大门，脑海还在想，这双廊镇的历史文化古迹恢
复重建工作做得还真不错。古代圣人孔子曾有"兴灭国，继绝世，举遗民，
天下之民归心焉"的说法，也是强调对过去的优秀传统文化要多继承、尊重。
而通过像飞燕寺这样的一座座寺庙的恢复重建，我们就可以看到儒、释、道、
本主等多元文化在当地的交融体现。此种多元化，在一个正常的社会发展体

系中，其实是很有互补好处的。这就好比红、绿、青、蓝、紫5种基本色彩，在自然界中缺一不可。有了这多种色彩存在，自然界的景观才会更好看。如若只有某一种色彩存在，而没有其他色彩的存在，那么这一个色彩在自然界中就必然会显得太单调。故此，俗语有言"一枝独放不是春，百花齐开春满园"，讲的就是这个道理。

飞燕寺中鲜花盛开的紫薇古树

总之，现今的社会要大力继承传统优秀文化，其意义是十分重大的。中共中央对此都很重视，也专门发了文件。像飞燕寺这般能恢复重建开放，将1000多年前的历史文化遗迹复活，的确也是做了一件大好事，其功德自然是值得肯定的。同时，笔者发现，在我们湖南的白族和其他少数民族地区，民族宗教历史文化遗存过去也不少，后来却消失了很多，得到恢复建设的似乎并不多见。这方面是不是应向大理州多学习点经验？须知，只有让优秀的民族文化传统多加恢复、保护和传承，也才可能真正使我们湖南的地域文化和民族特色更加鲜明！

三月街的节庆
——云南大理纪行之三十六

  久闻大理三月街的美名，早想去亲眼看看。这个愿望从向往变成我的计划行程，是 2021 年 8 月 9 日上午 8 点多。那一刻，我从下关辗转乘 4 路公交车，于 9 点钟就到了位于大理古城的三月街站口。下车后，即见公路对面的街道入口处，有一座古朴、高大而又气派的大理石牌坊，牌坊中间横梁的门楣上题写着"三月街"3 个醒目大字。走到公路对面，到那牌坊下，再看其两边写的对联是"千年赶一街，一街赶千年"。

  站在这副对联前，笔者请过路人帮忙拍照留了影。尔后，再从左侧门进去，即在三月街上开始漫步而行。这街道看起来很宽，估计有四五十米。其地面都铺着麻石条，

高大气派的三月街牌坊

走在上面一点不打滑。整体街道呈直线往苍山方向上行，长度约有 1 000 米。街道两旁的建筑多为两至三层砖木结构楼房，底层是摆满百货及各种土特产

的门面。两边人行道旁，栽植有很多枝繁叶茂的大青树。

　　走到三月街的顶端，见坡道左侧有一个广场，其边缘建有几座四方形的石砌高塔，塔顶有两层飞檐翘角的木质楼建筑。广场西面有一两层高的彩绘牌楼，中间门楣上写着"元世祖平云南碑"几个大字。那木质的大门紧闭着，原来这日不是开放时间，没能进去一睹这元朝文物古迹。顺着广场再往上走不远，即到一多街交叉的路口。笔者穿过交叉街道，走到对面路口，就开始顺着三月街道回头下行。

　　此时，见那街道来往的人很少，近旁只有一个穿着黄马甲的环卫女工在打扫街道。我走近打个招呼，尔后问道："三月街怎么这么冷清，为啥街上没多少人？"那女工回答道："你是外地人吧，你不知道，这条街要逢赶集日才人多哩，平常是没多少人。"我又问："三月街有哪些赶集日？"她回答道："每月逢2、9、16、23，有4个日子。"

　　"原来是这样。"我搞清缘故，再问："三月街最热闹的景象是啥时候？"她不假思索就告诉我："那当然是三月十五开始的一周节庆日了，那是三月街最热闹的时候。"我知道，她的回答没错。因为三月街的节

元世祖平云南碑展馆外景

庆，一般不用问，人们大都会知道，三月街的民族节，是指农历的三月十五日至二十日。这一周的时间，已在1991年就被大理州人大常委会确定为"大理白族自治州民族节"了。

　　至于三月街节日的来历，据传说，主要始自唐永徽年间（公元650年至

655 年），是由传统之庙会演变形成的。三月街的庙会又与佛教传入大理有着紧密关系。相传古印度僧人赞陀崛多来苍山讲经传教，收纳信徒，渐渐形成佛教庙会，而观音又制服了魔王罗刹。信徒们为感谢观音的恩德，每年都要到观音处祭祀和交易，慢慢就形成了一条观音街。

此外，我也看过许多关于三月街的报道介绍，特别是看了一本张云霞著的《金姑的背影——大理绕三灵的历史人类学研究》一书后，对三月街的节庆活动算是有了更详细认知。张云霞是大理文化研究院的研究员，她写这书的考证非常到位。从她分析记述的民俗活动细节中，我也获得了不少感悟和启示。比如，关于三月街与大理民间的许多重要节庆来历，仔细分析，其实与一位女子的传奇婚姻经历是很有关联的。这位女子名张金姑，是当时白子国的国王张乐进求的三公主。金姑美丽、聪明，人也善良，但脾气有些倔强。有一次她言语顶撞触怒父亲，被逐出宫门。其出走后到了蒙化（今巍山），在三台坡饥饿昏倒于一棵树下，树上有一条蛇溜下来要伤害她，危急之时，有一个彝族猎人细奴罗经过。这细奴罗长得一脸麻子，其貌不扬，但为人不错，武功也高强。他用箭射杀了那蛇，救了金姑一命，两人自此结成良缘。后来，白子国王张乐进求在梦中先后遇洱河灵帝和城隍老爷托梦，让他接回金姑。于是，张乐进求回心转意，派人把三公主接了回来，并认可了这门婚姻。细奴罗此时也被推举为族人首领。张乐进求年纪已老，有一次，就借金丝鸟从笼中飞到细奴罗肩上之故，决意将王权禅让给了这位女婿。

细奴罗此后统一六诏，就成了创立南诏的开国君主。他和三公主死后，民间不断祭祀，渐渐就形成了民间的二月八至二月十七日接金姑、三月三送驸马、四月二十二日至二十五日绕三灵、八月三十日至九月二日接阿太等四大民俗活动。这些民俗活动与三公主张金姑、南诏国主细奴罗、白子国王张乐进求、金姑母亲阿太、城隍庙老爷（金姑之舅舅）、玉案祠的金姑之二姐张姑太婆、神都本主庙的大军将段宗榜、洱河祠的水神、龙王段赤城、保安景帝张玉林等都有着千丝万缕联系，这些人都成了民间供奉的人格化的各种神或本主神。张云霞所写的那本书，将白族四大节庆活动的经历过程做了详细记述和分析，其书名以"金姑的背影"为名，含义也是很深刻的。其实，白族的节庆不仅四大节日与金姑有关，还有火把节、年节、中元节、三月街民族节等等，也无不都折射着"金姑背影"的重大影响。此外，据我所知，大理的许多民俗节庆活动中还充满了佛教、道教、儒教、本主相融合的一些内容，如祭祀释迦牟尼和观音、达摩等属于佛教，演唱洞经会古乐属道教，庙中祭祀崇拜文王、孔子属儒教，抬本主轿子、载歌载舞到处游神活动属本主神的崇拜等等。这些多元文化在历史上共存的现象，也是大理节庆来历的一大特色。

　　在三月街与环卫工谈过一阵，笔者又继续漫步顺街而下。前后共步行了两个多小时，才又回至三月街口，并坐上 4 路公交车向下关开去。坐在车上，回味在三月街的所见，觉得街上似很空荡，不过心中的感触还是很多的。因我已知，三月街的节庆来历与白子国及南诏初创时期的一段佛教传播历史和本土经贸文化习俗都是分不开的。所以，"千年赶一街，一街赶千年"，这副对联也是对三月街的经贸和节庆活动的准确写照。而三月街的节庆活动期间，来自国内外的人流，现在每年据称已多达百余万众，可见此街节庆日的影响之巨大。故此，要真正感受三月街的魅力，还是要等到三月街的节庆日再来。相信只有亲身参与到节庆日去体验，那收获才会大得多。

西洱河的怀念
——云南大理纪行之三十七

在大理旅行的每一天，见到的都是从未见过的高原山水、大小城镇及白族、彝族等少数民族的居民建筑等美丽风景，照射的是夏季高原的太阳，享受的是体感合适的如春温度，打交道的更是不同地域的陌生人群。在此环境下游玩，真有点让人乐不思蜀。笔者在足足旅行游历了一个月零五天后，才依依难舍地订了 8 月 12 日下午 3 时回返长沙的高铁票。当日上午，乘着有半天空闲，我坐公交车到达美登桥下，沿着一条河流又漫步游览了一会。

西洱河畔

我猜测，这条河流即西洱河，其河有七八十米宽，水深处不见底，流速比较缓慢，河水看起来比较清澈明亮，两岸有许多柳树和夹竹桃花。在河岸一处堤坝上，有一个戴鸭舌帽的老人正在垂钓。我走上前问道："老哥，这条河就是西洱河吗？"

"没错，这河叫西洱河。这河的上游就是洱海。"老人的回答证实了我的猜测。我兴奋道："这河下游流向哪里？"

"漾濞方向，最后入澜沧江。"老人又问我道："你是湖南人吧？"

"是呀，你怎么知道？"我惊奇问。

"听你口音有点像，我也是湖南人哩！"老人打开话匣子，又一股脑将他的简要情况告诉了我。原来，这老人也姓李，已快70岁，是一个退休工人，他的女儿、女婿在大理工作，现在和老伴就住在女儿家。我又问他："在这里过不过得习惯？"他说："这里夏天不热，冬天不冷，年年都要来此避暑，一住就好几个月，当然很习惯。"

我与这老人聊了一阵，才又继续沿河堤漫步。走到不远处河沿一个亭子，细看这西洱河两岸，那风景真美，苍山也临河很近。传说远古时期，洱海之水漫延至很高水位，人们曾生活在苍山密林之上。也不知过了多久，洱海水位下跌，露出大片坝子，人们才迁居到了坪地居住。到唐朝六诏时，河水还时常泛滥，故有南诏国王劝利晟曾派军将董晟把苍山寒河扩建为龙潭，又命名高河为冯河的传说。而段思平建立大理国之后，更敕封了董晟为"治水龙君"，西洱河也得到疏通治理，洱海的水有了流通去处，才不再发生水患。

在西洱河的两岸，真实发生过的历史事件和传说中的故事也特别多，尤其唐朝唐玄宗在位时，安史之乱前的天宝战争就发生在这片地域。关于天宝战争的发生，主要原因有三点：其一是当时的六诏国主阁罗凤带着妻子和孩子去拜见云南太守张虔陀，这位张太守是一个色鬼，也不知用何手段，竟然奸淫了阁罗凤的妻子和孩子，这使阁罗凤受到奇耻大辱。其二是张虔陀不断索要财物，阁罗凤没有满足他，即遭其大骂。其三是张太守还给朝廷密报，状告阁罗凤反叛。阁罗凤忍无可忍，遂在天宝九年（公元750年）发兵，攻破了姚州城，杀死了太守张虔陀。随后，唐玄宗派剑南节度使鲜于仲通发兵攻打南诏，结果兵败而归。阁罗凤臣服于吐蕃，吐蕃封阁罗凤为赞普钟。

唐天宝十三年（公元754年），唐玄宗命将军李宓再征南诏。李宓带兵10万进攻南诏，阁罗凤派儿子凤伽异和大军将段俭魏率部迎战唐兵于西洱河，将唐军全部歼灭，李宓也沉江而死。战后，阁罗凤不计冤仇，在西洱河南岸建"万人冢"，安葬了唐兵尸骨。又立"南诏德化碑"，记述了南诏与唐朝原来的密切联系及双方交恶的原因，还有3次兵戎相见和南诏归服吐蕃的过程。阁罗凤在碑文中表示："我世世事唐，受其封赏，后世容复归唐，当指碑以示唐使者，知吾之叛非本心也。"在天宝战争中，南诏还俘虏了一些汉人，其中有一位懂儒学的汉人郑回得到了南诏的重用，并在异牟寻为王后当了相当于宰相的南诏清平官，郑回经常劝异牟寻抛弃吐蕃归服唐朝。唐贞元十年（公元794年），南诏再次表示臣服，与唐朝重新和好。

西洱河的节制闸门

在天宝战争中被俘虏的唐朝士兵，大都在战后被释放而留在了南诏地域，成了下关等地一代白族的新居民。到明朝时，下关的白族奉李宓为本主，还在苍山下斜阳峰麓（今苍山公园内）建了"将军洞"，在门楣上挂有"唐李公之庙"的大匾。周围还修起了门楼、戏台、大殿、财神殿、娘娘殿、厢房等建筑，开辟成了一处旅游的风景地。

笔者思索一阵，走出亭子，再沿河堤上行数百米，来到西洱河的节制闸边。此处的河水被拦腰截断，河面上修建的这座桥闸，下有6个孔道，巨大的闸门将上游流水挡住，闸门能升能降，随时可控制水位运行。从桥闸上走过河去，再又走过来，在两旁能看到西洱河的上下游风景。西洱河自从有了这道节制闸，洱海的水位控制就比较好管理了。

而在西洱河的下游还建有四级电站，这使洱海的水源得到了充分利用，西洱河经过不断治理，整个沿河的风景也变得更美丽了。

在西洱河节制闸附近游览一阵，笔者顺河堤再往下走，到美登桥附近的河边又坐了一阵。这时看那河面，只见西洱河水静静流淌，看起来无声无息。想到自己这一个多月在大理的游历，居然很快就结束了，下一次还不知何时能再来此地。美好的时光都会转瞬而去，正如这西洱河水的流逝一样，心中不免生起一阵淡淡怅惘。我想，人生百年亦短促，数千年沧洱历史，其实也如这西洱河的逝水一样，流过去就很难找见和复活了。不过，宇宙上星球的运转始终不会停顿，人世间环境之不断变换与美好的希望都会长存。

"子在川上曰，逝者如斯夫！"圣人都如此感慨过时间的易逝，我辈亦应无所奢求，一切都顺其自然就好。这样思考一阵，才又慢慢乘公交车回到住店。吃过午餐后，笔者下午就到火车站，准时乘坐高铁而离开了大理。

滇湘白族人文杂记

下篇

大理白族起源分析

　　大理是中国白族的起源地，白族的祖先最早在苍洱大地上繁衍，这是早已被公认的史实。但是大理的白族族源究竟起于何时？相关的学者多年来一直还在不断探索研究。

　　早在 20 世纪 50 年代，关于白族族源的问题，专家学者们就曾有过多种说法。其一是"土著说"，即认为白族起源于苍山洱海地区，是本土的土著居民。其二是"羌族南来说"，即认为白族来源于南迁的羌族。其三是"多源融合说"，认为白族是汉族和其他多个族类融合形成的民族。此后半个多世纪以来，各种学说还有不同争议。云南著名学者马曜在 1992 年《广西民族研究》第 3 期发表《云南民族中的同源异流和异源同流》一文中，提出了异源同流的著名观点。他认为"白族先民——僰人，不仅融合了古越人、蜀人、楚人，而且融合了不少后来的汉人，是不同源的族体聚居于交通比较便利的平坝地区，久而久之最后融合一体了"。

　　马曜的观点很有代表性。随着考古学的发展，学者们根据出土的文物，又有了新的发现。云南的段鼎周先生在《白子国》一书中就指出："一般而言，民族是一个不断发展变化着的历史范畴，不可能是单线延续、凝固封闭的，白族也是如此。许多学者已经指出，白族也是异源同流的，然而异源之中必然有一个主源……当代的学术成果足以证明，白族的最早先民不在洱海以外的世界，而是从原始社会就孕育于洱海区域。"段鼎周先生称赞了学者杨堃的预言及看法，认为洱海区域是白族主流的起源地。因为考古学发现，洱海两岸新石器时期和青铜时期的遗址都很多，如剑川海门口、建和山、沙溪、西中，祥云清华洞、大波那，大理鹿鸣山、大墓坪、五指山、金梭岛，洱源德源城，宾川白羊村，巍山营盘山，弥渡直力，宾川夕照寺等地的遗址都很闻名。其中最有影响的是祥云大波那遗址，此墓出土了一具重达 257 千克的铜棺，还有铜杖等 104 件铜器。段鼎周先生认为："上述这些遗址，充分证明了杨堃先生的预见，他们当各为氏族、部落和部落联盟而存在，然而其名号和各自的发生、发展和演变过程，文献里是一片空白。"

从新石器时期以来，洱海一带地区虽有人居住，也有部落及其联盟存在，但史籍鲜有涉及，直到汉朝时，史书中才出现关于"叶榆国"的记载。《史记·西南夷列传·正义》："汉叶榆县在泽西益都，靡非，本叶榆王属国也。"叶榆国，即洱海地区金鱼、玉螺部落联盟的名称。此土著国起于何时，灭亡于何时，史书也没有记载。

此外，在白族的神话传说中，有《创世纪》《人类和万物的起源》《鹤拓》《金鸡和黑龙》《龙母神话》《金猪窜三海》《蝌蚪龙与银河》《太阳神话》《鸟吊山》《大理石的传说》等，讲的都是本地的传说故事。正如学者段鼎周先生在《白子国》中所说："白族的先民，始终围绕洱海而存在发展，其直接先民也叫洱河白蛮，是当之无愧的洱海之子。"

综上所述，大理白族的起源至少可上溯至 5 000~4 000 多年前新石器时期的原始部落时期。而叶榆国的最早出现，大约已到公元前 12 世纪的商朝时期。白族最早的先民应是以当地的土著为主，到后来由于有周边各氏族部落加盟，又不断融合一些外来的新移民，才逐渐形成特征明显的白族民族。故此，马曜同源异流和异源同流的观点，已为学界所广泛公认和接受。

白子国及其国王传闻

　　白子国的传说，主要出自明清时期的地方志书，讲述的内容是白崖部落联盟的历史。白崖为传说中白子国的都邑，地方在今弥渡县红岩镇。因为地方史志多引自元代《白古通记》一书，并将白子国的起源归结为佛教中阿育王的分封，显然其起源之说难以立足，不少学者对此早有质疑。

　　白子国在历史上虽没有进入正史记载，但作为比较大的部落联盟并自称为白子国，应是有过真实的存在，这也是许多学者主流的看法。

　　在白子国的传说中，根据《张氏国史》《白古通记》《白国因由》一类书的说法，主要有三个张氏国主十分闻名。

　　其一是仁果。传说蒙苴颂是天竺白饭王后裔，其居弥渡白崖，建立白崖国。传至仁果时，汉武帝派遣使者册封其为王。仁果统领的辖区，号白子国。

西洱河畔一角

　　其二是龙佑那。《南诏源流纪要》载，仁果"再传昆弥氏，改号拜国，至十五代孙龙佑那继之，被诸葛亮封为酋长，并赐姓张。筑建宁城，号建宁国，又称张龙佑那"。

其三是张乐进求，相传他是仁果的第33代世孙。唐太宗时，张乐进求被封为云南镇守将军，承袭白子国王职。其年老后，通过祭祀白崖铁柱的方式，将王位禅让给了女婿细奴罗，在后裔的好评口碑中留下了一段历史佳话。

南诏历代有名国主传略

　　白子国至张乐进求禅让王位给女婿细奴罗后，政权统治中心就移位到细奴罗在巍山创建的蒙舍诏了。细奴罗统一蒙舍川诸部落，在珑玗图山筑城建都。唐永徽四年（公元653年），派儿子罗盛入长安向唐高宗朝贡，唐王朝封细奴罗为巍州刺史。细奴罗出生彝族农家，年轻时当过猎人，并救过白子国主张乐进求的三女儿张金姑，两人结成夫妻，并获得白子国王位的禅让，成就了其一生开创南诏国基业，并被白族、彝族奉为祖先之一的传奇佳话。

　　自细奴罗之后，南诏的传位实行父子连名的世袭制，一共传了13代。其中著名的除细奴罗外，主要有第4代王皮罗阁、第5代王阁罗凤、南诏国副王凤伽异、第6代王异牟寻、第7代王寻阁劝、第10代王劝丰佑。

　　第4代王皮罗阁（697~748年），在位时出兵征五诏，击退吐蕃入侵，于唐开元二十五年（公元737年）统一六诏，建立南诏国。第二年，唐朝廷封皮罗阁为特进云南王、越国公、开府仪三司，赐名归义。皮罗阁在苍山麓建太和城，并迁都于此城，南诏管辖的范围也得到了很大拓展。

　　第5代王阁罗凤（712~748年），在位时完成了云南各部的统一，其辖境已包括今云南全省及四川、贵州的一部分。在唐天宝时期，因唐边将对六诏的苛求压制，阁罗凤被迫叛唐归吐蕃，并和唐朝发生"天宝战争"。战争结束后，皮逻阁在太和城立南诏德化碑，详述了叛唐之故。此碑为研究南诏的形成，提供了极重要的文献资料。

　　南诏国副王凤伽异（738~?）是细奴罗第6世孙，但未袭南诏王。凤伽异幼时很聪明，习文练武，颇得祖父宠爱。天宝五年，祖父皮逻阁派他入唐，他对唐玄宗的提问对答如流。唐玄宗封其为鸿胪少卿，并将一个宗室女子许配他为妻，后又封凤伽异为上卿兼阳瓜州刺史。南诏叛唐后，和大军将段俭魏一起带兵，在西洱河大败唐兵。随后在昆明建筑拓东城镇守，受封为副王，自称上元皇帝，其卒年不详。

第6代王异牟寻（754~808年），继位于唐大历十三年（公元778年）。其在位时听取清平官郑回的建议，与唐重修旧好。贞元十年（公元794年），与唐使者在苍山神祠会盟，被唐诏封为云南王。其后，与吐蕃交战于神川（今丽江），取16城，俘虏5王献于唐，唐使者册立异牟寻为南诏王，赐"贞元册南诏印"金印。异牟寻为王时，南诏疆域东到贵州，南接越南、缅甸，西连西藏，北至金沙江，领土进一步扩展。

第7代王寻阁劝（777~809年），在唐元和三年（公元808年）继位，被唐册封为南诏王，赐元和金印。次年改元应道，以鄯阐（今昆明）为东京，大理为西京。其在位欲有所作为，无奈天命不遂，执政仅一年，32岁即去世。

第10代王劝丰佑（817~859年），即位于唐长庆四年（公元824年）。其在位期间做了几件大事：其一是废道教，尊佛教。曾迎摩伽陀国（今印度）僧人赞陀崛多为国师，并把自己妹妹嫁给他为妻，从而使佛教传播得到皇室支持，地位大大提高。其二是建筑大理崇圣寺千寻塔，供佛1万多尊。其三是建五华楼，用以接待各部落首领。此外，劝丰佑在位期间，还多次出兵边境，先后攻陷安南（今越南）、骠国（今缅甸）和四川的西昌等地，使南诏疆域更加扩大。劝丰佑继位35年，是在位执政时间较长的一代雄主。

综观南诏历代有名国王，每一位的传奇历史故事，在白族民间流传都津津有味。至今大理一带的白族民俗中，还有不少祭祀活动都与南诏历代国王的神话传说有着关联。

虎头山顶的大青树

大理国兴衰始末

大理国是段氏在南诏之后建立的国家。段氏一族在南诏时期，出过三大著名重臣。

其一是段俭魏，在南诏王阁罗凤执政时期任职大军将，并在天宝战争中和凤伽异一起带兵，在西洱河打败唐军，因其战功卓著，被封为南诏清平官，赐名段忠国。

其二是段宗榜，在南诏王劝丰佑时期任清平官。唐大中十二年（公元828年），受命率部入缅甸，打败狮子国（今斯里兰卡），为缅甸解围。回兵至腾越，闻丰佑卒，权臣王嵯颠篡立，遂诱杀王嵯颠而立丰佑子世隆。段宗榜死后，白族人奉其为最大本主。

其三是段思平，原为南诏通海节度使，是段忠国的第6世孙。在他年少时，南诏国已危机四伏。其时，郑回的第7世孙郑买嗣为南诏第13代王舜化贞的清平官。当舜化贞于唐天复二年（公元902年）卒后，大权在握的郑买嗣篡蒙自立，并杀蒙氏亲族800人于五华楼下，蒙氏长达253年的世袭统治被结束。郑买嗣建立起大长和国，当了8年皇帝。后经郑仁旻继位，至后唐天成二年（927年），再传郑隆亶为王。唐明宗天成三年，赵善政杀郑隆亶而当国王，国号大天兴，仅执政一年。次年，杨干贞废赵又自立为王，号大义宁国，在位8年。后晋高祖天福二年，段思平联合东方三十七部首领，起兵讨伐杨干贞，将大天兴国灭掉。此后，段思平就成了大理国的开国之王。

大理国成为段氏的天下，但其内部的矛盾不断，杨氏、高氏、董氏等世家大臣都很有权势。段思平虽很能干，也只当了8年国王。其死后，先后坐上段氏王位的22代国王，分别为段思英、段思良、段思聪、段素顺、段素英、段素廉、段素隆、段素贞、段素兴、段思廉、段义连、段寿辉、段正明、高升泰、段正淳、段正严、段正兴、段智兴、段智廉、段智祥、段祥兴、段兴智。段氏家族看起来沿袭了20多代王位，但实际上在很长时期都有名无实，大权到后期都掌握到了高氏集团的重臣中。在段正明之时，权相高升泰还废其王位，篡权自立，将国号改为"大中"，改元"上治"。不过，高升泰在位仅两年，病死前又遗命子孙还国于段氏。其后，段氏复兴，号后理国。但高氏一门仍世代为相，政权实际仍掌握在高氏集团中。段氏和高氏集团为何能长期保持共存关系，这其中自有奥秘，分析其缘故，一个重要的原因就是佛教在当时大理国盛行，高氏和段氏一族都笃信佛教，两个家族集团虽有矛盾，但双方斗而不破，佛教之信仰对双方保持平衡关系起到了重要作用。

　　大理国传位到段兴智时，蒙古大军经川西吐蕃之地长途奇袭大理。宋天定三年（公元1253年）十二月，忽必烈率中路大军和兀良合台所率西路大军先后抵达大理都城，段兴智和宰相高泰祥引兵出战大败。高泰祥逃至姚州，蒙军破其城，将其俘虏并押回古城五华楼斩首。段兴智退至善阐，兀良合台率部破其城，将段兴智俘虏。后来，段兴智和其叔父被送至北方朝见蒙哥，在段氏降服之后，蒙哥让其重回大理，并恢复了其对万户以下的节制权力，但削去了其帝号，降其为臣民。段氏统治了316年的大理国，至此被彻底终结。

大理永平县城中的奇树景观

白族人口情况

　　中国白族的起源在大理，在古代史籍中出现的"僰人""滇僰""叟""爨""民家"等称谓的白族人，在白子国、南诏国、大理国时期的民族融合形成特征最为显著。而大理国灭亡之后，从元朝起至明、清及民国时期，云南的实际政权都掌握到了历代朝廷的手中。白族人在这段时期属于未认证定性的少数民族之一。1949 年新中国成立后，经国务院批准，以主体独特少数民族特征出现的大理白族自治州宣告正式成立，其时间为 1956 年 11 月 22 日。

　　起源于大理的白族，自南宋末年大理国解体之后，有不少人流落到了大理以外的全国各地。2009 年 9 月，大理州州委、州人民政府实施了"中国白族百村百人"大型影像工程，在全国选取了 100 个白族聚居村落，以影像方式记录了各地白族人的生存发展现状。在这次活动中，大理白族学会以赵润琴为首的专家学者，搜集了有关全国白族人的大量资料，并在 2018 年推出了《中国白族分布》一书。现据此书提供的数据，笔者对中国白族在各省分布的情况做一简介分析。

　　全国白族总人口：1 933 510 人，在全国各民族人口中排列第 14 位。这是根据 2010 年第六次全国人口普查得出的数据。这个数据已过了 11 年，当然现在会有一定变化。

　　在各省的白族人口中，云南有 156.1 万人，占白族人口的 80.73%。贵州有 187 362 人，占 10.06%。湖南有 125 597 人，占 6.75%。其他各省、市、区均有白族人口分布，数量在数百至数千不等。

　　位于大理州内的白族人口有 1 112 469 人。其中，大理市白族有 392 821 人，剑川县白族有 149 805 人，鹤庆县白族有 144 923 人，洱源县白族有 165 788 人，云龙县白族有 140 008 人，巍山彝族回族自治县白族有 7 011 人，南涧彝族自治县白族有 2 446 人，弥渡县白族有 1 810 人，宾川县白族有

45 335 人，祥云县白族有 43 671 人，漾濞县白族有 11 529 人，永平县白族有6 325 人。

位于大理州外的云南全省，昆明市白族有 68 561 人，玉溪市白族有10 355 人，楚雄彝族自治州白族有 15 251 人，丽江地区白族有 48 419 人，怒江傈僳族自治州白族有 132 622 人，迪庆藏族自治州白族有 18 182 人，临沧地区白族有 37 323 人。

在云南之外，白族分布较多的市、县、区主要有：湖南省张家界市，共有白族 104 163 人，其中桑植县有白族 96 889 人，永定区有白族 4 313 人，慈利县有白族 1 295 人，武陵源区有白族 899 人。张家界的白族祖先，主要是蒙古国在云南大理组成"寸白军"入湖广作战，之后军队被解散而流落到江西等地，辗转来到湖南桑植，成了当地白族人的祖先。

贵州省毕节地区有白族 114 770 人，其中毕节市 17 287 人，黔西县 16 013人，织金县 17 739 人，赫章县 4 149 人，大方县 4 525 人，纳雍县 11 742 人。六盘水市 49 457 人，其中盘县 30 980 人，水城县 14 244 人，钟山区 3 635 人，六枝特区 598 人。安顺地区 11 654 人，其中安顺市 10 084 人，普定县1 570 人。

湖北省有白族 7 173 人。其中鹤峰县有铁炉白族乡，有白族人口 4 920人，分布在三旺村、马家村、铁炉村、江口村、唐家村、千户村等 6 个行政村内居住。

四川省的白族有 9 449 人，主要分布在西昌市、会东县、德昌县等地。其中，位于德昌县六所乡的花马村，是一个白族聚居的自然村落，该村 102 户380 多人，基本都是白族人。

山东省的白族分布在胶东半岛，总数有 1 247 人。当地人自称为"小云南"人，具体分布在山东崂山县、烟台市等地。当地的白族人相传是明朝永乐年间从云南迁徙而来。

东北三省的白族，当地人称为"站人"，是来自云南的白族先祖。如黑龙江省杜尔伯特蒙古族自治县，有他哈拉站永生村、太和村等"站人"的先祖为白族，其来历主要是康熙年间平云南，吴三桂藩众降卒被发配到黑龙江等地的驿站，还有云南的部分移民至山东再闯关东到东北，这些人大都统称为"站人"，在清咸丰时期的东北，其数量就散落有上万人。

此外，在北京、天津、上海、江苏、广东、广西、浙江、海南、重庆、西藏、陕西、甘肃、安徽、江西、福建、青海、宁夏、新疆等省市区都有白族人居住。因为历史上的战乱、戍边和经商等多种原因白族向外省迁徙的人数不少，其分布已辐射到全国各地，但主要的聚居地仍还集中在云南大理本土未变。

白族姓氏及设睑之地解惑释疑

中国白族有许多姓氏，其中显赫闻名的主要有张、蒙、郑、赵、杨、段、高、董等氏族。

在大理的白族中，张氏一族曾是最早的王族。张氏先祖仁果、龙佑那、张乐进求是早期白子国的国主。

张氏之后，在大理历史上有"五姓固守"政权之说。这五姓即蒙、郑、赵、杨、段。蒙氏一族到细奴罗时登上王位，细奴罗之后，其袭位取名采用了父子连名的方式。如细奴罗之后的第四代王是皮罗阁，第五代王是阁罗凤，第六代（副王）是凤伽异，第六代王是异牟寻，第七代王是寻阁劝等，其每一代王姓名的末字，即为下一代王的姓名开头的字。蒙氏一族因为世代为王室，故地位显贵。

郑氏一族始于唐天宝战争，郑回作为战俘而得到南诏王重用，并当了清平官。其后第七世孙郑买嗣当清平官，大权在握，在唐天复二年（公元928年）杀蒙氏家族800余人，篡位建大长和国，在位8年，其家族亦显赫一时。

杨氏一族在南诏时是大族。大长和国时，杨干贞任东川节度使，不久杀郑隆亶而立赵善政，后又废赵自立为王，号大义宁国，在位8年，杨氏家族地位一直显赫。

赵氏一族在南诏时也是大族，赵善政在大长和国时任过清平官。杨干政杀郑隆亶后被立为国主，但只在位一年，即被杨干贞废。赵氏家族一直为贵族。

段氏一族在南诏时就声名显赫，段俭魏、段宗榜、段思平都曾当过南诏的清平官。段思平是大理国的开国君王，段氏家族承袭王室时间最长，在大理白族中，一直处在显赫地位。

高氏一族在大理国时期也是大族。任相国的高升泰还曾废段正明王位，篡权自立为王，但其在位仅两年，病死前又遗命子孙还国于段氏。其后高氏一族在大理国后期掌握实权，地位显赫。

董氏一族为滇中旧族，汉晋时期即为大姓。蒙氏世隆即位时，董成为清平官。段思平在位时，董迦罗为清平官。董氏一族曾在大理国初期显赫，但后来高氏一族崛起，董氏一族就没在高位了。

此外，在南诏和大理国时期，白族还有李、王、严、尹、周、洪、施、杜等氏族比较闻名。而皇室贵族常以"九隆"之族自称。阮元声《南诏野史》云："哀牢有一妇名奴波息，生十女，九隆兄弟各娶之，立为十姓，曰董、洪、段、施、王、张、李、赵。九隆死，子孙繁衍，各居一方，而南诏出焉，故诸葛为其国谱也。"此记载毕竟是野史，不可全信。但总体而言，白族的姓氏是百家姓，姓氏比较多，这应是历代人口流动融合造成的缘故。有不少姓氏在古代六诏和大理

夏季时大理盛开的三角梅

国时期不算显赫，但迁居到外地后，却成了望族。如谷氏、钟氏、熊氏、陈氏等族，从明朝流落到湖南桑植一带后，经过数百年的繁衍演变，也就成了当地白族的大姓。

最后，附带谈谈大理设睑之地的疑惑问题。南诏时期，大理地区行政管辖设有"二都督""六节度""十睑"，每一睑大约相当一个地市或县级的行政机构，如喜洲睑就是其中一睑。喜洲睑又称为"大厘睑"或"史睑"，因

喜洲在隋朝时，隋文帝派太平公史万岁征滇中，曾在此驻兵，素称史城。故南诏设睑后，喜洲又称"史睑"。湖南桑植白族的民间歌谣中，有"家在云南喜洲睑，苍山脚下有家园"的唱词，说明喜洲睑的行政管辖称呼，很早就为迁徙到桑植的白族先祖所牢记。

张金姑遇险结良缘

话说白子国的国王张乐进求夫妇生有三个女儿，也即三位公主。这三个女儿长得都如花似玉，特别是三女儿张金姑不仅生得很漂亮，人也很善良和聪明，但就是性格比较倔强。有一次，三公主不知为何事，言语顶撞了父亲。张乐进求一怒之下，竟然命人将她赶出了宫门。

三公主无可奈何，一个人就独自出走了。也不知走了多久，她来到了数十里外的蒙化（今巍山），在一个名叫三台坡的山边，她再也走不动了。饥饿使她昏倒在一棵大树下，那大树上不料盘踞着一条大蛇。这蛇发现树下有人，溜下来就想要伤害她。正危急之时，一位彝族猎人细奴罗经过此地。这细奴罗身材魁梧，脸上长满了麻子，其貌有些难看，但为人善良，武功也很高强。细奴罗见到这女子有危险，当即取出弓箭，一箭就将那蛇射杀死了。金姑醒来，知道是这猎人救了她，心中很是感激。细奴罗又问她是谁，为何昏倒在此地，张金姑就把自己的遭遇给他说了。细奴罗得知她是公主，很同情她，要把她送回去。三公主说，她已无家可回。细奴罗又道，你不回去，这山中也不能待啊。如不嫌弃，就去我家吧！三公主没有去处，就跟随着去了他家。细奴罗的父母见儿子带回一个美女，都很高兴。后经大家说合，两人就拜了天地，结成了夫妻。

这之后，三公主的父亲张乐进求有些后悔了。他两次做梦，在梦中都见到了神灵。第一次是遇到洱河灵帝，告诉他可接回三女儿。第二次是遇到了城隍老爷，也让他接回金姑。张乐进求从梦中醒来，觉得这是神意。于是，就派人寻找三公主。最后打听到三公主住在巍山，并和救她的猎人细奴罗成了婚。张乐进求认可了这门婚姻，把三公主就接了回来。同时也很欣赏细奴罗。不久，细奴罗被推举为族人首领。张乐进求年纪也已老，就想传位给这位颇有能力的女婿。为了能服众，张乐进求借祭祀铁柱之机会，看到一只金丝鸟从笼中飞到细奴罗肩上，就说是天意。尔后即宣布将王权禅让给了细奴罗。等到细奴罗当上南诏王，三公主也成了皇后，并且死后还享受到每年三月要"接金姑回家"和"送驸马"的民俗之祭祀。张金姑出走遇险结良缘也成了民间的一大佳话。

杨南金直节不屈斥权官

明朝时，邓川驿（今洱源邓川镇）出过一位名士。其人字本重，号两依，正名杨南金，别名杨用章。杨南金自小聪颖，读书刻苦用功。明成化丙午年（公元1486年）考中举人，明弘治己未年（公元1499年）再考中进士。

在当时的科举中，从乡村地方能考上进士的人，在全国都是凤毛麟角，朝廷对这种人才也是刮目相看，格外重用。杨南金初任的职务为江西泰和县令。那时的县令，即一县之长，权利自然是很大的。如果要谋私，那是很容易吧。但杨南金是一个清廉不贪、刚正不阿的人，他在职"直节苦行"，为官秉公执法，铁面无私。民间传闻他有"三不动"，即"刁诈胁不动，财利惑不动，权豪撼不动"。如此过硬作风，自然在县令任上有所作为，做了许多好事，也获得了百姓的赞誉。

上关花公园一角

朝廷考核杨南金为官做得不错，后提升他进京，任了监察御史。这监察御史大约就如现今的纪委监察要员，专管违法违纪的人，这就免不了要得罪一些贪赃枉法的官员。当时，因宦官刘谨专权，左都御史一职由其党羽刘宇担任。刘宇肆意凌辱众官，控制、堵塞言路。杨南金不屈服于权势，有一次，因一事发生争执，当面顶撞刘宇，斥责了刘宇的行为。刘宇恼羞成怒，想把他抓起来。杨南金脱下官服，摘掉官帽道："不做此官便了，岂可屈于权奸乎！"说罢，当天就弃掉官职，从京城步行回了家。而那些同僚官员，个个都为他的辞职行为捏了一把汗。

明嘉靖年初，杨南金再被启用为湖广佥事、进参议。不久退休还乡，修建了一座"三宜亭"（宜休、宜足、宜止）自居，并潜心著书立说，著有《三教论》《裨乡集》《守土训》《邓川州志》等作品，卒年80岁。

李元阳赈济百姓熬汤药

　　大理李氏在明朝时是一个望族，李元阳即是从该族考中嘉靖丙戌年（公元 1526 年）进士的十大才子之一。那年李元阳才 29 岁，会试后他被授予翰林院庶吉士。自幼饱读经书的李元阳，原以为从此可实现自己的仕途抱负，但现实社会的复杂，使他在官场上并未一路顺利。他曾历任江西分宜、江苏江阴知县、户部主事、监察御史、荆州知府等官职。以李元阳的才干，这些职位他都干得很出色，但其性格因特立不阿而难合时宜。

上关花公园内的鸡血藤树

　　李元阳做官时很关心民生疾苦，有一年，他在荆州当知府时，了解到一些纤夫发疾病死在江边。为防止疫病蔓延，他下令购置药材，熬制了一些汤药放置江边，专供放排走船的纤夫免费饮用。这一措施使上万人免受疾病之苦。多年后，李元阳的挚友李挚曾写《告文》赞誉道："公为荆州令，纤夫走渴，疾死无数。公市药材，煮之置于江边供纤夫喝，役无病者。夫其所市药费不过四五百金耳，而令全活者数以万计。"又为此赞叹道："先生为海内圣贤豪杰，非常人明矣!"

李元阳宦海沉浮，44岁那年，因得罪权贵，便以父丧为由回到故里，再没复出。他曾向友人这样解释："自从外出做官以来，先是在翰林院，碌碌无为。在县令、郡守任上，差强人意，还能得到赞颂。待到出任御史，过于自信，以为只要有利于国计民生，生死荣辱可以置之度外；殊不知如此卖力必然要得罪权臣国贼。尤其在荆州时，因为不愿给太监小人跪拜，惹起祸端。侥幸的是尚能保全了这把身子骨，得以活着和久别的乡亲聚会。"（《答溪田翁尊师马老先生》）

李元阳回故里后，埋头著书立说，创作有《中溪漫稿》《艳雪台诗》《心性图说》《中溪家传汇稿》《大理府志》《云南通志》等著作。卒年83岁。

陈佐才死不改节书自挽

"明末孤臣，死不改节，埋在石中，日炼惊魂，雨泣风号，常为吊客"。这是明末清初，蒙化府盟石村隐士诗人陈佐才为自己写的一首挽诗，并被刻在石棺上，引得后来不少文人常到其墓地观览，在当地成为一段传奇历史佳话。

上关花公园内的虎头兰

陈佐才字翼叔，别号睡隐子。其少年时倜傥不羁，长大后开始习文练武，后投奔黔国公沐天波帐下担任武职。明末永历皇帝入滇，为扶持永历帝，他和李定国农民起义军转战云南边境，一起抗清。1659 年，陈佐才奉命入川催饷，回滇后，清军已占云南，吴三桂已逼死永历帝，陈佐才只好回到家乡蒙舍山中隐居。

滇省版图入清三载，地方已"唯清礼不行"，陈佐才在山中独"魏巍仍汉军威仪，出入里闾，意气坦如"。出入山中，还常骑一头毛驴，头戴斗笠，寓意头不顶清朝天，脚不踩清朝地，喝的是雨水，以示不饮清朝水。在山中还常与担当、知空等名僧结为至交，与徐宏泰、张以恒等文人作诗唱和，并著有《天叫集》《是何庵》《宁瘦居》等诗集。晚年还凿石为棺，以表死也不入清朝土。同时自写前述那首挽诗，以致名闻闾里。1697 年，陈佐才在故里病逝，享年 70 岁。

赵藩蜀中劝谏题对联

"能攻心则反侧自消，从古知兵非好战；不审势即宽严皆误，后来治蜀要深思"。

这是白族才子赵藩题写而刻于成都武侯祠的一副著名对联。这副对联写于1901年，是赵藩在蜀为官时，因见既是学生又是上司的四川巡抚岑春煊滥用武力，想直劝或进谏都不适合，于是才题写了这副对联，刻写在武侯祠以示谏劝。此对联

魏宝山内的游道

文书俱佳，富于哲理。后来许多领袖如毛泽东、江泽民等都推荐、赞扬和评说过此对联。

出生于1851年的赵藩，其故里在今剑川县向湖村，是清代晚清举人，曾历任易门县学训导、四川酉阳知州、永宁道、盐法道、按察使等职。辛亥革命后被推选为众议院议员。1916年，参加过护国运动，任全滇团保局长，护法时任广州军政府交通部长。1920年回滇，任云南图书馆长。

赵藩工诗文，善书画，是白族著名历史文化名人，其诗、书、画被誉为"三绝"。其为官时，多次书联"焚香告天，苟望索案中一钱，阴谴重矣；设身处地，敢不为堂下百姓，平情理之"和"身家所系，性命所关，切勿罔上营私，报应从来最速；囹圄之苦，词讼之累，但愿替人设想，方便落得多

行",借以自勉和告诫属下。"饮酒看书四十年,乌纱头上是青天。男儿欲画凌烟阁,第一功名不爱钱"。这首诗也是他的心迹真实写照。

赵藩在昆明居住时期,为人书写字画也很多。"满城是赵字,无处不藩书"。大理和剑川等地,也题写有不少对联和书法。赵藩的父亲赵联元为秀才,曾作家训"宁厚勿薄,宁方勿圆,宁朴勿华,宁拙勿巧;有德则贵,有业则富,有礼则安,有学则雅"教育后代。赵藩受家训影响,达到了"读书志在圣贤,为官心存君国"的高尚境界,为云南士林公认之楷模。其著述有《向湖村舍诗文集》《小鸥波馆词钞》《丽郡诗文征》《金石书画题跋》《剑川县志》等作品。1927年,赵藩病逝于昆明,享年77岁。

周保中忠勇不渝荡寇志

"哪管饥饿疲乏，断指裂肤，不顾暴风烈日，雷电雪雨，捐躯轻鸿毛，荡寇志不渝"。这是周保中将军撰写回忆录中的一段话，这段话是对其在东北抗日14年艰苦历程的真实写照。

1902年出生在大理湾桥村的周保中，原名奚李元，15岁就入滇军当了兵。入伍后，他曾任代理连长、中尉参谋、上尉连长。22岁毕业于云南陆军讲武学堂。此后参加北伐战争，曾任国民革命军第六军营长、团长、少将副师长等职，此期间接受周恩来建议而改名为周保中。1927年，周保中加入中国共产党，次年赴苏联学习。1932年回国，被派至东北任中共满洲省委委员、军委书记。其时，他独自到吉东绥宁，在救国军上校参谋长李延禄的引荐下，成功打入救国军，凭借智取东京城，得到救国军高层赏识而委以重任。尔后，在10月指挥救国军敢死队攻打宁安城。战斗不久，一颗子弹飞来，击中其小腿，顿时鲜血直流，疼痛难忍。周保中瘸着腿继续往前冲，直到战斗结束，摔倒在地才被战友救起。后又刮骨取弹，人都称他是"当代关公"。这件事传遍军

南诏铁柱庙内的古树

中，很快使他获得极高威望。其伤口治愈后，周保中又给救国军和自卫军做工作，达成了联合抗日协议，建立了联合总司令部。

此后，周保中率部顶住日军多次进攻，在八道河子沟口打过伏击战，攻占过卧龙屯、小城子、八城子街、汪清大甸子街、南湖头日本兵营等。1935年2月，绥宁反日同盟军改编为东北反日联合军第五军，次年又改编为东北抗日联军第五军。周保中当了军长，后又出任第二路军总指挥。抗战胜利后，周保中任过吉林省政府主席、东北军区副司令员。中华人民共和国成立后，转至地方工作，任过云南省军政委员会副主任、省政府副主席等职。1964年病逝，享年62岁。

张明德白曲飞歌美名扬

"一更灯火昏昏黄，一亲六眷聚灵堂，阿妈请起坐一会，听儿诉衷肠。想起阿妈恩情重，两眼不住泪水淌，十月怀胎在母身，血肉把我养……"这是白族曲艺家张明德在祭祀活动中演唱的一首《灵前哭娘》白祭文。其情真意切的悲恸歌声十分感人，当地白族人都称他为"白曲大爹"。

出生于1900年的张明德是剑川县城北板洞河村人，10多岁时，他就拜师学唱白曲。青年时期能自编、自唱、自弹白族歌谣，成为民间著名歌手。1954年，他被聘为县文化馆宣传员，并加入县文工队专职从事演职工作，不久成为中国曲艺家协会和中国音乐家协会会员，后又被选为州政协委员、云南省人民代表。1960年，出席全国第三次文学艺术工作者代表会议，受到党和国家领导人接见。1961年，张明德有一次到羊岑区旧栗坪演唱白曲，一位老奶奶听说他来演唱，把全家人吃的一锅蚕豆煮在锅里就跑去听演唱，等到听完唱曲，回家来揭开锅盖一看，只见一锅豆子已煮成了焦炭。可见张明德的白曲有多迷人。

1962年，县文化馆聘请他专职演唱和创作本子曲，他用白语先后创作了近200首本子曲，一年演唱200多场，观众达6万多人次。

因其常年身背龙头三弦，手提马灯在民间演出，群众赞誉他为"三弦伯伯"和"白曲大爹"。他创作的《鸿雁带书》《出嫁歌》《出门调》《泥鳅调》《金鸡三唱》等白语作品，多次登载在各种刊物上。

1966年10月，张明德因在"文革"中受到迫害而回到家乡，从此离开民间曲艺演唱舞台。1973年12月17日辞世，离世前他曾写下最后一首白曲《续泥鳅调》："泥鳅调，解忧愁，白曲好唱不到头，有人要把泥鳅揪，罪名'封资修'，枉说往昔是朋友，今日见死有谁救？恶人动手捉泥鳅，群起挽袖口。泥鳅调，唱泥鳅，可怜泥鳅无路走，思悠悠来怨悠悠，死在污泥沟。抛出一条小泥鳅，保住乌纱破帽头，此去九泉恨难消，鱼刺鲠在喉!"张明德去世后，他创作的白曲还在剑川一带地方流传着，白族人永远不会忘记他。

白族民居

在大理各地旅游一个多月，无论到大理市、洱源县、剑川县、鹤庆县、祥云县、宾川县、弥渡县、巍山县、南涧县、漾濞县、永平县、云龙县等地，笔者放眼见到的白族居民建筑，基本都有以下几大特点：

其一是外观的色彩上多呈白色。在白族聚居的城乡，无论何处看建筑的墙壁、照壁和外露的门窗、门楣、屋檐等，主基调色彩基本都是以白色为主，辅以黑色、灰色相间。

其二是壮观挺拔的大门楼。白族的民居，富贵人家几乎都建有带飞檐翘角的大门楼。这种门楼建筑主要有两种：一种是有厦门楼，俗称"三滴水"门楼。这种门楼由三间牌楼形制，其门楼的顶部有两层翘起的翼角，檐下有木质斗拱装饰，端头的挑头多雕成龙、凤、兔、象、花卉等图案，斗碗雕成八宝莲花，外饰色彩油漆，下层翼角斗拱较顶层斗拱略小，斗拱以下是重重镂空的花枋和砌有大理石的八字墙，门楣上有彩花图案配以名人诗句。另一种是无厦门楼，一般用砖雕泥塑、镶砖手法修建装饰，门顶一面厦出水，比较简朴大方，多为普通民居采用。

其三是白族民居的建筑多为封闭式建筑，院落多按东西轴线布置房屋，大门一般开在东北角上，正房坐西朝东或坐北朝南，与两边厢房和对面的照壁围成一个院落。照壁内外墙壁为白色，上画各种式样的山水画。照壁的题字，有的按姓氏寓意如李姓题写"青莲遗风"、赵姓题写"琴鹤家风"、王姓题写"三槐及第"、杨姓题写"清白传家"，有的按声望题写"世人书香""科甲联芳"，还有的按照壁方位题写"紫气东来""彩云南现""苍洱毓秀"等等。

其四是白族民居的围墙、房墙、风火墙、门窗装饰等特征比较突出。围墙有一方墙、两方墙或三方墙等，主要起围护和装饰作用。房墙石脚一般用麻岩石条或鹅卵石砌成。风火墙又称马头墙，其形似马头，位于房屋二层前，分布在厦上的左右两侧，是两座装饰墙，这种墙是白族独有的建筑。白族民居的门窗也很讲究，尤其正房一般都用6扇花格子门，上有许多雕花，内容为"渔樵耕读""西厢故事""珍禽异兽"等。次间房门窗也多有雕花图案，梁柱上也注重雕刻，多雕塑龙、凤、象、麒麟等吉祥瑞像。

其五是白族民居有三坊一照壁、四合五天井、重院民居、两坊一耳等多种格局。三坊一照壁即由三坊房屋和一坊照壁组成的院子。四合五天井由四方带厦房屋组成，有四个院落，中间院落最大，各坊房子都为三间两层楼房，正房最高。重院民居则以"三坊一照壁"或"四合五天井"做纵向或横向延伸，以二至三单元组成重院。两坊一耳是由两坊带厦的房屋组成，与相对的照壁与围墙组成院落。

大理白族民居总体而言，一般都建得大气美观，比较富丽堂皇。在技艺上尤其注重装饰，雕花、彩绘再配以诗文等内容，使得其民居建筑颇具文化内涵，这些艺术特色都是很值得外地人去借鉴和学习。而我观览过的大理喜洲镇严家大院，算是白族建筑的经典之作，那里面的白族建筑格局，看后真让人大开眼界。

大理石

作为外地游人走进大理地区，笔者初次去就见到许多大理石标示牌，如大理镇的"喜洲"标志石头、周城村的"周城"标志石头、祥云县政府前的"彩云呈祥"标志石头等等。

自古以来，那奇异美丽的大理石就是大理地区丰富的宝藏。史载 1500 多年前，作为一种上等建筑石材，这种奇石就已得到开采，并被作为建造皇宫、庙宇、御花园的建筑材料而使用，如至今北京故宫和十三陵中还有大量大理石可见。

大理石的身份也有三大类：一种是"汉白玉"，即通体为纯白色，可做多种建材和装饰用。一种是"云灰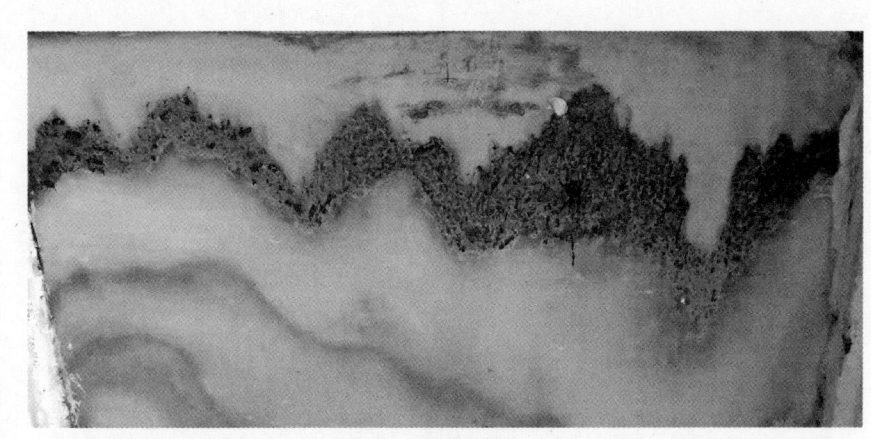

大理喜洲镇严家大院内，一块百余年前镶嵌房中的大理石，花纹如同彩墨山水画，乃大理石中的上品

石"，即白底章上起灰蓝色云水状或葡萄花纹状，可做建筑板料或制造各种工艺品。一种是"彩花石"，其花纹如同彩墨山水画，是大理石中的上品，可广泛用于装饰工艺品。

在剑川沙溪镇，笔者在寺登街一家工艺品商铺里，曾见到一位县大理石协会任副秘书长的收藏爱好者杨先生，他告诉我，用大理石车制的花瓶、酒

杯、笔筒、砚台、茶叶缸、烟灰缸、装饰屏风、挂幅等工艺品精湛玲珑，很受游客欢迎。前几日，有一位广西的游客就买了他一幅天然大理石挂画。我问他那挂画多少价，他说2 000多元。看来，这大理石还真值钱啊！杨先生说，他目前收藏的大理石有2 000多块，而大理石的开采现在已被限制，其资源是有限的，他问我需要不。我告诉他，我现在住的是旧房，等有新房住了，一定要来联系他买几块屏风和挂幅做装饰。我觉得这大理石工艺品装饰在新房中，那是真上档次啊！

剑川木雕

剑川的木雕，我也是在沙溪寺登街的商铺中大量见到。剑川县素称"木匠之乡"，其木雕历史悠久、源远流长。该县海门口遗址中出土过距今3000多年的木构文物，就有精湛卯榫技艺。唐宋时期的剑川建筑已有很成熟的木雕艺术风格。剑川当地的木工艺人也很多，一般木匠都擅长雕刻各种山水、人物、花鸟以及龙凤麒麟、吉祥如意等图案。

沙溪镇店铺中的剑川木雕工艺品

剑川木雕选用的材料，一般都是优质缅甸红木、西南桦及彩花大理石等，其质料坚硬柔软，不变形，耐腐蚀，做工很精细，用料比较考究，造型也很美观。

剑川地方自产自销的商家也很多，在沙溪寺登街，笔者看到这些工艺商铺门面上，摆满了众多的品牌样式。这些产品有豪华典雅的客厅家具类，有栩栩如生的九龙壁画、九狮壁画、花鸟壁画类，有各类型的座屏、挂屏、屏风类，有各种建筑的格扇门、窗、挂帘类，还有数以百计的各种民族旅游产品类。

剑川木雕工艺品不仅在本地到处可见，在大理古城及云南省各旅游点也多有商铺专卖。在云南及全国举办的旅游产品大赛中，剑川木雕工艺品还曾多次获过奖，产品远销100多个国家和地区。据说，英国女王伊丽莎白某年到大理旅游，曾亲购一套剑川木雕沙发，带回了英国皇宫享用。1995年，剑川工艺美术大师段国梁带着儿子段四兴及多位工匠完成的《大理国张胜温画卷》，是收藏于云南民族博物馆中的一流艺术珍品。

"雕得金龙腾空舞，镂出金鸡报五更，刻成百鸟枝头唱，雕花引蜜蜂……"这首著名的白族民歌，也是对剑川木雕的生动传唱和写照。

白族扎染和刺绣

在大理旅游，每处旅游点的商铺旅游品区域，几乎都可看到白族扎染产品。笔者到周城，更是在一条几里长的街道上，发现许多的店铺都是摆满了白族扎染和白族刺绣的产品。

这些白族扎染，采用数以百计的各种图案，通过扎染工艺处理加工，使其成为艺术化、抽象化和实用化融合一体的工艺品。而扎染布工艺都用手工针线缝扎，颜色则用植物染料反复冷染制作而成。这种手工制作的扎染色彩鲜艳，永不褪色，并克服了化学染料危害人体健康的副作用，对皮肤还有一定的消炎保健作用。

大理白族扎染的花形图案以规则的几何纹样组成，布局严谨饱满，题材多为动物和植物形象，还有历代皇宫贵族的服饰图案，一般都呈现出鲜明的生活气息或雍容华贵、平安吉祥之类的寓意。白族的刺绣产品与扎染一样，工艺都是手工制作，图案也是很多。特别是白族女性戴的头饰，用风、花、雪、月4种形象样式装饰，表现苍山洱海之美丽女子的寓意，看上去极具独特的风格。

周城村扎染之家晒出的扎染布料

在工艺制作上，白族扎染分为扎花和浸染两个环节。扎花是手工缝制、缝扎结合的方式；浸染则是用手工反复浸染，形成以花形为中心的多层次晕纹，达到凝重素雅古朴的效果。白族刺绣则重在图案的手工针刺，其刻画细腻，变幻无穷，与扎染的工艺有所区别。

大理白族的扎染和刺绣工艺品采用的材料，一般都是以纯棉布、丝绵绸、麻纱、灯芯绒、金丝绒以及传统的土布等为面料，开发的产品有服装、门帘、窗帘、民族包、帽子、手巾、围巾、枕巾、床单、桌布、壁挂、台布等上千品种，产品已远销美国、日本、新西兰、澳大利亚等许多国家。值得一说的是白族的扎染和刺绣主要分布在周城一带。笔者在周城采访的时候，接到湖南家乡一位白族朋友刘教授打的电话，说想到大理来考察一下白族扎染和刺绣，他准备退休后回家乡创办白族扎染和刺绣厂，在湖南白族地区推广白族扎染与刺绣产品。我等了数日，因为疫情原因，刘教授的考察没有成行。但我想，他若真有心创办白族刺绣厂的话，到大理来取经是很有必要的。如果能和大理白族扎染及刺绣商家合作，其生产前景必定会大有可为！

白族草编与饰品

火热的盛夏之时，笔者在大理旅游，看到当地不少人喜欢戴一项白族编制的草帽，其样式有多种，如"知音帽""英式礼帽""儿童帽""绣花帽"等等。

白族的草帽是一种传统的工艺品，相传在唐朝南诏时期，大理太和城附近就有一条草帽街。编制草帽的原料，主要是麦秆。编草帽者，一般都是家庭妇女，平时闲暇无事，无论在家、在外，都可肘夹麦秆，手指不停编制草辫。积累众多草辫后，再经漂白处理，即可缝制成各种款式的成品。

除了草帽外，还可用谷草、棕丝、麦秆等原料编制其他工艺品。如草席、草垫、草扇、草帘、草制各种动物、植物、花卉及儿童玩具等等，品种多达数百种。造型也是五颜六色，多种多样。草编制品上绣以蝴蝶、茶花、苍山、洱海、三塔、多种禽兽等图案，看起来很别致美观。

此外，大理白族的金银等首饰工艺品也很多，金银首饰生产的历史也很久远。清末时期，大理已形成金银首饰销售街，著名的商家有"天宝""三元""福美""富宝""恒丰"等店号。如今，大理古城

大理女士戴的礼帽很时髦

的金银首饰销售店也不少。常见产品主要有金银耳环、手镯、戒指、项链、百家锁、玉簪、金钗等上百品种。而大理的银匠也很多，大理、下关、凤仪、喜洲、鹤庆、巍山等地区都有不少专门生产的银器和银匠商人。鹤庆县新华村的银器远销东南亚各地，有"一锤敲千年"之说。

上述的草帽、草编和金银首饰等工艺产品，在白族地区的市场都很受欢迎，海内外的游客到了大理，购买这些工艺品的人也不少。

大理特产

　　盛夏时节，笔者独自旅游大理，在下关福星村一家客栈住过半个月时间，在我住店的附近有一个农贸市场，里面全是新鲜果蔬、肉食和其他一些农副土特产品，其价格一般都比较便宜，我每天吃水果都要到这市场去购买。这里有一种小梨子，味道很清甜，10元钱能买4~5斤；苹果、蜜桃、枣子等10元可买3斤。

　　在我到大理州下辖各县旅游途中，发现各地的土特产品也很多。其中，主要有名的土特产有以下数种：

　　一是蔬菜类，有产于苍山高海拔地带的高河菜，产于洱海中的海菜、刺菱角，产于鹤庆、巍山、南涧、漾濞、永平、云龙等地的

大理三月街上店铺外的土特产品招牌十分醒目

麦兰菜、树头菜，产于弥渡的大芋头，产于宾川鸡足山的冷菌，产于云龙的黑木耳，产于南涧县的鸡枞菌等，产于洱源的独瓣蒜，都是当地有名的土特产。

　　二是水果类，有产于洱源的梅子、产于大理海东的雪梨、产于漾濞的秤砣梨、产于云龙的漕涧乌心梨、产于巍山的冬雪梨、产于弥渡的小红梨、产于鹤庆的芝麻梨、产于宾川的蜜橘、产于巍山的佛手柑、产于漾濞的核桃、

产于永平的白木瓜等产品，在大理地区都很闻名。

　　三是茶叶类，有产于下关的沱茶，产于大理七里桥乡的感通茶，产于南涧县的茉莉花茶、早春绿茶、黑龙潭毛峰茶、仙龙洞芽毫、烘清绿茶、三春茶，产于魏宝山道教内的养生茶和青霞散茶等产品，在大理白族地区也是有名特产。

　　此外，产于永平的腊鹅，弥渡的卷蹄，巍山的蜜饯、黑豆豉，祥云的酱辣子，邓川的乳扇，剑川的羊乳饼等特产也十分有名，到大理旅游，这些特产都值得去购买和品尝。

大理美食

　　能吃到大理白族地区的各种美食，那绝对会是一种令人大快朵颐的享受！记得数年前，大理白族学会召开换届选举会议，笔者有幸与张家界谷中山会长等一起被邀请参加会议。期间，在宴会上就吃到许多平时难以吃到的大理白族名菜，如大理冷冻白豆腐鱼、大理砂锅鱼、弥渡卷蹄、大理乳扇、大理高河菜、洱海海菜、大理土海参等等。

　　会议结束那天，大理州白族学会的老会长赵济舟还抽出时间，带着我们张家界的4位代表，到洱海边一个农家乐园去吃了一顿午餐。那日的餐桌上，除了吃到白族酸辣鱼、大理海产螺蛳、大理饵块、大理油鱼、高山冷菌、木耳等名菜外，还吃到了大理闻名的火烧猪肉。赵会长介绍说，大理人逢年过节或遇到红白喜事，都要吃这种肉。其吃法比较独特，首先，把肥猪宰杀后，要在井边用稻草或麦秆烧烤肥猪，要让稻草火将肥猪烧得焦黑，然后用井水冲洗，同时用杀猪刀将焦黑毛皮刮去。经过刮洗的肥猪肉呈金黄色，并有一股清香味。最后，那肥猪被分割开，猪肉被分割后，即可烹调食用。另将火烧猪臀部和后腿皮肉及猪肝切成细丝，以葱、蒜、芫荽、辣子面、酱油、醋等为佐料，调蘸水而吃。这吃法，大理民间就叫"吃生皮"，相传是南诏时期就开始的习俗。不过，现在吃生皮，据说要把火烧肉提交当地卫生防疫部门化验，无寄生虫卵后才能食用。卫生部门还是提倡要吃炒、煮熟的肉。

　　听了赵会长的介绍，那次我也品尝了一块生皮，但没有多吃。此后，在大理旅行期间，与大理白族学会的朋友也几次相聚，并见到过这种"生皮"。当地人都比较爱吃，但我还是不太习惯，很少碰这"生皮"。我比较喜爱吃的是大理的鱿鱼、乳扇、酸辣鱼、高山菌等名菜。

　　在大理各县旅行时，我吃得最多的是盖浇饭，就是每次只吃一种炒菜，盖在一碗大米饭上面。这炒菜或是苦瓜加辣椒炒肉，或是茄子、丝瓜、土豆、西红柿、冬瓜、食用菌、青菜等等，任选一两种，加辣椒和一点肉丝，炒成一盘菜，再配一碗饭，一顿午餐或晚餐就足够吃饱了。

有时候，在旅行途中，住到某酒店或客栈后，到了用餐时间，我不在餐店吃，就在街上专找当地有名的小吃，去品尝各地不同美食的风味。比如，到剑川吃过饵块，到洱源吃过乳扇、雕梅，在永平吃过腊鹅，在弥渡吃过卷蹄，在宾川吃过鸡山冷菌，在鹤庆吃过火腿，在漾濞喝过核桃乳，在巍山吃过粑肉饵丝，在下关吃过白族酸辣鱼，这些都是当地有名的美食。

作者在剑川县沙溪镇享受过这碗很有当地特色的馄饨

乡土情怀深厚的实干家——李超

  大理州白族学会的现任会长名叫李超，在我去大理当天，他正在外出差。此后我到大理各县游历，直到一个月后回到下关，才约定与他见面，想给他写一篇人物专访文章。

  8月5日上午9点，我如约到了大理州白族学会办公室。须臾，李超会长也准时到来。彼此握手寒暄几句，我就直奔主题，请他谈谈自己的简要经历及工作经验和成就。他很真诚、谦虚地接受了我的采访，并仔细讲述了他迄今的主要经历及一些有趣味的人生故事，在此特概述于下。

  1957年，李超出生于大理龙下登村一个农民之家。其父亲是一个做皮匠的白族手艺人，有点文化。母亲姓张，也是白族人。父母除了白族话，也会讲一口流利的汉语。李超从小讲白族话，上小学时才开始学汉语。他的读书过程很艰苦，从小学起，一边上学读书，一边还要放牛牧马，参加生产队劳动。特别是他领养过生产队的一匹母马，每天上学读书，下午放学后放马，打点马草。10岁起，参加生产队劳动，开始挣3个工分；13岁时，因所养母马生了崽，马养得不错，被评过

洱海边沉思的李超

"五好社员"。初中毕业，又因成绩不错而考上了大理一中读高中。1974 年高中毕业，他又回乡参加了劳动。不久当了一个时期的民办老师，后又被选为生产队会计、政治指导员、大队主持工作的团支部副书记。1976 年曾被推荐上省水电学校，不知何故没有上成。第二年恢复高考，他报名参加，幸运地被录取，成为 1977 级云南大学政治经济学专业的学生。

在校读书期间，他专心学习，刻苦用功，并一直关注农业、农村、农民问题，曾撰写过多篇有关"三农"问题的学术论文和《论尊重农民经济自主权》的毕业论文。1982 年 2 月大学毕业后，他原本想去省社科联工作研究"三农"问题，但最后服从组织安排，回到了家乡大理，在偏远的海东公社当了团委副书记。工作不久，又直接调入州委组织部，当了干部科副科长。1987 年，在他毕业 5 年多时，又被组织任命为大理市委常委、组织部长，成为当年全省最年轻的县（市）级组织部长。

过了几年，他又先后被调动，担任过州纪委申控室主任、州物价局长、州工商局副局长、州乡镇企业局局长。2001 年 1 月，他被调至南涧县任县委书记。在南涧工作 3 年后，再调至州政府任办公室主任、州政府秘书长等职。其间，还到省委党校脱产就读马克思主义原理专业研究生。

2012 年，受组织提拔，他当了州人大常委会副主任。到人大工作期间，他挂钩到老家，指导龙下登村、中龙龛村开展旅游特色村和美丽乡村建设。经过一番调查，他发现农村责任田承包到户好多年了，也极大调动了农民积极性。但是村民的组织化程度降低了，村民小组的事由一个村民小组长说了算，有几个村民小组的自然村统筹协调不够，公益事业不好办。因此，他开始研究村庄的民主管理问题。2014 年，他首倡提出，要以自然村为基础，进行村民自治试点。由各村民小组选出自然村的村民代表，组成村民代表会议。同时由村民从村民代表中选出村民理事会和监事会，再制定村民自治组织章程和村规民约。村民自治的规章制度材料都由他亲自起草。这试点一搞，村民反响良好。州委书记、副书记及州人大常委会主任等领导对此事都很赞成支持，并发了一个文件，决定在全州推广村民自治试点。为此，2014 年至2016 年，由李超组织实施，将自然村村民自治试点工作由龙下登村推广到了大理全州 1 493 个村。其做法也为全省全国提供了经验。知道李超这番经历的人，都赞誉他是一个无私奉献、乡土情怀深厚的实干家。

2017 年，年满 60 岁的李超退休了。第二年，组织上又要他出任大理州白族学会的会长一职。在这个白族学会任职，其实并没有工资报酬，其工作纯粹是做贡献的，但他高兴地接受了这一任职。到任后，他决定有所为，有所不为，一切量力而行，尽力而为。把基本原则定了，并已主持在做五件大事。

退休后担任大理州白族学会会长的李超，仍在为事业奔波忙碌

其一是根据实际情况，重点进行白族文化的抢救和保护。白族语言是最典型的，尤其需要保护和抢救。现在大理地区成年人讲的白语中，白语词汇流失较多，有一些小孩已经不再讲白语。白语是了解白族历史文化的钥匙，白语亟待保护和抢救。在这方面，李超主抓了白语拼音培训、组织编写《新编白汉大词典》和全州白族村名考三件事。

其二是推动白族优秀传统文化传承发展，举办新时期白族文化建设、白族优秀传统文化传承发展、铸牢中华民族共同体意识研讨会，提出了一些重点研究课题供会员参考。这些课题既有传统研究和应用研究，也有对未来的研究。同时，对研究和写作出版白族图书的作者给予一定奖励和支持，帮助其宣传发行并适当购买其书，由学会来保存收藏。此外举办一些活动，重点是指导举办大理周城白族火把节。

其三是创办白族优秀传统文化传承发展示范基地，共选了10个村，已落实了8个村，并获得到了省里支持。这个项目由州白族学会做前期工作，州文旅局负责实施。目前此项目已进入实施阶段，其预算达上亿元。

其四是组织依靠中国社科院、云南大学等机构，编一本涵盖3个方言区的《新编白汉大词典》，计划尽可能收录白语词汇，计划 2023 年出版发行。参与这项工作的有近千人。

其五是成立了几个新的白族专业分会，包括白族刺绣和服装分会、白族建筑分会、白族戏曲歌舞分会、白族三道茶分会、白族语言文字分会等 5 大专业分会。有了这些分会，其活动按专业划分，学会本身的工作就分工比较科学明晰了。

李超是一个很务实的人，他能说会写，自己还撰写过一本生产队回忆录《锄禾苍洱间》。此书出版后，得到过很多读者赞扬。他主编的《乡村治理新探索》《大理市白族村名考》也很受读者欢迎。而目前，他正在主持修订《大理市白族村名考》一书，同时还在主持编写《走，跟我逛洱海》和《龙下登村——一个洱海边的白族传统村落》《各民族交往交流交融的大理故事》，其工作很忙碌而又充实。

古人曰："老骥伏枥，志在千里。"李超虽退休了，却还在白族学会会长的岗位上不断发挥余热，其实干家的美誉真乃名不虚传。笔者专访完毕，在他盛情相邀下又一道吃过午餐，直到下午一点，才彼此告辞分别。

白族文化的忠实传承弘扬者——赵润琴

洱海月，苍山雪，赵润琴穿着这种象征风花雪月地理标志的头饰和白族的服饰，看上去就像一个洱海苍山一样漂亮的标准白族美女。而令人敬重的是：这位白族女子不仅是样貌出众，更重要的是其学术上的成就不凡。在大理州白族文化研究院，她既是院长，也是从事白族文化研究的一个学术带头人。

2021年8月6日下午3点，笔者如约来到赵润琴在大理州白族文化研究院的办公室内，与其座谈一个多小时，听她讲述了自己的成长经历及研究白族文化的一些体验和收获成果。以下是笔者对这次专访的摘要记录：

爷爷是进藏干部，从小对她影响很大。

1976年出生在大理鹤庆县金墩乡一个农村家庭的赵润琴，自小受到良好的教育，从小学读书到高中毕业，学习成绩都很优异。1994年考上云南民族大学历史学专业，4年后毕业，进入大理州委党校，从事教学和干部教育培训工

赵润琴倩影

作。2005年被聘为历史学讲师。2009年7月，通过全省公开招考，进入大理州白族文化研究所任副所长。2016年5月被任命为大理州白族文化研究院党组书记、院长。2018年被评为副研究员。回忆自己成长的经历，赵润琴说，自己从小受祖辈和父母的熏陶，比较爱好读书学习。同时，当过进藏干部的

爷爷，对自己的影响很大。其爷爷在迪庆中甸县当过农会主席等职，退休后工资比较高，爷爷一辈子看淡名利，工作踏实肯干，晚年把自己的积蓄大多捐作党费，他的一生为后代留下了很好的口碑。受优秀传统家风的影响，赵润琴也一直在不断严格要求自己，并以身作则，勤奋工作。她特别期望在白族文化研究的学术事业上做出一番成绩，从而像爷爷一样为国家和社会多做奉献。

走遍百村，让白族同胞认同大理是全国白族同胞的祖居族源地。自从2009年进入白族文化研究所任副所长不久，赵润琴又被选为白族学会的常务副会长兼秘书长。当时的会长是担任过州委副书记的赵济舟。在赵会长的带领下，大理州白族学会、大理州白族文化研究院的工作职能定位为：白族文化研究的主阵地，州委、州政府联系全国各地白族同胞的桥梁纽带，州委、州政府的智囊智库，宣传白族、白族文化主阵地。同时，学会和研究院组织人员到全国各地去了解白族分布情况，与各地白族同胞联系沟通，让他们认同白族祖居族源地，帮助各地建立白族学会。2009年，为了更好地团结、宣传白族，大理州委、州人民政府组织开展了"中国白族百村百人"大型影像工程，白族文化研究院和白族学会负责具体实施，在全中国白族聚居区选取了100个白族村落（实际拍摄达150多个），从影像学、影视人类学的角度对100多个白族聚居村落的现状进行拍摄和记录，最终形成6集电视专题片，两本画册和系列图书，被各大媒体称为"中国第一部少数民族影像志"。作为秘书长，赵润琴全程参与这些工作，并成了最忙碌操作和各地进行联络任务的执行人。在两年多时间内，她组织一个团队，共出差飞行了20余万千米，足迹跑遍了云南、贵州、湖南、四川、黑龙江、西藏、青岛等白族聚居的地方。

在湖南，她多次到过张家界市桑植县，走访过芙蓉桥、麦地坪、马合口等白族多个乡村，与当地白族同胞建立了深厚的民族感情，并牵线联系，促成当地成立了白族学会，同时为援助桑植芙蓉桥白族乡村的建设出过力。在山东，她到过青岛崂山区、即墨县，与当地白族同胞座谈，了解到这里白族的来历，是明朝时候，云南兵到其地方抗倭，成了当地自称"小云南"白族的一个源头。经赵润琴牵线搭桥，双方举办了山东云南寻根研讨会，成立了云南—山东寻根研究会。青岛电视台、云南春城晚报报道了一系列反映当地白族寻根认祖的《山呼海唤》专题节目，海洋大学和研究会出版专著《山东人的云南血脉》。在东北，赵润琴深入大庆市杜尔伯特蒙古自治县它哈拉乡太和村、永升村，了解到这里的白族后裔"站人"来历，这些人都是明末清初康熙年间平云南，吴三桂藩众降卒被发配到东北，成了白族的一个迁徙源头。她和太和村的白族同胞座谈，也构筑起了对方白族同胞对云南祖居地的认同感情。

经过两年时间的奔波，中国白族百村百人影像工程最后顺利完成。2011年在大理古城举行全国摄影联展，请了国家相关部委领导出席，还邀请来了贺龙女儿贺捷生及著名艺术家杨丽萍、邓启耀等名人来参与摄影展。先后多次到各地巡展，获得了轰动一时的宣传效应。

撰写几部专著，在白族文化研究领域获得不少成果。

近数年来，赵润琴在大量调查的基础上，开始撰写白族文化研究的专著，现已写出了四本专著。

其中第一本是《中国白族分布》。这本书是她在跑遍全国白族聚居区后，用历史学、民族民俗学、历史人类学、旅游学、影视学视角进行考察研究，首次对白族在全国的分布情况、历史渊源等做了开创性研究，不仅团结了全国的白族，增强了民族的自信心和凝聚力，还打破了白族学研究全国各地各自为政的研究方式，第一次全面系统地对白族的分布做了详尽分析介绍，填补了该领域研究的空白。

第二本专著是《大理节庆》。这本书首次对大理州内的主要节日进行了系统梳理，是第一本系统性介绍大理节庆的专著，出版后受到广大白族同胞的欢迎和社会好评。

第三本专著是《白族本主》。这本书是在基本厘清全中国白族分布情况的基础上，重点对全国白族聚居区的本主情况开展大量调研，从而突破了以往只在大理地区研究本主的局限。该书的出版，填补了白族本主研究的一大空白。

第四本专著是《大理照壁上的姓氏文化》。该书立足讲好白族每一堵照壁姓氏背后的家风家训好故事，把中国优秀的传统文化通过一个家庭的照壁体现出来，以小见大，从个人到国家、到天下，体现"家"是最重要的纽带，家风家训是中华民族延续不息的营养土壤，传承弘扬好照壁文化，真正去做到文化自信。

此外，这些年来，赵润琴在做好常规的各方面行政管理工作外，个人撰写发表过《关于南京柳树湾探究》《山东"小云南"移民现象考察》《民族节日的传承与弘扬》等几十篇学术论文。同时，作为白族文化研究院的主要负责人，还组织策划了《中国白族村落》《中国白族群像》《中国白族本主普查》《白族支系勒墨人、拉玛人生存状况》《大理州环洱海生态廊道文化资源普查》《大理州如何在乡村振兴中传承弘扬和重塑中国乡村优秀传统文化》等大型专题调研活动，形成专著、画册、调研报告等一系列成果；参与《大理丛书》《白族》《白族族源新探》《白族文化研究》《乡愁·大理》等刊物的编撰，在《白族通史》中承担了 3 个部分的撰写任务。赵润琴在白族文化研究院既当领导，又力做学术带头人，其表率行为也获得了社会的好评。

桑植白族的著名学者——谷忠诚

一

农历戊戌年五月二十七日 11 点左右，笔者与桑植退休教师谷润生一起，专程来到桑植县委党校内，准备去耄耋老人谷忠诚家里送 700 多元稿费，因我们主编的《刘家坪记忆》一书中，采用了谷老总计 3 000 多字的文章。到党校办公室一打听，谷老不幸遭遇车祸，可能不在家。再设法问到其儿子的电话，方知谷老已住进县人民医院。我们当即赶过去，在骨科 526 室，见到一位满头白发的老人，身上穿着蓝白长条纹的病号服，左臂和左脚缠着绑带，仰面而卧，静静躺在铁架床上，他即是我们要找的谷忠诚老人。

见面打过招呼，感觉老人精神尚好。听他自述，才知 10 天前，早上在一条马路上行走，不料被一辆超车的小车撞上，受伤不轻，腰和左腿都骨折了。住进医院后，经过治疗，现在状况好了一些，躺着也还能谈谈话。笔者随即把出版的这本书和稿费给了他，并问他能否亲笔签字，他说可以，于是就躺卧着，在一张领稿费单上签下了大名。

接着，笔者又和他闲聊，请他谈了谈他的经历。这一谈，他打开话闸，不知不觉竟聊了一个多小时。从他的健谈中，我才了解到，他这一生还有过许多曲折的历程。

二

1931 年 10 月，谷忠诚出生在洪家关白族乡龙凤塔村横塘湾组。其祖父谷伏钊赶过骡子，与贺龙父亲一样，某年在三声潭死于土匪劫杀之中。其父亲叫谷志甲，早年当过乡苏维埃农会执行委员，47 岁时患病而逝。在横塘湾，谷氏一族曾有 7 人当过红军，比较闻名的有谷志标、谷佑箴、谷德桃等。其中谷佑箴即谷忠诚爷爷的四弟，谷忠诚称其为"四公"。有着这样的背景，按说谷忠诚应属根红苗正，对他的成长极为有利，但谷忠诚说，他这一辈子的路其实走得很曲折。小的时候，他家人口多，负担大。父母共生了五子一女，他排行老二。虽然生活过得苦，但他读书很用功，小学、初中成绩都拔尖。16 岁那年，他从桑植初级中学考入湖南省立第八师范学校就读。1950 年毕业后，被分配到了桑植县委宣传部工作，随后入了党。"三反""五反"至"大跃进"时期，因他脾气耿直，运动中提意见，讲了一些真话、实话，遭受到一些人的排斥和党内警告处分，不久他被调至廖家村区委当秘书。"文革"期间，又因同样讲真话缘故，他被人诬陷揪斗，其罪名是把毛主席像拆了信壳子，还差点被打成反革命。后来，此事被上级来人查清，证明是有人故意陷害，才洗清了他的罪名。

　　反右和"文革"期间的挫折，并没有让谷忠诚消极退缩。相反，这几十年来，他说自己一直埋头于干点实事，其中有几件事自认为还干得比较漂亮，值得一提。第一件事，1958 年，他写了一篇《把桑植民歌唱得响彻云霄》的长篇通讯，在《湖南日报》头版头条刊发后，引起社会强烈反响。第二件事，1969 年，他调任桑植沙坝硫黄矿任革委会副主任兼办公室主任。期间深入实际调查研究，撰写了《老矿换新颜》的调查报告，在省州党报刊登后，引起各级领导重视，上级派人核实后，该矿被评为全州"工业学大庆"红旗单位、全省先进单位。第三件事，1974 年 6 月，他被调任到县委党校任副校长直至 1993 年退休。期间，他被抽调至湘西州委参加过编写《贺龙的故事》，由湖南人民出版社和中国少儿出版社出版，在全国发行。第四件事，由他发起并成功认定了桑植白族的民族成分。此事的基本过程是：1977 年，他在云南走访老红军时，时任云南省委常委的谷佑箴曾对他说，其亲家母是大理白族，祖上还是公主。大理白族的习俗、语言、服饰等与桑植民家人很相似，建议他将这个情况回去做个调查，看能否认定桑植民家人的民族成分。谷忠诚把此话牢记在心。1981 年，在其借调担任桑植"征史修志办"主任后，即向县委做了汇报，转达了老红军谷佑箴的提议。此事得到了县委领导的重视，同意把情况上报省、州政府，并得到了上级批复。随后，谷忠诚又参加省、州、县联合调查组，进行广泛调查，最后，此事终于得到了上级的正式下文，使桑植白族的民族成分得到了确认。谷忠诚也因此事的完成，实际成了认定桑植白族的功臣。

三

除了干过上述几件大事之外，谷忠诚还参与和编辑了《桑植县志》，并著有《桑植白族简介》《桑植白族史》。退休之后，还和谷厉生两人重修编撰了 400 余万字的《武陵白族谷姓志》，同时参与了《湖南少数民族家庭与婚姻》《湖南白族风情》《全国国情丛书的百县市经济社会调查（桑植卷）》等书的编写。进入 80 多岁之后，谷忠诚还在笔耕不辍。现在只要有人约稿，他还不时动笔写作。最后，聊到他的退休待遇，他说只是一个正科级，每月有 4 000 余元退休金。他说，自己也知足，名利早就看淡了，现在只想多活几年。作为文人，一辈子做个仁者，无忧无悔，也即是最好的归属吧！

中午快要过去，谷老还没吃午餐，我不忍再打搅，遂起身给他和其亲眷拍了几张照片，就和他做了告辞，走出了医院。（备注：此文写过不久，谷老已病逝，享年 87 岁）

湘滇白族同胞友谊桥梁的搭建者——谷中山

　　自 1984 年湖南桑植"民家人"被认定为白族人以来，有许多的湘籍学者、专家、民间艺人、作家、教授乃至市县政界人士，都为研究和弘扬桑植与大理白族的文化而付出了巨大心血和精力。张家界市人大常委会原常务副主任、党组副书记、巡视员谷中山，就是其中突出的一个。

　　笔者与谷中山是同乡近邻，相识很早，并深知他一生的经历和研究白族的兴趣热忱一直紧密相关。1946 年 5 月，谷中山出生于桑植县芙

谷中山与大理州原州长杨健合影

蓉桥白族乡庹家岗村。其父母是农民，文化不高，但都很重视孩子的学习。而其伯父是一位老红军，在贺龙部队曾任过连长，长征前不幸牺牲，更是对他的人生成长影响很大。从小时候起，谷中山读书就很刻苦努力，小学、中学成绩常名列前茅。18 岁时，谷中山顺利考上湖南师范大学中文系，23 岁毕业，分配至桑植一中任高中语文教师，兼任校团委书记。在学校任教不久，因工作需要被县委领导调入县政工组工作，任机关党支部书记。1973 年 10 月调入桑植县沙塔坪公社（乡），先后任过党委委员、副书记、管委会主任（乡长）、党委书记。1984 年 1 月，谷中山调任桑植县教育局任局长、党组书记。一年后，调任永顺县委副书记。1985 年 4 月至 1988 年 4 月，任永顺县委书记。1988 年 5 月至 1993 年 2 月，先后任湘西自治州林业局，张家界市农林

水电局，市国土资源局党组书记、局长。1993 年 3 月至 2006 年 3 月，任张家界市人大常委会常务副主任、党组副书记、巡视员，武陵源世界自然遗产保护领导小组组长。2006 年 4 月退休之后，谷中山出任了张家界市白族学会会长一职，自此就与白族学会的工作紧密联系到了一起。

我曾开玩笑说，你一辈子好顺，当官都是当"正官"，当"偏官"都少，退休了还是会长，也算"正官"。他笑着道，啥"正官"呀，就是多干点事、多担责一点吧！

谷中山对家乡酉水河岩门潭南岸一座覆锅岩小庙的一副民家人先祖题写的长对联一直牢记在心，那对联写着："起西南，寄江西，溯长江，渡洞庭，漫津澧，落慈邑，业创千秋，永久勿替；抵南楚，匿患难，竖草标，辟阡陌，力挣扎，思广益，宗衍八支，长延流芳。"这副对联，以前他也知道，王姓祖先来历不凡，但没仔细研究。

而在 20 世纪 70 年代参加工作后，他与桑植县民族学者谷忠诚、谷臣章等人发起了对民家人的族源归属问题进行大量调查、考察、研究工作。80 年代初，谷忠诚等人到云南去拜见了桑植籍老红军、云南省政协副主席谷佑箴。谷老认为桑植"民家人"有可能族源在大理，谷中山对民族归属的考察也有极大兴趣。因为自己也是桑植的"民家人"，当然也很关注本族族源的问题。1984 年，湖南省民委与大理州政府认定桑植"民家人"为白族之后，谷中山更是兴奋不已，觉得终于找到了自己的根。

1985 年初，谷中山调到永顺县任县委书记不久，即开始赴大理考察，寻根问祖。此行得到钟振川州长及州民委马主任的热情接待及工作指

谷中山与大理州白族学会原会长赵济身合影

导。从此后，谷中山与历任大理州长李汉柏、李映德、赵立雄、何金平、何华、杨林、杨健等人都建立了深厚友谊。大理州委、州政府向桑植县白族地区多次伸出援手，办了很多惠在当代、留芳青史的好事实事。如 2000 年 6 月，大理州援助 120 万元，对桑植芙蓉桥白族乡中心完小和乡卫生院进行改扩建；2004 年 5 月，援助 140 万元修建贺龙中学科技楼；2007 年 6 月，援助 160 万元修建桑植一中图书馆；2012 年 3 月，捐资 200 多万元在桑植县城修建"三坊一照壁"白族民居楼及芙蓉桥白族乡"喜洲街"。

在退休担任张家界市白族文化研究会会长后，谷中山更加专心研究白族文化，并做了以下几件重要的事，不断充实自我。谷中山阅读了大量有关白族的史料书籍，对白族的历史来源、白族的演变和迁徙过程、白族的宗教信仰、白族的民俗风情等做了深入研究。又多次率团到大理考察、交流，实地走访大理白族地域，对大理白族的起源和人文发展历史做了深入了解，大理的山川风貌也给他留下了深刻印象。联系湖南白族的历史文化加以对比，从中他又找出了许多共同点和差异之处，从而对白族的历史和文化特征也有了整体的认识和把握。

支持创办了张家界市白族文化研究会和桑植白族学会，并经常组织会员开展学习、讲座活动。谷中山领头的市白族文化研究会，每年要进行 3~4 次有针对性的理论学习或专题讲座，主要是宣讲和弘扬白族勤奋、诚信、奉献、宽容、友爱精神。对内提倡讲和谐，对外要求讲团结；对族人讲互助，对国家讲付出。此外，坚持"耕读传家，习文尚武"传统，注重对年青一代人的培养教育，曾组织了几批年轻会员骨干到大理参加考察和培训学习。在研究白族文化中，他自己带头撰写了《湖南白族源远流长》等多篇论文，在大理《白族学会动态》等刊物上发表。在《桑植白族》创刊时，他还亲自撰写创刊词，期望《桑植白族》"潇洒地从动人的画面中，崭露头角，向着一块'整理挖掘、抢救、传承、发展'的高地，呐喊着，冲锋着……"

带头组织挖掘、抢救、保护了一批白族文化遗产。谷中山指导组织的研究会学者，不断深入白族集聚村落，挖掘整理白族文化，使白族仗鼓舞、游神、霸王鞭等一批具有白族代表性的民间文化项目列入国家级或省级非物质文化遗产目录。同时，在他的指导下，桑植县白族学会自筹资金 20 余万元，重修了白族先祖、明朝昭武将军谷永和陵园和纪念碑，此陵园已被桑植县人民政府列为县级文物保护单位。此外，桑植白族学会还先后筹资数十万元对海龙坪王氏祠堂、王朋凯纪念亭及覆锅岩古迹等进行了维修，筹资 10 多万元对钟氏祠堂进行了抢救性保护，筹资 40 万元对市级文物保护单位的大本主堂——谷氏宗祠进行了全面的保护性修缮。

带头加强湖南省内白族地区联络与交流，促进民族团结共同繁荣发展。2012 年 3 月至 4 月，谷中山先后组织会员到常德市鼎城区白族地区进行过寻祖

谷中山出席大理州白族学会代表大会

寻根调查，并参加了常德市鼎城区白族本主谷均百陵园修复竣工庆典祭祀仪式。近年来，他领导的白族文化研究会还和湘西自治州的白族同胞及湖北鹤峰县铁炉坪白族乡的白族同胞进行了联系沟通。桑植白族学会给铁炉坪白族乡赠送了有关白族书籍及传授仗鼓舞、打花棍等民族歌舞表演技艺，指导其白族街的建设。

结合实际，指导和协助基层及分散会员创造性开展工作。谷中山在帮助恢复重建桑植白族学会外，又多次走访各地，并在永定区、武陵源区、慈利县、湘西自治州、省直单位（含长沙市）等地指导建立了分会或联络组。这些分会组织开展了不少学术研讨会、笔会、座谈会、访亲会、总结表彰会，学术研讨成果很多。怀化学院教授王文明，陕西师大博士钟江华，中国社科院副研究员王锋，吉首大学教授钟海平、谷遇春、刘霞，沅陵县史志办副编审钟玉如以及谷利民、谷厉生、谷忠诚、王国雅、谷俊德等一大批本市籍贯白族学者、专家的积极性充分得到调动，先后写出了不少研究白族的文章，并编撰了《桑植白族民歌》《桑植白族博览》《桑植民家腔词典》《桑植白族风情》《湖南白族人物》《湖南白族小百科》等众多白族书籍。

带头研究白族历史文化。多年来，谷中山自己先后编纂、出版过《永顺县国土规划》《张家界市人大工作十五年》《武陵谷姓白族志》《湖南白族风情》等书籍，尤其他主编的《湖南白族风情》一书，曾被评为湖南省优秀图书，被湖南图书馆和湖南师范大学、吉首大学等图书馆收藏。

　　如今，年届 76 岁的谷中山，仍把很多的精力倾注在白族历史和文化的研究中。为培养更多的年轻人，他在 70 岁那年辞去了学会会长一职，但仍兼任名誉会长一职。在近几年来的实际行动中，谷中山还在为张家界白族乡村的经济振兴发展和繁荣而谋划出力，同时也继续起着湘滇白族同胞友谊桥梁搭建者的关键作用。而他关注白族的发展，期望和督促湘滇白族学者要研究出更多白族文化成果的心愿，也在两地正不断地得到实现。

桑植白族文化研究的佼佼者——谷利民

在桑植白族文化的研究中，无论是从数量还是质量上来看，白族学者谷利民的撰述都堪称是最多、最有成就者之一。据统计，谷利民仅从 2003 年退休以来，曾担任《桑植白族》刊物的主编，《湖南白族风情》的编委、副主审，《中国白族通史》编委。共创作和编著出版的著作有《桑植白族民家腔口语词典》《桑植白族博览》《桑植白族人物》《湖南白族传统文化小百科》《桑植白族教育史》《回眸辉煌》《旅途歌吟》《湖南白族风情》《湖南白族研究文集》等 10 多部，主编的刊物有《桑植白族》，总计编撰字数 600 余万字。如此巨额数量的创作和编著是如何完成的，这要从其一生的经历谈起。

自强不息、奋发有为的谷利民在年轻时代的留影

1943 年 3 月，谷利民出生于湖南桑植芙蓉桥乡福建坡村一个书香之家，父母亲都是有文化的知识分子。小时候，谷利民就很聪明，读书记忆力超群。但因时代局限，他的读书之路不是一帆风顺。初中毕业就参加工作，没有读

到正规大学，主要靠自学获得了大专文凭。后来参加工作，也是 15 岁开始，就从教小学一年级起步，尔后凭教学能力出色，逐步升级到贺龙中学当了高中语文把关教师，所教班级还连续几届高考成绩名列全县第一。因成就突出，又获聘为高级教师。1984 年，他被破格从贺龙中学调入桑植县教育局，担任了教研室主任之职。之后，又任过桑植县教委主任、党组书记，桑植县计委主任、党委书记，县人民政府助理调研员。

从 1984 年下学期起，谷利民主持桑植县"作文三级训练体系"实验，成绩很突出，连续 3 年被评为全国联合实验先进个人。1988 年 10 月 26 日，《湖南日报》以《谷利民成功了》为题，对他敢闯教改新路的事迹做了报道。1988 年 4 月，谷利民主持的"作文三级训练体系"实验获湘西自治州教委授予的教育实验一等奖、桑植县人民政府科技成果一等奖。在 30 多年的教学实践中，谷利民已自成了一种晚报式教学风格，他将知识性、科学性、趣味性融于课堂教学中，师生都乐教乐学，教学相长。此外，谷利民在工作之余，还撰写发表了教育、经济、民族类论文 100 多篇。其中《少数民族学生作文心理与作文三级训练体系实验》《少数民族地区普及义务教育的几个问题》等论文入选全国民族教育研究会论文集，并在全国教育杂志发表，中国人民大学《复印资料》做了转载。这两篇论文还先后获全国中语会作文研究中心一等奖，省中语会、民族教育研究会一等奖。

1989 年调县计委工作之后，谷利民从事县域经济发展战略研究，先后撰写发表过《农业产业化是贫困县脱贫致富必由之路》《浅谈知识经济》《计委工作漫谈》等多篇经济工作论文。谷利民还曾创办主编过《桑植教育报》，并参加编写《作文三级训练体系实验》教材和《中学生怎样写作文》等书。

2003 年退休之后，谷利民又担任了桑植县老年大学校长、桑植县老科协副会长、桑植县白族学会常务副会长等职。从此更加潜心发掘、研究桑植白族文化。这 10 多年来，他在白族学会主抓了几件工作：一是组织学会成员开展白族文化研究活动，向大家提建议，列课题，部署写作的相关论文内容，进行白族文化的专题研究。二是组织学会成员进行考察调研，或到大理等地参观、交流取经等活动，虚心向大理白族州的专家、学者请教学习，并输送了一批教师学员到大理学习白语。三是带头研究撰写相关白族历史和文化的文章。如他精心撰写的《民家腔方言初步研究》和《贺龙族属刍议》两篇论文，在大理《白族》刊物上发表后，还被收入了云南民族出版社出版的《白族文化研究》一书。

多年以来，在繁忙的编著桑植白族文化书籍的同时，谷利民还利用业余时间及在外出差、旅游的空闲里，创作撰写了许多诗词楹联等作品，并以《旅途歌吟》为题，结集出版了一本个人文集。其中不乏一些真挚感人的诗词和对联，比如《题1996年工作日志》："望崦嵫而勿迫，恐鹈鴂之先鸣。为桑梓而尽瘁，与前贤以同归。"《大理第二届国际影会（四首）》之三："风花雪月得天厚，人杰地灵是名邦。若道人间有仙境，滇西明珠好风光。"这类诗作就是佳作。

再如他17岁初参加工作时写在教案上的4句诗，收录在文集的第一页："平生无大志，但求会教书。桃李满天下，春风拂银丝。"这首言志诗，也是他立志从事教育的真实心声。而他在当县教委主任时又自题了一副楹联："八品学官壮志难酬桃李愿，一介书生雄心苦育栋梁才。"这副对联，仍是对教书育人充满痴迷之情的真实写照。难怪他晚年退休了，还要选择到县老年大学当校长，并把县老年大学也办得很红火了。2021年，中国共产党100周年华诞之际，谷利民还被评为湖南省优秀共产党员，这是他人生旅途上的又一道加油站。

总体而言，谷利民是一个多才多艺的人，原张家界市白族学会会长谷中山先生在为其诗文集作序时曾这样评价其为人道："他风流儒雅，风趣幽默，有学者风范；他处变不惊，举重若轻，又有公仆气度。当官

谷利民喜获2021年省级优秀共产党员荣誉称号

员时像百姓，当百姓时像官员。既能和百姓打成一片，'往来多白丁'，又能和文人墨客酬唱，'谈笑多鸿儒'。《旅途歌吟》中与文人故交的诗词酬唱，真如高山流水，铮铮有声。"

另一位任职大理白族自治州文化遗产局局长的杨政业为其写序评价道："谷利民君实引为鄙人敬慕焉，其于白族之情，承袭老红军谷佑箴（云南省政协副主席）等前贤之风。为寻我族之史，数十载锲而不舍；为光我族之绩，跋涉于文海书山而筚路蓝缕。年届退休理当乐享天年之时，仍乐于'民家佬'之公益大事，奉于谷中山诸君麾下，连桑植白族之心，结大理白族之情，其行可颂，其为可勉。"

上述两人对谷利民的这些评述，可谓十分中肯。古人曰："莫道桑榆晚，为霞尚满天。"谷利民一生挚爱教育事业，晚年又为研究白族文化呕心沥血，著述丰硕，其突出成就早已得到本地社会各界人士之公认，更得到了桑植白族人的普遍赞誉和好评！

乐观幽默，"一眇将军"最风趣

我的祖居地——湖南桑植县刘家坪白族乡中，有一个名叫刘纪远的小学同学，乃县白族学会会员，其为人不仅正直善良，而且处世如阿凡提般十分幽默风趣，在当地民间，他的声望亦名闻遐迩。

刘纪远出生在刘家坪泉眼溪寨，他家祖辈都务农。但父亲是失散红军，1949 年后当过大队干部；母亲是家庭妇女，生育有 7 个孩子，刘纪远是老大。因家庭人口多，刘纪远小时候一直在贫困中煎熬。上学读书后，还要经常劳动干活。12 岁那年，刘纪远和几个小朋友到山上砍柴，不幸被一根树枝戳破眼球，当时血流不止，同伴们紧急送他至公社医院，医生为他做了抢救治疗，但治好伤，一只眼也瞎了。

面对生活中的巨大不幸降临，刘纪远有过痛苦、有过失落，但并没有被命运的打击所屈服，而是继续上学，用功读书。1972 年寒假期间，刘纪远被大队派遣到木峡修公路，与我同住过一间地铺，我们一起修公路一个多月，那时我掌钢钎，他打钢锤或点炮作业。在我印象中，他性格开朗，人很风趣浪漫。平日常爱开玩笑，我们也笑称他是"一眇将军"，他不生气，更自称是"一眇神炮手"。

1973 年，刘纪远从桑植县城一中高中毕业。当年参加文化考试成绩不错，他家又根红苗正，公社推荐其上大学，却不料，因为眼睛问题，影响到了取录，从此回乡，当了一辈子农民。

24 岁时，刘纪远担任了大队团支部书记。一次，县工作组长找他谈话，想鼓励他进步，问他愿意不愿意加入党组织。刘纪远因没能上大学有些灰心，这时他开玩笑道："我这样子入啥党，只能入吊儿郎当。"话虽这样说，刘纪远对生活并没丧失信心。他在农村劳动，勤劳肯干，表现还是很不错的，为人也很善良。有一年夏季，某有妇之夫因行为不检点，被人设计深夜捉奸，衣服扒光后被押到一间黑屋中，准备天亮后对其批斗。刘纪远看其可怜，利用别人让他看管的机会，悄然放了那男子。事后，这位男子对其感激涕零，知道内幕的人更夸他积了一次阴德。

长沙天心阁上一眇神炮

26岁时，刘纪远到湖北鹤峰打工，在某乡村结识了一位心仪女子，做了上门女婿。两人结婚后，生了两个儿子、一个女儿。

其妻子在40多岁时，不幸患了绝症，刘纪远伺候妻子数年，口中从无怨言。而妻子患病脾气大，常常数落抱怨他，他亦不计较。妻子临终才说，这辈子真对不起他，要他好好抚养孩子。刘纪远一再安慰她，请她放心，妻子才瞑目。

妻子病逝后，刘纪远一人抚养3个孩子。有一次，他将两个儿子叫到身边道："现在家里很穷，你们两个怎么办？准备走哪条路？走正路就好好读书，我会尽力供养你们。如不走正路走歪路，那就莫读书了，去偷、去抢、去坐牢，也只能随你们，我也管不着了。"两个儿子都表态，不想走歪路，要好好读书，要走正道。结果，这个激将法很管用，后来两个儿子拼命读书，居然都考上了重点大学，并都参加工作有了出息。女儿虽没考上大学，人也很懂事，长大出嫁成了家，也不要刘纪远操心了。

多年来，为抚养3个孩子，刘纪远长期在外打工。因为年轻时在修公路和修铁路中学了一手打钻的技术活，他的专长得到了发挥运用，许多工程队都看重他的技术。他随几支工程队转战作业，也先后跑遍了湖南、湖北、东北、四川、北京等地，依靠扎实的劳动和技艺，他获得了应有的一些报酬。而为孩子的成长，他更付出了数十年的艰苦辛劳。

自从妻子去世后不久，刘纪远从鹤峰又回到了家乡。他的两个儿子，一个在北京工作，一个在本市工作，早都有了家室。其女儿和女婿在广东打工。刘纪远一个人住在老家，其晚年是幸福的。有人劝他再找个老伴，他却说，自己都老了，已不想再找伴。一个人过日子也不错，自由自在，随心所欲。前几年，他还建了一栋新平房，住宅宽敞舒服。儿女们也很孝顺，常回来看他。每天没事，他也会到处走走，有时还帮人解难。刘纪远又爱看医学书籍，如《黄帝内经》《本草纲目》《中医基础理论》乃至相术风水之类书他都研读过，并时常用草药给人治疗过一些疑难杂症或小病患。而村里发生打架扯皮之类的事，村干部还常请他出面帮助调解。如有一次，一个村民与一个村干部发生矛盾，他出面帮助做了工作，双方才各自认错而言归于好。去年以来，有一对叔侄女为建房闹起矛盾，他和村乡干部一起，也是帮助双方做了许多说服工作，最终在乡村和政府主管部门的调解下，双方都做出让步，其纠纷才渐趋于平息。

刘纪远自己不找老伴，却愿帮助别人牵线，成就别人的姻缘好事。有一次，县城一个年近古稀的退休离异老人和他熟悉，要他帮忙介绍一个年轻点的女伴。他笑其老牛想吃嫩草，不过还是满口答允，并通过

刘纪远修建的平房住宅

其亲属，为这个退休老人真介绍了一个40来岁的年轻女子。可是，这二人一相识，却彼此都不合意。刘纪远听说后笑道："我是给你们尽力了，可惜你们二人见面了都不触电，没缘分，那也怪不得我这个月老。"一番话把大家又逗

笑了。

时光进入 2021 年，刘纪远年满 70 岁。一次，他一本正经地问一个老人道："老伙计，你收到阎老的通知没有？"那老者道："哪个阎老？"刘纪远道："阎老你不知道，就是阎王爷呀。"那老者即笑骂："你活得不耐烦，就收到阎王爷的通知了？"刘纪远又道："我当然收到了，阎王爷通知，我到阴间当得一个巡检从九品官，那是要管你们的啊！"说罢，两人都哈哈大笑了一阵。

2021 年夏季的一天，刘纪远从乡下到长沙来看我，我陪他到天心阁游玩。走到天心阁一尊老旧炮架边，他俯下身子，一只眼睛对着那大炮前方目测瞄准了一会，尔后煞有介事地自语："我这一只眼打炮最准！所谓眇目，那就是神炮吧！"说得我也哈哈大笑赞叹："不错，你这'一眇将军'就是厉害，真的像神炮手！"

刘纪远就是这样一个幽默风趣之人。他常说："生活需要浪漫乐观，不然，人生怎么熬过痛苦？"综观其人逸事，限于篇幅，有许多我还没有写出。刘纪远还曾告诉我，等时机成熟了，他想自写一本传记，而且陆续已动笔写了几万字。我也竭力鼓励他，真期望他能早日写出大作啊！

族源亲情似海深
——桑植大理白族同胞往来纪实

"李白乘舟将欲行，忽闻岸上踏歌声。桃花潭水深千尺，不及汪伦送我情"。诗仙李白写的这首诗，用来形容今日湖南桑植和大理白族同胞之间整体建立的亲情友谊交往之深厚，也是比较贴切的。

自 1984 年桑植县的"民家人"被确认为白族之后，大理和桑植两地的白族同胞就如两块磁石，不断地相互吸引、相互往来不断。为记住这些往来中的真挚情谊活动，笔者根据相关的公开报道，特对 40 多年来两地往来的大事记做一梳理。

1977 年开始结缘

桑植县白族的认定，开端起自 1977 年春。其时，桑植县委党校教师谷忠诚到云南昆明看望时任云南省政协副主席的桑植籍老红军族亲谷佑箴。已在云南工作几十年的谷老，经过长久观察和思考，认为桑植"民家人"可能是大理白族的后裔，特委托谷忠诚转达他的建议，期望桑植县有关部门对桑植县"民家人"的族属问题进行调查。此后，谷忠诚回县转达了谷老的建议。桑植县人民政府对此事开始引起重视，并组织人员进行了初步调查。

1982 年春，经湖南省委同意，省民委民族处处长吴万源、湘西自治州委统战部民族科科长石光荣、州政协民族组组长杨天成、桑植县委人大副主任谷臣章、县委党校副校长谷忠诚等 5 人，组成省、州、县民族联合调查组，对桑植县"民家人"的族属问题进行专题调查。同年 9 月，该调查组前往大理白族自治州进行对比考察。1983 年秋，桑植县人民政府以〔1983〕16 号文件，向国家民委、湖南省人民政府呈报了《关于桑植民家人应定为白族的请示》。

张家界市白族学会部分代表参加大理州第7次白族学会代表大会留影

1984年6月27日，湖南省人民政府办公厅以湘政办〔1984〕249号文件，正式确认桑植"民家人"为白族，批准洪家关、芙蓉桥、马合口、麦地坪、刘家坪、瑞塔铺、走马坪等7个乡成立白族乡，并给每个白族乡拨款1万元。1984年10月1日，桑植县举行庆祝国庆、7个白族乡成立、天子山风景区通车的大型庆祝活动。大理州派出州民委主任杨群为团长的28人祝贺团，成员有大理州原副州长张旭和杨正兴，白剧名演员杨吉成、歌唱家杨洪英等人。

综观桑植"民家人"从1977年开始进行初步调查，到1984年正式确认，中间共经历了7年之久。

缔结姊妹县、姊妹乡（镇）、村

桑植和大理白族同胞之间的来往，从缔结姊妹县、姊妹乡镇开始，促进了双方的深情。1990年11月，桑植县党政考察团一行15人赴云南大理考察，与祥云县结为姊妹县。

1991年7月，以云南大理州洱源县县委书记赵文根为团长、县长焦汉层为团长的考察团一行36人，到桑植县考察并缔结姊妹县。2001年4月，桑植县政府助理调研员谷利民、芙蓉桥白族乡书记彭冲为正副团长的访亲团一行8人，赴大理喜洲镇签订缔结姊妹乡镇的协议。2014年8月，桑植县芙蓉桥白族乡合群村与大理州喜洲镇周城村结为姊妹村。2017年6月5日，芙蓉桥白族乡合群村在姊妹村大理喜洲镇周城村的帮助下，举办"栽秧会"，引进大理白族的稻作文化。

招生委培人才，开展白语教育

1991年12月，桑植县副县长钟以波、教委主任谷利民、民委副主任向洲河到昆明与云南民族学院签订委培协议，并专程去洱源考察。云南民族学院无偿给桑植县50个大学本科生指标，免费为桑植县培养民族人才。2013年7月8日，在桑植县教育局、大理州白族文化研究院等单位的协助下，桑植县白族学会副会长谷利民组织14名白族乡白族教师到大理举办"白语培训班"，开始了湖南白裔学习白族母语的先河。同年12月1日至7日，桑植县白族学会邀请大理州白文学校校长张亚、大理州白族文化研究院博士杨晓霞，到桑植县7个白族乡，举办白语培训班，教授干部、学生学习了100多个白语常用单词。2014年3月，在桑植县教育局的支持下，县白族学会派出芙蓉桥白族乡、刘家坪白族乡的王祥诚、曾朝晖两名年轻教师，到大理喜洲镇周城村长住半年，学习白语。

党政代表团考察，援助资金办实事

1986年11月，桑植县派出由县委、人大、政府、政协四大班子领导和7个白族乡及有关单位负责人共14人组成的祝贺团，赴大理参加大理白族自治州成立30周年庆祝活动。1990年10月，大理白族自治州州委书记钟振川率12个县（市）的县（市）委书记一行21人到桑植县考察访问。6月，大理白族自治州州长李映德到桑植芙蓉桥白族乡看望白族乡亲，决定由大理州出资100万元修建芙蓉桥白族乡中心小学。7月，桑植县白族著名歌手黄道英随桑植县文化考察团赴大理访亲，为大理乡亲演唱桑植白族民歌。11月，大理州文联主席王子荣率大理州文化考察组一行5人到桑植县考察白族文化。

2001年7月，大理喜洲民间画家董开龙父子受喜洲镇白族乡亲的委托，专程到芙蓉桥担任新建的乡文化站和中心小学的壁画工作，并毫无保留地培养了两个芙蓉桥的白族徒弟，使正宗的大理白族建筑绘画技术在桑植县传承开来。

2004年1月，云南民族学院段寿桃教授到芙蓉桥白族乡考察白族方言。2004年5月，大理州赵立雄州长到桑植县芙蓉桥、洪家关两个白族乡考察。大理州政府捐资116万元，援建了贺龙中学实验楼和芙蓉桥白族乡医院。2007年7月，大理州委顾伯平到桑植考察，大理州政府捐资150万元，帮助新建桑植县一中图书馆。2009年12月26日，受大理州委、州政府委派，由大理州白族学会会长赵济舟、白族文化研究所副所长赵润琴、州建设局马副局长带队的代表团一行 12 人，前来桑植协商大理州捐资在桑植修建示范性的"大理白族民居"的选址、施工等有关问题，并去麦地坪、芙蓉桥、洪家关等白族乡拍摄"中国白族百村百人摄影展"照片。12 月 27 日，赵济舟一行在洪家关白族乡海龙坪村拍摄照片时，参观了"白族王氏宗祠"。当场以大理白族学会的名义，给海龙坪村委会捐款 8 000 元，作为该"白族王氏宗祠"的维护费。

2010 年 4 月 6 日，大理受旱灾，桑植县政府分别给大理洱源、祥云县各捐款 10 万元救灾款。桑植县白族学会给大理州白族学会发出《慰问信》并捐赠募集的救灾款 10.3 万元。4 月 8 日，芙蓉桥白族乡给姊妹镇——大理喜洲镇传真了《慰问信》，并捐赠 3 万元救灾款。4 月 22 日，《大理日报》在头版刊登了《桑植白族同胞心系大理旱情》的报道。2011 年 3 月 21 日，桑植县委、县政府在桑植县城胜兰桥头举行大理州援建的白族民居"三坊一照壁"奠基仪式，大理州副州长李红卫、洪云龙，州白族学会会长赵济舟等领导前来祝贺。张家界市人民政府副市长刘曙华、市白族学会会长谷中山参加了奠基仪式。同年 12 月 11 日，桑植县委、县政府举行大理州援建的白族民居"三坊一照壁"落成剪彩典礼及《芙蓉桥白族乡集镇建设规划》移交仪式。大理州委副书记、州长何金平，副州长蔡春生，纪委书记梁志敏，州住建局长沈锡清等领导率团前来祝贺，张家界市人民政府副市长刘曙华、市白族学会会长谷中山参加了落成典礼和移交仪式。

2014 年 9 月，桑植县委、县政府在芙蓉桥乡举行隆重的桑植白族乡成立 30 周年庆祝大会，省民委主任徐克勤、张家界市人民政府市长许显辉等领导应邀出席并讲话。大理州委副书记、州长何华率团祝贺致辞，并代表大理州给桑植县政府捐赠民族工作经费 200 万元，大理市市长李福安代表大理市政府给桑植县 7 个白族乡捐赠 35 万元民族工作经费。2021 年 5 月，大理漾濞县地震受灾，桑植县人民政府捐款 10 万元援助该县救灾。

成立白族学会，开展白族文化研究活动

从 1990 年 3 月开始，桑植县委统战部部长王大用、副部长钟以校应邀赴大理参加"三月街"活动，并与云南白族学会秘书长奚建辉商讨在桑植县成立分会事宜。同年 11 月，云南白族学会桑植分会成立，第一批会员 89 人，谷志奇当选为理事长。1992 年 10 月，以桑植县委书记杨泽民为团长的桑植县四大班子领导为成员的代表团，应邀赴大理参加了"中国第三届民族艺术节"。

大理州举办纪念拼音白文创制 60 周年座谈会

1994 年 9 月，云南白族学会桑植分会常务理事、县计委主任谷利民，民委干部曹波应邀赴大理参加大理州白族学会年会。2008 年 7 月，谷利民、谷俊德代表桑植县白族学会与张家界市白族学会会长谷中山一道，应邀参加大理州白族学会第 5 次代表大会。2009 年是桑植大理双方交流最多的一年，这年 4 月 22 日，大理州白族学会派出由大理州委组织部副部长兼州人事局长赵新光、州民委主任张其富、大理州文联主席王子荣领队的代表团一行 12 人，到桑植县参加白族学会成立大会（原云南白族学会桑植分会已注销）。4 月 23 日，桑植县白族学会宣告成立，王银花当选为会长，谷俊德为秘书长。大理州文联主席王子荣、大理州书法美术家谢长辛与书法家谢美春在成立大会上现场泼墨，为桑植县白族学会成立题词、绘画。同日，大理州委、州政府给桑植县白族学会捐款 10 万元活动经费，大理州白族学会捐赠了价值两万多元的图书。7 月，大理洱源县杨作家自费到桑植芙蓉桥、麦地坪等白族乡采风。8 月 3 日，大理州政府寄来州长何金平为桑植县白族学会和芙蓉桥"喜洲街"题写的会名、街名。10 月 12 日，副县长王云、会长王银花领队的桑植县白族学会访亲团一行 25 人到大理访亲。

2012 年 6 月 30 日至 7 月 4 日，由桑植县白族学会承办，张家界市白族学会、大理州白族学会共同举办的"白族文化国际学术讨论会"在天平山接待站举行。有来自北京科技大学、师范大学、南京大学、陕西师范大学、湖南师范大学、吉首大学等高校、研究所、白族学会及日本的专家学者共 30 多人参加会议。提交了 21 篇论文，后结集出版。2018 年 11 月 15~16 日，桑植县白族学会会长王云，副会长谷利民、王志武等一行 5 人和张家界市白族学会会长谷中山率刘桂清、谷小龙、李康学等一行 4 人，应邀赴大理参加大理州白族学会第 7 届白族学会代表会。

张家界市的 4 位白族代表在大理州白族学会第 7 次会员代表大会现场留影

综上所述，近两年来，因为疫情的影响，桑植与大理白族同胞之间的交流活动有所减少，但民间的来往还有不少。笔者于 2021 年 7 月开始的自费大理寻根之旅，即是张家界市白族学会和桑植白族学会大力支持的一个研究和传播白族文化的个人公益行动。预计桑植和大理白族同胞之间，未来的亲情来往会因更多的民间个人加入而变得比较频繁。至于白族的优秀传统文化，也必定会随着双方交流的增多而得到更好地传承和发扬光大！（本文资料数据主要来源于谷利民主编《湖南白族研究文集》，特此致谢。）

苍山洱海是故园
——张家界市白族学会代表团大理行札记

一

苍山洱海曾是我梦中都向往去看，却一直还没去看的地方。2018 年 11 月 13 日晚间，原市人大常委会巡视员、市白族学会名誉会长谷中山忽然来电话通知，要我和另外 3 人一道组成市白族学会代表团，去参加出席大理市白族学会第 7 次代表大会，我遂高兴答应了。

第二天早上 8 点整，大家按时到达南庄坪指定地点集合了。同去的除我和谷中山外，另外两人一个是市白族学会党支部书记刘桂清、一个是市白族学会常务副会长兼秘书长谷臣鹏。当日乘车疾行 800 多千米，到达盘州红果酒店住下。与此同时，由王云率领的桑植县白族学会代表团一行 5 人，也和我们会合了。此时天已大黑，大家一道在街头小店吃了一顿晚餐，晚上稍稍散步一会即入睡了。

第三天，即 11 月 15 日清早，吃过早餐又出发，此时行程还有 600 多千米。因云南楚雄境内堵车等了两小时，直到下午 5 点 30 分才抵达大理。找到苍山饭店登记完毕，即到二楼餐厅就餐。此时，只见已邀请的全国各地 28 个白族学会的代表们，大多数也都报到了。大理市白族学会会长赵济舟、常务副会长赵润琴、即将拟任第 7 届会长的李超等多位领导，在餐厅与大家见面并共进了晚宴。穿着盛装打扮的 10 余位白族青年男女在席间翩翩起舞，给大家带来了阵阵欢乐。

张家界市部分白族代表参加大理州第 7 次白族学会代表大会晚会现场

11 月 16 日上午 8 点，大会在苍山饭店三楼会议室正式举行，来自全国各地参会的代表及大理本地参会的会员共计有 223 人。会议在国歌声中开始，主持人宣读了贺电贺信。谷中山同志受大会安排指定，代表除大理外的全国 27 个白族学会与会人员致辞，向大理州白族学会第 7 次代表大会表示了热烈的祝贺。接下来，大理州政府李泽鹏副州长做了讲话。大理州第 6 届白族学会会长赵济舟向大会做了工作报告，这个报告对大理白族学会在过去 5 年中的工作成绩做了全面总结。其中有几件实事令人印象深刻：一是完成了《中国白族通史》的编撰初稿；二是编印了 15 期《白族》会刊；三是编印了《中国白族学论丛》，收录各类学术论文和文章 240 多篇，总计 200 多万字。此外，还组织会员和专家学者完成了古白文搜集整理、大本曲曲本资料搜集整理、中国白族分布、白族本主资料普查等课题，形成了一大批课题成果。

会议最后，新当选的学会理事会会长李超，代表第 7 届理事会做了讲话，安排部署了新一届理事会的工作规划。

16 日下午，纪念白族拼音文字创制 60 周年座谈会在上午的会场接着举行。这个座谈会开得很热烈，发言的人很多，各种讨论看法和意见也不少。其中，出席座谈会的人员中，有云南省少数民族语文指导委员会主任普学旺，在京乡亲联谊会会长杨聪，中国社会科学院民族学与人类学研究所研究员王锋，云南省民族学会研究会白族研究会会长王明达，大理州白族学会会长李超等人，还有来自全国各白族学会的代表及大理州县 10 多个单位的专家、学者、普通群众等 100 多人出席会议。会上多数发言人认为，白族同胞应有文化自信、民族自信和语言文化自信。白族语言文字要面向未来、面向信息化、面向青少年。还有的代表疾呼，白族文字问题不要再争论了，要立法保护白语文。白族语言的传承保护是一个系统工程，需要聚集行政、法制、经济等各方面的力量来推行。大理白族学会刘晓标秘书长表示，白族学会将会采纳大家好的建议，并对提出的问题想办法逐步解决。他相信，在社会各界的凝心聚力下，白族语言文字的前景一定会"阿尼比尼俏（一天比一天好）"。

二

连续两次会议，张家界代表团的几个成员都兴致勃勃地参加了。11月17日上午，新时代白族文化建设研讨会又在三楼会议室举行。这次会议有来自全国20多个白族学会的代表共60余人出席，张家界市的代表也继续参会。大理州白族学会的李超会长主持了会议。

关于白族的文化建设，议题很多，发言的人也不少。其中，在京白族及大理乡亲联谊会执行会长王锋、贵州省六盘水市白族学会段练会长、云南省民族学会白族研究委员会王明达会长、湖南省张家界市桑植县白族学会副会长谷利民、文山州白族学会高寿品会长、祥云县白族学会张丽英会长、大理州白族文化研究所原所长赵寅松、大理州文化局原局长杨政业、大理州白族学会常务副会长、州白族文化研究院院长赵润琴等做了重点发言。

大理州白族学会第7次会员代表大会选举现场

多位专家学者在发言中，分别都从政治、历史、文化、经济、法制、乡村发展、旅游、语言等各角度都做了探讨。来自桑植白族学会的谷利民副会长还特别提到，新的时代要以白族文化的传承发展推动当地经济的发展。同时，还要因地制宜，尊重传统，实事求是，在建设中要讲求实效。大理州白族学会会长李超也在总结发言中表示，大理白族学会和大理州白族文化研究院，将会逐步建立一批不同类型的白族文化传承研究和示范基地，不断开展学术研究，为全州白族文化传承和创新提供好经验，为乡村文化振兴贡献力量。同时将继续协助和参与办好"三月街""绕三灵""石宝山歌会"等民族传统节庆活动，使民族传统节庆活动焕发新的生机与活力。

上午会毕，大理白族学会又安排组织我们考察了大理古城、崇圣寺三塔的古迹保护，察看了喜洲镇等地的白族建筑及民俗风情。接着在周保中将军故里湾桥镇吃了一顿午餐，品尝了富有白族特色的"生皮""野生菌""冻鱼""凉米线""青菜豆腐"等大理小吃。

参会间隙在湾桥镇古生村村民李德昌家做客

午饭后，我们继续乘车绕洱海参观考察学习。到达一条江边，我想停车拍照，谷会长道："不急，前面有更好的洱海景点。"于是，我们继续沿海边往下游开去。到达湾桥镇古生村时，谷会长说："到了，就这个地方。"我们随即下车，在路旁见一座雕梁画栋的白族房子，看上去不同一般。走进一瞧，只见那大门两边有两副对联。里面的一副是："大开名门光甲第，喜兆三元振家声。"外面的一副是："近水白家春光好，平凡绿野故事多。"门楣上写着"习习春风"4字。显然，这外面的一副对联是后来才新写的。再走进去一看，那庭院修建得宽敞别致，院内摆有几把竹椅和一张青蓝布铺盖的长方茶桌。原来这里就是 2015 年 1 月 20 日中共中央总书记习近平视察大理时，曾到过的村民李德昌家。大家高兴不已，遂相互拍照，留下了多张摄影。

走出院门，大家再过马路，下几步台阶，往前走几十步即到洱海一条岸边。其岸旁生有一片高大的树林，树林外即是浩瀚无边的洱海。我走到一棵大树前站住，两眼面对洱海远处观览，只见天蓝色的海水荡漾不止，那汹涌的波涛不时腾起，在岸边划下一道道白色水迹。洱海的壮观景象，在此可一览无余。古生村这地方不凡，伟人能在此远眺，洱海也为之增色喔。

观海时，我忽回味到古代圣人老子《道德经》的一句话："上善若水，水利万物而不争。"我觉得，处在这横断山脉高原的洱海，就是对这句话的一个最好注脚。君不见，洱海处苍山之下的谦逊，容纳江河百川的气度，吞吐净化污秽之能耐，刚柔相济克敌之勇气与魄力，这些都是值得我们所有白族同胞所学习领悟的地方。为人处世，只要会像老子所说"居善地，心善渊，与善仁，言善信，正善治，事善能，动善时"。任何时候，都自会处于不败之地。所以，我想白族的新时代文化建设和发展，如果有了这样的思维去统领，其前景那也必定更美好。

张家界市白族学会代表刘桂清在洱海边留影

在古生村考察之后，因时间有限，大家只到洱海其他地方稍稍观览一会，便乘车原路返回了住地。这次考察大理，大家都感叹我们白族祖先住的地方真好，现在的大理也很发达先进，可惜我们是回不到祖籍地了，但作为白族学会的一员，多和大理祖籍地同胞沟通，多为家乡白族的文明建设做实事，这已成了我们代表团几个成员的共识。在此，我们也祝愿家乡的白族文明建设发展日益昌盛，美好的前景就在明天！（此文原发表于 2018 年 11 月 19 日"大容共享"公众号）

附录

大理游日记选

2021 年 7 月 5 日至 8 月 12 日，笔者记简略大理游日记如下：

7 月 5 日，阴，晚降大雨

早 7 点出门，坐公交车至长沙火车站，乘坐 C8029 动车，下午 1 点多到桑植。文友覃葛在县城早已等候，热忱邀吃水饺一大碗，又到曾祥佑文友处闲聊一阵。下午 4 时住一家客栈，朋友庹兄请吃晚餐，席间讲述拟去自费大理寻根之旅，准备研究白族文化的公益写书计划，因囊中太少，恐路途遇困。问其是否可周转借支点银子给我壮行，庹兄问需多少，吾伸两指。庹兄曰："两万？借一万可以。"吾曰："行，可能差不多了。"庹说回去就取。晚 7 点，庹兄再来客栈，一见面道："你嫂子说，就借他两万吧！我就取现款来了，祝你一路顺利。"吾接款写借条谢曰："久闻你们夫妇是县道德模范，果然名不虚传呀！尤其嫂子如此识大体，真真难得！"

7 月 6 日，晴，大热

上午 9 时到县老年大学，与谷利民兄会晤。谷兄一面请我喝茶，一面打电话，让人送来一大包桑植白茶，嘱我去大理后送给学会的老友尝尝。又给我找来几大本书籍，都是他编撰的白族书籍。同时给我写了一封介绍信，但公章不在其手头，要到县府去盖。我打电话给市白族学会秘书长谷小龙，又请示会长谷中山，得到两人大力支持，让我经过市里时再拿介绍信，我遂与谷兄做了告辞。下午到张家界，与谷秘书长见面，拿到了市白族学会的介绍信。

7 月 7 日，晴，大热

天气晴朗，感觉很热。中午钟主任夫妇请客，给其读书的长子题写了

"自强不息" 4 字相赠。其实，我这也是勉励自己，此次选择独自云南之行，也是期望还能多多振作。《易经》云："天行健，君子以自强不息。"吾今年已老迈，实则更需"自强不息"。

7月8日，多云

早 7 点到张家界火车站，乘坐长春至昆明的 K2928 号列车，沿途经吉首、怀化、凯里，一路钻山洞不止。想到李白《行道难》的诗："欲渡黄河冰塞川，将登太行雪满山……行路难，行路难，多歧路今安在？长风破浪会有时，直挂云帆济沧海。"心中不免有种历经沧桑而仍充满悲壮豪情之感。

7月9日，多云

早 6 点 9 分到昆明，下站买 7 点 34 分的高铁票，两小时后即到了大理。再打的到大理州白族学会，与毕建燕及周建平主任见了面。两人十分热情地和我聊了一阵，让我领了一篇已刊文章的稿费，再送了我一些杂志和有关白族的书籍。

中午与大理白族文化研究院赵润琴院长、张云霞副研究员等 8 人一道共餐，尔后合影做了留念。赵院长开车，和小毕一起将我送至福星路口。小毕到农贸市场附近金然客栈和老板讲好住宿优惠价，我即安顿住了下来。

7月10日，晴天

看书，休整一日。对大理白族历史及旅游点情况大致清晰了。张云霞很负责，给我微信发来大理旅行游览几点路线建议。当日气温最高才 26℃，感觉此地不冷不热，庆幸逃离了暑热正盛的长沙火炉。

7月11日，晴天多云

上午，终到苍山一游，并登上 4 000 余米的高峰，在 3 900 米索道标志处留了影。登高的感觉就是不一般，壮美风景使人陶醉，回去可写一篇美文矣。

7月12日，晴天

写稿一日，完成《苍山的品格》一文。晚散步，到农贸市场，见各类鲜果很多，价格便宜，买梨子、枣子，仅两元一斤。

出门旅行忘记带优盘、伞、刮胡刀等几样东西，老了，得与遗忘做斗争。

7月13日，晴天

坐 9 点"海星号"轮船游览洱海，实现多年向往愿望。感受苍洱之美，果如仙境一般。

中午到双廊吃苦瓜青椒炒肉丝，稍饿，胃口大开。

7月14日，晴天

游大理古城半日，进大理博物馆碑林拍照，费时两小时余。历史文献，此中多有实迹。

晚餐到住店附近吃大理米线，10元一份，有味。

7月15日，晴天

连续太阳天，稍热，晚上还是凉快。

上午至崇圣寺塔观览。此景区宏大，寺庙建筑多，

大理州云龙县沘江风景

不愧是西南佛都。绕三灵处转了几圈，信者则灵，能走好运。步行看完全景，需要相当气力。

7月16日，阴雨多云

上午至下关北站，买了9点50分去周城的车票，一小时余到达蝴蝶泉标志石前。下车买门票，进去看了两小时。此处依山傍水，风光秀丽，美如仙境。看到多样蝴蝶，世间之美，于斯为盛矣！

7月17日，晴天

上午再至周城，见张全金村支书，听其谈经历约一小时，尔后随杨副主任参观村貌。这个白族最大的村落有万余人，村中庙宇等文物古迹多，颇有特色。下午至段思平故里，找一个80余岁老者带路，看了段氏宗祠。

7月18日，上午晴，下午雨

早8点多到下关北站，车费44元，买至剑川县车票。80余千米路程，坐车近3小时。到剑川县车站，再坐客运车至沙溪，12点半到达，住沙溪宾馆。

下午至寺登街观览，看了兴教寺、茶马古道上的玉津桥等处。对大理地方阿吒力、阿嵯耶观音、白族佛教密宗文化等有了进一步认识。

7月19日，晴，稍热

清早租车到石宝山景区，观览半日，主要看了石钟寺等古迹。中午搭一对江西夫妇的小车下山，再辗转回返剑川县城。下午看剑川古城。这一日马不停蹄，有些累，收获也不少。

7 月 20 日，晴，稍热

早上到剑川古城吃两块饵块加豆浆一杯。其饵块 2 元一块，有如桑植的糯米粑粑。8 点多到县城汽车客运站，在售票处买了 11 点去鹤庆的车票。持票进站时，一个服务员导购免费抽奖，鄙人抽 3 次，服务员恭贺吾中千元，请选玉石。吾观那玻璃柜中玉石价，大都在 1 300 多元。遂笑着拒绝道："此游戏，专哄小儿吧?"女服务员尴尬道："那你随便。"

11 点坐上客运车，沿途翻山越岭，景色可观。路宽敞好行，一个多小时到鹤庆县城。

下午到广场及黄龙潭游览。傍晚至一个书店与章老先生闲聊许久，花 50 元购其大作一本。

7 月 21 日，阴天，阵雨

上午又去找章老闲聊一会，尔后到县府，得知白族学会杨鑫会长已下乡，没能找到相关鹤庆资料。

再坐公交车到草海镇，观览湿地公园一会。回头又到小团山烈士陵园，看了红军纪念碑等景点。

下午 3 点回住店。走累了，看书休息。

7 月 22 日，阴天，多云

一早从鹤庆出发，乘车到上关镇，住一个客栈。安顿后，到上观花公园去游览，中途走了弯路，至一个网红打卡地观花，要买门票，没进去。另花 15 元租一辆三轮车，才到上关公园。

该公园植物较多，内有上关花等数百品种花卉，名不虚传。

7 月 23 日，早雨，午晴

大理天气多变，早上下大雨，出门不便。租一辆三轮车到转站处，再租车至邓川镇，才坐乘到去洱源县城的公交车。

到洱源县城车站下车，至附近客栈住下。随后步行至茈碧湖游览半日，沿途也观览到一些县城风景。因洱源公交车少，走路太累，下午只在住店附近溜达一会，就回了店休息。

7 月 24 日，晴，稍热

从洱源乘车至下关，再到汽车东站乘车至宾川。辗转半日，到宾川车站附近一个宾馆住下，时已至午。午餐后休息一会，下午步行至纳溪公园、越析广场、明德公园等处一游，估计至少走了 10 多千米，回店已黄昏时。累了有三好：忘记孤独，吃饭有味，睡觉很香。

7月25日，晴天，稍热

一早吃油条、稀饭，再至车站，花19元买到去鸡足山的车票。到鸡足山又买门票、观览车票、索道票，花样多。乘

大理州云龙县青云古桥

索道上山，再步行约200米至金顶寺。其景不错，不愧是道教圣地。

观览约两小时，原路回返至县城，其时才下午4点。现代交通是如此方便，上山亦变得如履平地也。

7月26日，晴天

早起，写完《喜回大理白族之家》一文。8点多买到去祥云的车票，10点半到达祥云县城，住知博宾馆。下午游览"彩云南现城公园"，并到县府民宗局去了一下，宗教科杨女士热情送了一本书和几本祥云杂志。随后去古城游览一阵，此古城看上去蛮有特色。

7月27日，晴天

早7点多，租车至清华寺，进去观览一会，又到附近的清华洞，看了洞口，此洞为明朝著名旅行家徐霞客发现，名气很大，但没能进洞，因暂没开放。

回头到县城住店收拾行李，结账，搭乘过路车至弥渡县城。时间还早，在建宁旅馆住下，午餐后休息一会。下午出门，辗转乘车到铁柱庙，观览后回县城，又到街上漫步至傍晚才回店歇息。

7月28日，阴天多云

早7点多乘车至红岩镇，下车后，无意碰到一个骑电动车的村民伏国波，送了我2 000多米路程，带我至白崖古城村，到谷女寺观看一阵。回头遇另一个村民姜荣，又主动送我到镇上搭车，两人都不肯收费，碰到这样不要报酬

肯做好事的善良村民，真令人感动。

11 点到县城，又花 40 元租一辆三轮车，送我至大王庙。观览一会，回头到县城住店，搭乘过路车到南涧县城，在一个商务宾馆住下。

下午两点多，步行数千米至碌摩山，观看其寺庙古迹，晚 7 点才回店。这一天又步行 10 多千米，比较累而快乐地打发了一天时光。

7 月 29 日，阴雨

上午 9 点，从南涧乘车，10 点多到巍山，住蒙吉大酒店。中午吃盖浇饭、肉炒茄子。

下午 1 点 30 分，花 100 元租车去魏宝山。在山中观览南诏王庙等 6 处古迹，下午 3 点 50 分回到县城。休息一小时，下午 5 时，坐观览车绕古城游览一圈，再至文庙看了一个小时。晚餐吃巍山水饺，一碗 12 元。

7 月 30 日，阴天多云

早上结账出门，又忘带一包（内有苍山顶花 40 元买的一把雨伞和祥云县杨女士送的 4 本杂志、1 本书）。

从魏山到下关，再转车到漾濞县城，上午 10 点多就到了。午餐后，到古云龙桥观览良久，又去漾濞二桥、三桥看了一会。

7 月 31 日，多云转晴

上午从漾濞返下关，再买至永平的车票，高速行车两小时，11 点多到达。下车到一个旅馆住下，午餐吃肉丝炒菌子。

下午租车去大佛寺，观览两小时。回头到县城，在街头一个小公园游玩一阵。永平有的景区在乡下，没能去。

8 月 1 日，晴，稍热

一早到客运站，买到 9 点去云龙的车票。车行 3 个多小时，沿途穿越峡谷山岭，奇景风光无限，坐在车上拍了一些照片。过梨树垭隧道，顺一条新建宽敞公路，沿峡谷下行 10 余千米，即到云龙县城。

下车后到一个客栈，登记时扫了行程码，健康码一时没扫出，老板娘也不会弄。又问打疫苗没有，吾曰没打。没打疫苗，那不能住。40 余岁老板娘不肯登记，说是公安要求的。吾解释无用，只好另到沘江宾馆，扫健康码后，服务员做了登记。

中午歇息一会，下午 2 点半，准备出宾馆时，女服务道："你是湖南来的吧？刚才我们群里有人议论，说你没打疫苗，又扫不出两码，你扫一下吧。"

吾答："要去虎山看景，等回来再扫码。"随即到外面一个餐馆，吃肉丝炒黄瓜午餐。正吃时，接到云龙县卫健委的电话，询问一阵行程情况，吾如实相告，对方告诉扫健康码的办法，吾才明白操作技

沘江边的蟠龙寺外景

术，很奇怪那老板娘和宾馆服务员都不会弄。尔后，步行去虎山，看了此景区，觉得真不错。

下午5时，下山到沘江边，又看了云龙青云古桥等古迹。6时许回至宾馆，再按步骤操作扫健康码，终于显示绿码，服务员这才放心。为疫情防控之事，各地严控很紧，似可理解，但如老板娘这般非要打疫苗了才准入住，真乃无语。

8月2日，晴，稍热

早8点乘客运车回返，175千米，3个多小时到下关。大理各县公路状况不错，交通方便快捷。

中午吃过午餐，再回至金然客栈入住。

8月3日，多云，阵雨

休息一日，写完《洱海的魅力》一文。

8月4日，晴，稍热

8点去汽车东站，买到9点的票，去挖色镇看了小普陀等景观。

中午到挖色镇转一圈，午餐吃金针菇炒肉。下午3时回返。

8月5日，晴

与李超会长相约，9点在其办公室会谈。彼此准时到达，他一口气谈了两个多小时，主要讲了自己一生的重要经历。感觉其为人正直，待人真诚、靠谱，值得一写。

8月6日，晴，稍热

上午到洱海公园一游，拍了一些照片。

下午两点半，到大理白族文化研究院，与赵润琴院长会谈一个多小时，听其讲述了一番工作经历及体会。同时到副研究员张云霞办公室，闲聊了半个多小时。得到两位女士各送专著一本。

大理州云龙县虎山

8月7日，晴，稍热

今日立秋节，气温仍如常。

上午乘车到喜洲镇，看了严家大院，在镇内街上又游览一阵，感觉这个镇建设得很不错，游人较多。下午回返住店。

8月8日，晴，稍热

受赵院长推荐，去苍麓书院参加庆典10周年活动。该院为私人创办，有特色。

大理洱海公园

8月9日，阴，阵雨

上午到金梭岛一游，刚游玩，碰上大雨。回返路上，衣服被打湿。上公交车，回到下关住店，雨才住。

8月10日，阴，小雨

早餐后，坐公交车到三月街游玩两个多小时。博物馆没开放，元朝修建纪念塔碑文没能看到，略有遗憾。

8 月 11 日，晴天

早上乘公交车到西洱河边游玩一个多小时，看了节制闸及上下游河道等风景。到河边亭子闲坐，沉思良久。下午 3 点 10 分坐上高铁离开大理。17 点 20 分到昆明，换乘 Z126 次车 2 车厢 1 号卧铺。上铺有人打鼾如雷，一夜难眠。

8 月 12 日，多云转晴

列车晚点，路途不知何故停车许久，到长沙晚点 3 个多小时。但能平安而归，顺利结束此次旅行，使计划能有一个圆满结局，那感觉，亦如吃了点蜜糖矣！

后　记

　　此书即将出版了，在此还有几句题外话作一表述。

　　其一是本人自有"大理寻根之旅"的想法之后，即得到市白族学会老会长谷中山、秘书长谷小龙，桑植县白族学会常务副会长谷利民等同志的大力支持。谷老会长多年前就一直在督促、关注我对白族的写作，谷秘书长听说我启程的日子后，将市白族学会的介绍信专程送到了我手中。谷利民先生给我送了一袋茶叶和好几本白族史料书。他们都希望我这次寻根之旅能大有收获，满载而归。同时，在我写完书稿之后，还帮我审读，谷中山和谷利民还热忱为我写了一篇序言。

　　其二是本人进入大理之后，得到大理州白族学会和大理州白族文化研究院的大力支持和帮助。在我启程之后，李超会长多次打电话联系，并安排办公室人员毕建燕具体接洽。小毕还帮我联系到了一家很优惠的客栈住下，使我一去就有了回家的感觉。编辑部主任张建平更是与我约定，让我把所写游记文章直接发到学会编辑部，由学会微信公众号进行连载刊发，并给我提供了许多白族资料。大理白族文化研究院赵润琴院长也几次款待，并接受我的专访，给我送了她的研究专著。张云霞副研究员给我送了一本她的大作，同时给我制定了一个旅游大理的几条参考路线，使我很快决定了行程计划。该研究院还有办公室几人对我此行热忱帮助，并提过一些建议。

　　其三是此书写出初稿后，市白族学会又邀请相关专家学者，召开过一次本书的品读会，本人在会上汇报了此次大理寻根之旅的简单经历，并写了一首《我的大理寻根之旅》品读会有感的诗："寻根到大理，犹入慈母怀。苍洱美如画，依依情难舍。溯源知宗祖，鹤归故乡来。奋笔撰成书，传与知音者。"与会人员听了我的汇报，看了我的初稿书样后，对此书给予了一致肯定，同时也匡正指瑕，提出了一些修改建议。接着此书稿又经大理州白族学会进行审阅，他们也对此书给予了充分肯定。2021年末，书稿上报湖南省民宗委古籍整理研究中心，经审核评估，获规划项目立项资助。其后，书稿送云南民族出版社报审，列入了该社2022年度出版计划。在出版流程中，责任编辑奚寿鼎等同志认真负责，编稿审核，细心校对，一丝不苟，使此书得以顺利出版。

此外，此书在出版过程中，还得到张家界市人民政府及市民委、市白族学会、市文联、市作家协会、桑植县人民政府、桑植县白族学会等单位领导的大力支持和鼓励。在此，谨对上述提到的单位领导和朋友们表示衷心感谢！

综上所述，本人这次的寻根考察之旅，看到了大理各地太多的美好风光，因为时间有限，我到的地方虽多，但许多地方还没有去。我在书中的游记展现有限，以后若有空闲，还真想再到大理多居住一段时间，并创作更多一些反映白族历史和现实的深度作品。

最后，我要说的一个想法是：不断继承和传播白族的优秀传统文化，促进各民族文化交流交融，应是白族文人们的一个重要使命。本人期望自己，同时也期望有更多的文友加入写作白族题材的文学创作中来，并在今后更加强和祖源地大理白族同胞的联系，为湘滇民族文化交流发展和湖南白族地区乡村振兴做出更多贡献。